Cris, a fera
& outras mulheres de arrepiar

Livros do autor publicados pela **L&PM** Editores

Canibais (Coleção **L&PM** Pocket)
Jogo de damas
Mulheres! (Coleção **L&PM** Pocket)
Pistoleiros também mandam flores (Coleção **L&PM** Pocket)

David Coimbra

Cris, a fera
& outras mulheres de arrepiar

www.lpm.com.br

L&PM POCKET

Coleção **L&PM** Pocket, vol. 720

Os contos deste livro foram publicados, em formato de folhetim, nos sites da L&PM Editores e do clicRBS entre 2006 e 2007.

Primeira edição na Coleção **L&PM** POCKET: agosto de 2008

Capa: Ivan Pinheiro Machado
Preparação: Fernanda Lisbôa de Siqueira
Revisão: Larissa Roso

CIP-Brasil. Catalogação-na-Fonte
Sindicato Nacional dos Editores de Livros, RJ

C633c   Coimbra, David, 1962-
           Cris, a fera & outras mulheres de arrepiar / David Coimbra. – Porto Alegre, RS: L&PM, 2008.
           224p.; – (Coleção L&PM Pocket ; 720)

           ISBN 978-85-254-1807-4

           1. Conto brasileiro. I. Título. II. Série.

08-3182.   CDD: 869.93
                                         CDU: 821.134.3(81)-3

© David Coimbra, 2008

Todos os direitos desta edição reservados a L&PM Editores
Rua Comendador Coruja, 314, loja 9 – Floresta – 90220-180
Porto Alegre – RS – Brasil / Fone: 51.3225.5777 – Fax: 51.3221-5380

Pedidos & Depto. comercial: vendas@lpm.com.br
Fale conosco: info@lpm.com.br
www.lpm.com.br

Impresso no Brasil
Inverno de 2008

Sumário

Bandeira 2 7

Horror na cidade grande 46

Cris, a fera 86

Tentação 124

A ninfeta 152

A devoradora de homens 182

A mulher que trai 194

Bandeira 2

1

A primeira coisa que ela fez, ao se acomodar no carro, foi cruzar as longas pernas e declarar:

– Meu nome é Renata.

Não foi uma apresentação. Foi uma afirmação. Uma sentença. Quase um aviso. O nome dela era Renata, o que tinha seu significado.

Nenhuma outra passageira jamais havia feito algo parecido. Uma mulher diferente, aquela Renata. Fred percebeu isso assim que pôs os olhos nela, a meia quadra de distância. Vinha devagar ao volante do seu táxi, e ela estava de pé na calçada, atenta. Um outro táxi rodava a sua frente. Renata olhou bem para o motorista e não fez sinal. Mas para Fred fez, como se o escolhesse. O que o deixou orgulhoso, mas não iludido – Fred sabia que uma mulher daquelas não aceitaria se envolver com um taxista. Puro preconceito, ele era formado em História, poderia ser professor, se quisesse. Dirigia táxi porque gostava. E porque lhe rendia um bom dinheiro, mais do que em outros empregos que teve. O seu ponto, no aeroporto, era um ponto movimentado. Além do mais, Fred fazia algum sucesso com as mulheres. Media mais de metro e oitenta, era longilíneo e tinha bastos cabelos negros, tão negros quanto seus olhos, uma combinação que ele sentia ser seu maior trunfo. Nada daquilo, porém, devia ser o bastante para uma mulher como aquela. Morena clara. Cabelos e olhos tão negros como os dele. Respirava dentro de jeans justíssimos que lhe revelavam a curva perfeita das nádegas. Equilibrava-se em cima de botas de salto alto que a tornavam ainda mais ereta e empinada. E sua boca era arrogante, uma boca acostumada a sorrir com desdém, a rejeitar matilhas de homens famintos, mas também acostumada a morder outras bocas.

Uma mulher dessas nem sequer olharia para um taxista. Mas Renata acomodou-se no carro, cruzou as pernas de dois metros de comprimento e, antes de informar para onde pretendia ir, proferiu:

— Meu nome é Renata.

Fred estremeceu. A apresentação decerto era o preâmbulo de algo importante que viria a seguir. Resolveu ser polido:

— Prazer. Meu nome é Fred.

— Hmm... — Renata dava a impressão de estar avaliando-o. — Seguinte, Fred: vamos seguir em frente, vou dizer para onde ir.

— Claro.

— Gostei de você, garoto.

Fred chegou a ouvir os batimentos descompassados do seu coração.

— Obrigado, Renata.

— Hoje você vai se dar bem, garoto.

2

Enquanto rodavam pela cidade, Fred observava-a pelo retrovisor. Como era linda. Será que ela ia... Que ele ia... Que os dois iam??? Fred não sabia o que pensar, não sabia o que dizer.

Ela sabia.

Renata conduzia a conversa com a autoridade de uma Marília Gabriela, enquanto indicava as ruas pelas quais deviam seguir.

— De onde você é, Fred?

— Porto Alegre.

— Qual é a sua idade?

— Trinta anos.

— Hmm. Parece menos.

— Obrigado.

— Você não parece um taxista.

— Como se parece um taxista?

Renata riu baixo.

— Muito bom, Fred. Você tem espírito. Estou gostando de você.

Fred ficou orgulhoso de si mesmo. Ponto a favor.

Rodaram mais algumas quadras em silêncio, até que ela falou:

— Pode parar em frente àquela casa branca.

Fred fez o carro encostar ao lado do meio-fio. Encontravam-se na Zona Sul da cidade. A casa era grande e velha, de dois pisos, com um pequeno jardim na parte da frente. Uma casa de classe média decadente, avaliou Fred. As janelas estavam fechadas.

— Entra na garagem — ordenou Renata, acionando o controle remoto do portão.

Fred abriu a boca, surpreso. Como tudo aquilo era estranho! O que será que ela pretendia? Seria algum tipo de cilada? Ninguém tinha tanta sorte assim, mulheres como aquela não se ofereciam para taxistas. Não se ofereciam a ninguém! Ao contrário, mulheres como Renata são disputadas a tapa e golpes de talão de cheque. Fred ficou desconfiado. Mas obedeceu. A possibilidade de possuí-la valia o risco. Enquanto estacionava o táxi na garagem, um coro de latidos o saudou com fúria estridente.

— Tem cachorro grande aí — observou.

Renata fez a porta se fechar.

— Vamos por aqui — disse, apontando para uma porta lateral.

Entraram na sala de estar. Renata levou alguns segundos para encontrar o interruptor. As luzes revelaram um ambiente familiar. As paredes cobertas de reproduções de pinturas, bibelôs em cima de todos os móveis, um grande aparelho de TV dominando a estante sem nenhum livro. Não parecia casa de uma mulher solteira. Seria ela casada? Onde estaria o marido?

— Você vive sozinha aqui? — perguntou Fred.

Renata não respondeu. Mandou:

— Vem — e subiu a escadaria que levava para o segundo piso.

Fred a seguiu. Enquanto galgava os degraus, analisava os quadris da morena. A visão daquelas curvas o deixou entre angustiado e exultante.

No segundo andar, Renata caminhou por um corredor de piso acarpetado. Todas as portas estavam fechadas. O coração de Fred pulsava na garganta. Havia algo errado. Ele tinha certeza de que alguma engrenagem, ali, girava ao contrário. Era um golpe, uma armadilha, ele sabia disso! Mas ia em frente. Não podia mais recuar. A beleza da morena e a curiosidade em descobrir o que aconteceria o empurravam para o desconhecido.

Renata abriu uma porta.

– Vem – ordenou mais uma vez.

E mais uma vez Fred obedeceu.

Entrou em um quarto. Uma cama de casal reinava no fundo da peça. Renata deslizou até lá e sentou-se na cama. Cruzou as longas pernas da mesma forma como cruzara no táxi, pouco tempo atrás. E repetiu:

– Vem.

Fred foi.

3

Renata continuou dando ordens.

– Tira as minhas botas.

Dito isso, atirou o corpo para trás. Fincou os cotovelos no lençol, jogou o queixo para o alto. Os pés calçados pendiam para fora da cama, balançando com lassidão.

Fred ajoelhou-se. Tomou-lhe o tornozelo esquerdo. Com delicadeza, com extremo cuidado, como se aquele tornozelo fosse de porcelana, puxou a bota feita de algum tecido macio. Veludo, talvez? Surgiu um pezinho delgado. Número 36, calculou. Pousou-o suavemente no parquê e colheu o outro. Sacou a bota. Não resistiu: beijou o peito do pé direito de Renata, beijou, beijou, enfiou o nariz entre seus dedinhos olorosos, estava prestes a abocanhar o dedão, quando ela chamou:

– Vem pra cama, cachorrinho.

Fred foi e quase latiu.

– Tira a minha blusa.

Fred começou a abrir os botões. Ela estava sem sutiã. Quando os dois seios de pêra apareceram, Fred sentiu vontade de gargalhar de felicidade. Mas se conteve. Respirava pesadamente, sorvia o ar pelo nariz e pela boca. Ficou alguns segundos admirando aqueles seios tão rijos, tão frescos. Em seguida, os empalmou com denodo. Alisou-os, apalpou-os e, finalmente, mergulhou o rosto naquele entremorros tenro e quente.

Fred sentia-se feliz, feliz. Renata deitou-se de costas, atirou os braços para trás e deixou-se acariciar, arfando baixinho. Depois de alguns minutos, emitiu mais uma ordem, com a voz rouca de prazer:

– As minhas calças... Tira... as minhas calças...

E Fred, uma vez mais, obedeceu.

Quanto tempo ficaram se amando? Uma hora? Duas? Fred não sabia ao certo. Sabia que foi intenso, foi louco e foi delicioso. Ainda ofegavam, exaustos sobre o colchão, quando ela o surpreendeu novamente.

– Foi muito bom, mas agora você vai embora – disse, ainda deitada, fitando o teto.

Fred piscou, surpreso. Normalmente, as mulheres não se portavam assim. Normalmente, depois do sexo elas queriam carinho, conversa, quem sabe promessas. Por isso, Fred demorou a se mover. Não tinha certeza de que ela falava sério. A certeza veio quando ela sublinhou.

– Vista sua roupa. Agora.

Foi o que ele passou a fazer, confuso, em silêncio.

Antes de ele sair do quarto, Renata sentou-se na cama.

– Fred – era bom ouvir seu nome falado por ela. Fred parou. Virou-se para a cama. Será que ela havia mudado de idéia. Será que queria mais. Continuava linda e nua, sentada na cama – Preste atenção: – o tom dela era imperativo – para o seu bem, você vai sair daqui e esquecer de mim e deste endereço. Para o seu bem. Entendeu? Nunca mais volte aqui. Aconteça o que acontecer.

Fred abriu a boca, perplexo. Ela repetiu:

– Entendeu?

– Entendi – disse.

– Aconteça o que acontecer – repetiu.

– Aconteça o que acontecer.

E ele saiu, enfim, sem mais falar.

Aquilo era estranho demais. Havia algo errado. Algo muito errado.

4

Aconteça o que acontecer.

Quando alguém diz aconteça o que acontecer é porque algo vai acontecer, sem erro. Fred pensava nisso enquanto dirigia. Aconteça o que acontecer.

O que poderia acontecer? Será que ela era casada? Nesse caso, o que deveria acontecer já teria acontecido. O marido os pegaria em flagrante, exigiria dinheiro, sabe-se lá. Mas, não. Eles consumaram o ato e foi tudo bem, ele saiu da casa ileso. Aconteça o que acontecer significa que algo acontecerá no futuro. A advertência fazia algum peso no coração de Fred, mas o júbilo daquela noite de prazer era maior. Fred estava exultante. Nunca havia encontrado uma mulher sequer parecida com Renata. Queria vê-la de novo, como queria! E, de alguma forma, sabia que ela queria também. Toda aquela conversa no final não era suficiente para afastar de seu espírito a sensação de que algo importante ocorrera entre eles naquelas horas. Teria de vê-la de novo. Encontraria um jeito. Voltaria à casa da Zona Sul, procuraria por ela, não daria ouvidos ao aviso de Renata. Mas, por ora, pretendia apenas relaxar. Decidiu que não trabalharia mais. Voltou para casa, um apartamento de um quarto no bairro Auxiliadora. Abriu uma cerveja. Tirou os sapatos. Sentou-se em frente à TV e começou a zapear. Parou num programa sobre a rivalidade entre leões e hienas. As alegrias da TV a cabo...

Fred adormeceu no sofá. Acordou-se às cinco da madrugada, arrastou-se para o quarto e dormiu um sono reparador. Despertou cantando para uma nova semana. A vida era boa. Conhecera Renata, tivera uma noite única, uma noite para contar para seus amigos para todo o sempre. E teria a oportunidade de relatar suas façanhas da noite anterior em poucas horas. Era segunda-feira, dia de jogar futebol com a turma. Fred era um fominha, jogava bola três vezes por semana. Depois do jogo, durante a cervejada, ele se regalaria ao relembrar a aventura com a morena, narrando os detalhes para os camaradas embasbacados.

Tomou banho, vestiu-se, reuniu o equipamento do futebol e colocou tudo numa bolsa de pano. Desceu para a garagem assobiando o tema de *George, o rei da floresta*. Fez a volta no carro para colocar a bolsa no porta-malas. Abriu o porta-malas. E o que viu lá dentro o fez emitir um gemido de horror e recuar três metros.

– Meu Deus! – gritou.

Dentro do porta-malas de seu táxi havia um homem nu. Um homem com o rosto inchado e desfigurado.

Um homem morto.

5

Fred sentiu medo. Havia um morto no seu carro. Um morto! Nunca tinha visto um morto antes. Não assim... ao vivo? Não, ao vivo não cabia no caso. Não queria se aproximar do cadáver. Ficou olhando à distância. Como aquilo foi parar no seu...

RENATA!

Fred deu um tapa na testa. Claro! Tudo se encaixava! Ela queria desovar o cadáver e o usou para isso! Devia ter algum cúmplice, obviamente. Escolheu-o aleatoriamente, levou-o para a casa onde estava o morto, decerto assassinado por ela mesma e pelo assecla, e o arrastou para o quarto a fim de distraí-lo. Evidente! Enquanto eles transavam no quarto, o comparsa dela, ou os comparsas, colocaram o cadáver no porta-malas. Por isso ela fez questão de que ele estacionasse na garagem! Por isso ela fez aquela advertência!!! Ele deveria esquecer dela e do endereço aconteça o que acontecer. Era isso que ia acontecer! O cadáver em seu porta-malas era o que ia acontecer!

Era muita sorte mesmo, uma mulher daquelas tomar seu táxi e fazer sexo com ele daquela forma gratuita. Não de graça. Não daquele jeito. Tudo tem um preço nesse mundo.

Agora, de uma coisa Fred sabia, de uma coisa ele tinha certeza: ela o escolhera. Podia pegar qualquer taxista, mas foi ele quem ela quis. Outra: ela podia ter enrolado, podia ter esperado, ganhando tempo até o comparsa, ou os comparsas, colocarem o corpo em seu porta-malas. Quer dizer: ela não precisava ter transado com ele. Mas ela quis. E mais: ela gostou! Fred tinha convicção disso. Sabia quando agradava a uma mulher. Não que se achasse o bom, o galo cinza e talicoisa. Não. Mas algumas vezes alcançava uma sintonia especial no amor, e com Renata essa sintonia chegou a uma afinação inédita. Ela havia gostado. Existia algo entre eles. Fred sabia disso!

Mesmo assim... Mesmo assim, o cadáver fora colocado em seu porta-malas. Desgraçada.

Fred olhou para os lados. Estava na garagem do edifício, alguém poderia chegar e...

Ao pensar nessa possibilidade, o som da porta do elevador se abrindo chegou aos seus ouvidos. Algum vizinho estava chegando! Fred não podia deixar que alguém visse o corpo. Correu para o porta-malas e o fechou num estrondo de metal contra metal.

Não era um vizinho.

Era uma vizinha.

Francine.

Morava no sétimo. Fazia tempo que Fred cobiçava aquela loira. Volta e meia, encontravam-se no elevador. Fred ficava nervoso em sua presença. Trocavam algumas frases gentis, ela sorria um sorriso cheio de luz, parecia que algo poderia acontecer entre eles, mas aí a porta do elevador se abria e ela ia embora, ondulando. Fred suspirava ao vê-la ir-se embora. Desejava aquela loira. Havia muito não desejava tanto uma mulher. Bem, claro, até Renata aparecer.

A loira se aproximou do carro de Fred.

– Olá, vizinho – sorriu.

– Oi, Francine – Fred estava entre feliz e apreensivo com a chegada dela. Que hora para ela chegar! Não podia aparecer num dia em que ele não tivesse um morto no bagageiro?

– Sabe por que estou aqui agora? – perguntou ela, debruçando-se na tampa do porta-malas do táxi. Fred estremeceu. Quase pediu para que se afastasse, mas se conteve.

– Você veio à garagem para pegar seu carro – respondeu.

– Não – ela sorriu. – Estou atrás de você.

– Hein?

– Meu carrinho está na oficina. Aí, em vez de chamar um táxi desconhecido para ir ao trabalho, resolvi apostar que encontraria você por aqui. Desci mais ou menos no horário em que você sai e... aqui estamos! Não é uma sorte?

– Uma sorte mesmo...

Mas Fred não sabia se era sorte. Não sabia se devia rodar com seu táxi por aí. Não com um corpo no porta-malas. Mas, ao mesmo tempo, não podia perder a oportunidade de passar alguns minutos com Francine. De conversar com ela. Aproximar-se dela. O que devia fazer?

– Vamos? – perguntou a loira, já se dirigindo à porta do carona.

Fred vacilou. Devia levá-la? Ou não? Devia ou não devia, devia ou não devia?

6

O desejo derrotou a cautela. Fred levou Francine em seu carro. Ela se instalou com graça no banco da frente e Fred pensou, ao engatar a primeira: aiaiaiai...

Enquanto rodavam pela cidade, Fred angustiava-se com a possibilidade de ser parado em alguma blitz da polícia. Ao mesmo tempo, pensava em como abordá-la. Não precisou gastar os neurônios. Francine se encarregou de comentar:

– Fazia tempo que não nos encontrávamos no elevador...
– Pois é. Falta de sorte a minha.

Ela sorriu. Sinal alvissareiro. Fred se alegrou. Mas não conseguia esquecer que havia um cadáver no seu porta-malas. Algo podia acontecer. Algo sempre acontecia nesses casos. Um acidente, por exemplo. Sabe-se lá.

O que ele ia fazer com o corpo? Procurar a polícia estava descartado. Ele seria envolvido em um crime no qual não tivera a menor participação. Além disso, os policiais não acreditariam nele. Quem acreditaria? Uma morena que parecia ter saído direto do Donna Fashion parara o seu táxi, fizera sexo com ele como se fosse uma rameira e o mandara embora com um cadáver no porta-malas. Decididamente inverossímil. Os policiais achariam que o morto era algum desafeto dele, ou um passageiro que ele matou durante uma discussão, uma briga, algo assim. É, ir à polícia estava fora de questão.

O que devia fazer com o corpo, então?

– Algum problema? – perguntou Francine.

– Não! Por quê?

– Você está tão quieto...

– Eu?!? – Fred se alarmou. Se continuasse daquele jeito, ia perder a loira, ele que há tanto tempo queria aquela loira. – Impressão. É que... sabe... – Fred pensou rápido. Queria reverter a falha em seu favor. – É que é uma emoção ter você aqui, ao meu lado, tão pertinho...

– Aaah, por quê? – sorriu ela, mais uma vez.

Fred decidiu experimentar um direto de direita:

– Porque você é linda.

Ela se retorceu de prazer no banco e, em seguida, deu a resposta óbvia:

– São teus olhos.

Irritante aquilo, são teus olhos. Mas Fred se conteve. Não disse dã, ou coisa parecida. Por dois motivos: porque queria muito a loira e seu corpo cheio de curvas perigosas e porque o corpo que mais o preocupava era o morto, lá atrás, no porta-malas. Teria de voltar à casa onde se regalou com Renata. Pouco se importava com a advertência dela. Voltaria assim que deixasse Francine na academia onde ela trabalhava. Ah, tinha mais essa: a mulher era professora de academia de ginástica. Seu corpo era esculpido diariamente com o cinzel dos pesos e dos aparelhos de musculação. Que mulher! Fred não podia perdê-la.

Chegaram à academia. Antes de ela desembarcar, Fred arriscou:

– Quando é que nós vamos tomar aquele vinho lá em casa?

Ela lhe enviou um olhar de viés:

– Hoje à noite estou livre...

Fred não esperava por tanto imediatismo. Estava dando sorte com as mulheres nos últimos dias.

– Hoje? Claro! Que horas?

– Oito?

– Oito. Está bem.
– Tiauzinho.
– Tiau.

E ela se foi, pisando firme, como se fosse a dona da cidade.

Fred engatou a primeira. Ia para a casa de Renata. Ia desvendar aquele maldito mistério. Ia livrar-se do corpo no porta-malas.

7

Renata.

Nem a possibilidade de encontrar-se com Francine fazia Fred esquecer Renata. Mas seus pensamentos não eram ocupados apenas por uma e outra. Havia o corpo no porta-malas. Aquilo não podia ser obra de um cidadão comum. De forma alguma. Renata devia ser uma criminosa. Ou devia estar mancomunada com criminosos. De qualquer maneira, no mínimo era cúmplice de um crime. De um homicídio.

Em que roubada ele se metera. Mas, mesmo tendo sido enganado, mesmo correndo o risco de ser preso, mesmo estando com um maldito cadáver no porta-malas, não se arrependia. O sexo com Renata fora realmente especial.

Enquanto dirigia para a Zona Sul da cidade, Fred tentava decidir o que fazer com o corpo. Jogá-lo simplesmente no jardim da casa era inviável. Alguém poderia flagrá-lo tirando o corpo do porta-malas, anotar o número da placa do carro e pronto: ele seria acusado de assassinato, seria detido, arrastado para o Presídio Central, atirado a uma cela com assassinos de todo tipo. Sua vida acabaria. Não havia outra saída: teria que desvendar os segredos da casa da Zona Sul.

Fred deixou de pegar pelo menos três passageiros no caminho. Dirigia devagar, com calma, para não ser atacado por algum fiscal de trânsito ou policial. Ao chegar à casa, estacionou o carro do outro lado da rua e ficou observando. Evidentemente, as pessoas que fizeram aquilo com o sujeito do porta-malas não eram boas pessoas. A morte do cara não ocorrera por acaso. Não fora um acidente. Não: ele tinha sido torturado. O rosto estava inchado e desfigurado, e o corpo não parecia em melhor estado. Fred estremeceu. Não sabia com que monstros lidava.

Decidiu ser mais cauteloso.

Olhou para a casa. As janelas estavam abertas. Decerto havia alguém lá dentro. Renata? Ou o marido? Ou os assassinos? Não... Os assassinos não ficariam lá, esperando por ele. Ou ficariam? Maldição, o que devia fazer?

Teve uma idéia.

Tomou o celular do console e discou para informações. Forneceu o endereço da casa e obteve o número do telefone. Ligou.

– Alô? – atendeu uma voz de mulher.

Fred sentiu o coração acelerar.

– Renata? – perguntou, ansioso.

– Aqui não mora nenhuma Renata.

– Não... Não mora? A senhora sabe onde ela mora?

– Não conheço nenhuma Renata.

– Não conhece? Mas...

– O senhor ligou para o número errado. Aqui não tem Renata.

Desligou.

E agora? Fred sentia-se angustiado. Será que Renata se encontrava na casa? Estaria escondida? Trancada em um quarto? Ou será que ela mesma havia atendido ao telefone? Podia ser a voz dela... Ou não? Podia, claro que podia. Nesse caso, talvez fosse melhor ir até lá. Fred ia. Resolveu que ia.

Foi.

Saiu do carro, atravessou a rua olhando para os lados e abriu o portão que dava para o jardim. O portão rangeu. Fred ouviu os latidos dos cães nos fundos da casa. Subiu no alpendre. Respirou fundo. Premeu o botão da campainha. Esperou. Os latidos aumentaram. Ouviu o ruído de passos que se aproximavam, lá dentro. A janelinha da porta se abriu e um rosto de mulher apareceu entre as grades de proteção.

Não era Renata.

Era uma mulher de uns 45 anos, de aspecto cansado. Encarou-o com apreensão.

– Ahn, d-desculpe – gaguejou Fred. – Eu queria falar com a Renata.

O rosto da mulher se contraiu. Seu rosto assustado recuou para a sombra da casa.

– Foi você que ligou agora há pouco? – perguntou, com um acento de aflição na voz.

– Eu...

– O que você quer? Aqui não tem nenhuma Renata, já disse! Sai daqui!

– Desculpe, é que havia uma Renata aqui...

– Sai daqui! Vou chamar a polícia!

E fechou a janelinha.

Fred saiu do lugar, confuso. E agora? O que devia fazer? Quem era aquela mulher? Onde estava Renata? O que estava acontecendo?

8

Fred voltou para o táxi e sentou-se atrás do volante. As respostas, obviamente, escondiam-se entre as paredes daquela casa. Mas a mulher que atendeu à porta não parecia ter nada a ver com a história. Havia ficado genuinamente assustada... Mas que droga. Não podia sair de lá sem ao menos um avanço. Resolveu esperar para conferir a movimentação do lugar. Ligou o rádio. Ouviu a voz do Sílvio Benfica dando as notícias de esporte. Pensou no morto lá atrás. Quanto tempo um cadáver demorava para começar a cheirar mal? Dois dias? Três? Ainda bem que não estava fazendo calor. De qualquer forma, tinha de se livrar do corpo logo, de preferência nas próximas horas. Mas tinha o vinho com Francine. Não devia ter marcado o vinho com Francine para aquela noite. Não tendo que se preocupar com um cadáver. Não, não devia. Francine merecia atenção exclusiva. Era uma loira e tanto e...

Alguém apareceu!

Um homem que caminhava pela calçada, vindo da esquina, abriu o portão da casa e entrou no pátio. Usava terno, mas não gravata. Parecia ter uns quarenta e tantos anos, seus cabelos eram castanhos com grisalhos nas têmporas, media pouco menos de metro e oitenta e não era gordo nem magro. Subiu no alpendre. Sacou um molho de chaves do bolso, enfiou uma chave na fechadura e abriu a porta. Ou seja: o sujeito morava no lugar. Seria o marido da mulher que atendera à porta? Possível, eles regulavam em idade. Será que Fred deveria ir lá e falar com ele? Achou que talvez fosse uma boa idéia. Enfrentar a questão de frente, com coragem, com decisão. Colocou a mão no trinco da porta do carro, abriu-a, mas pensou melhor: e se a mulher que atendeu à porta e o homem que entrou fossem, justamente eles, os assassinos?? Nesse caso, eles sabiam quem ele, Fred, era. Sabiam que levava um cadáver no porta-malas. Afinal, ELES é que tinham colocado o cadáver no seu porta-malas!!! Desgraçados!

Mais: se eles eram os assassinos, eram pessoas perigosas. Podiam fazer o mesmo com Fred! Que horror, e eles pareciam tão inofensivos...

Fred decidiu esperar mais. Ficou olhando para a porta. Olhando. Olhando.

Transcorrida uma hora inteira, a porta se abriu.

O mesmo homem saiu da casa e ganhou a calçada. Fred ligou o carro. Engatou a primeira. A segunda. Foi atrás. Devagar, para não despertar suspeitas. O homem caminhou até a esquina. Parou. Fred seguiu com o carro e estacionou logo adiante. Virou-se para trás, olhando por cima do banco, através do vidro traseiro. O homem esperava algo. Esperava, esperava.

Chegou.

O lotação.

O homem tomou o lotação, sentou-se no lado do corredor e Fred fez meia-volta com o carro para continuar seguindo-o. Manteve-se atrás do lotação. Dirigia lentamente, atrasando o tráfego, mas não se importava com as reclamações dos outros motoristas. Precisava descobrir aonde o homem iria. No centro da cidade, o desconhecido desembarcou. Fred estacionou o carro numa área azul, pouco se importando se havia algum fiscal nas imediações. O homem entrou em um prédio. Fred entrou também. Correu para alcançá-lo, mas, ao chegar ao saguão, deparou com uma multidão. Dezenas de pessoas entrando e saindo de quatro elevadores situados nos fundos do salão. Do homem, nem sinal.

Frustrado, Fred voltou para o seu táxi. Dirigiu para a Zona Sul. Retornaria à vigília diante da casa. Não ia deixar a coisa assim. Ficaria de campana até descobrir algo. Rodou aflito pela cidade, entrou na rua em que ficava a casa e então reparou naquele carro. Uma caminhonete cinza com quatro sujeitos dentro. Os quatro olhavam diretamente para ele e a caminhonete o seguia. Fred estremeceu. Sentiu medo. Alguma coisa muito grave estava prestes a acontecer.

9

Fred não vacilou. Pressionou o acelerador e voou pelas ruas tranqüilas da Zona Sul. Para seu horror, a caminhonete também acelerou. Perseguiam-no! Queriam pegá-lo! Fred entrou à direita, na direção do rio. Será que eles continuariam com a perseguição em uma avenida movimentada? Calculou que sim. Aqueles sujeitos não pareciam tipos que se intimidassem com testemunhas. Tinha de fugir. De qualquer jeito. Engatou a quinta marcha. Estava a mais de 120 pelas ruazinhas precárias, margeadas por casas bucólicas, as calçadas ornamentadas por árvores folhudas. Fred tirava o máximo do seu táxi, mas o carro deles era mais possante. Iam alcançá-lo! Entrou à esquerda mais uma vez, na contramão, esperando despistá-los. Em vão. A caminhonete logo o alcançou. Fred olhou para o lado direito e viu, com pavor, que o homem sentado no banco de trás empunhava um enorme revólver negro. Entrou em pânico. Gritou:

– Meu Deus!

Mas teve de parar o carro. A caminhonete o fechara contra uma árvore, ele não tinha mais para onde ir. Abriu a porta do táxi, saiu correndo, resvalou no cordão da calçada, equilibrou-se e, antes que recomeçasse a correr, sentiu uma mão de ferro puxando-o pela camisa. Em um segundo, os quatro brutamontes o cercavam. Dois deles o prendiam pelos braços e um terceiro se aproximou com os punhos fechados. Era um baixinho retaco, forte, com cara de boxeador. Fred achou que ele era o motorista. Por sobre o ombro do baixinho viu o homem que segurava o revólver no banco de trás da caminhonete. Um sujeito de cabelo castanho escorrido e olhos azuis gelados. O homem sorria malevolamente.

– O que é isso??? – gritou Fred.

A resposta foi um gancho que o baixinho lhe aplicou na boca do estômago. Fred sentiu uma dor aguda se espalhar pelas entranhas. Perdeu a respiração. Contorceu-se todo, queria se curvar, mas estava seguro pelos braços.

– Cadê o Loguércio? – perguntou o baixinho.

Mesmo que quisesse responder, Fred não conseguiria. Estava sem respiração.

– Cadê o Loguércio??? – repetiu o outro.

Fred o encarou com os olhos redondos de medo. O baixinho levantou os punhos. Ia bater novamente. Bateu, enquanto repetiu:

– Cadê o Loguércio???

O soco atingiu o canto esquerdo da boca de Fred. Ele sentiu o gosto do próprio sangue. Iam matá-lo de porrada. Morreria numa ruazinha da Zona Sul, sozinho, abandonado, sofrendo.

– Que Loguércio??? – enfim conseguiu responder, resfolegando. – Não conheço nenhum Loguércio!

O punho do baixinho voou em sua direção mais uma vez. Fred conseguiu virar o rosto para o lado, o murro acertou-lhe a ponta da testa com violência. Fred tonteou. O baixinho perguntou:

– Cadê o dinheiro???

– Que dinheiro??? – gemeu Fred. – Não sei de dinheiro nenhum! Podem levar tudo o que tenho! Está ali no táxi!

Mas ele sabia que não era desse dinheiro que o bandido falava.

– Tu vai morrer, desgraçado! – prometeu o baixinho, desferindo-lhe outro soco. Esse acertou-lhe o flanco esquerdo. Fred sentiu a dor mais aguda da sua vida. Havia lido em algum lugar que nada dói mais do que um soco nos rins. Agora sabia que isso era verdade.

– Cadê o dinheiro??? – repetia o baixinho, enquanto castigava-o com uma seqüência de socos no rosto, no peito, no estômago, nos ombros.

Fred ia morrer. Sabia que ia morrer. E, naquele momento, queria morrer. Queria livrar-se do sofrimento. Da dor.

10

Quando tudo parecia perdido, soou o toque salvador da Sétima Cavalaria. A sirene de um carro de polícia!

– Os hômi! – alertou um dos agressores.

– Vamos! Vamos! – mandou outro.

Saíram correndo. Entraram na caminhonete, que voou pela rua num clangor de portas batendo e guinchos de pneus cantando. Fred ficou sentado no paralelepípedo, tonto, tossindo. O carro da polícia reduziu a marcha para estacionar ao seu lado. Ele estava machucado. Não sabia ainda o quanto, mas sentia-se mal, tinha ânsias de vômito e dores por todo o corpo. Mesmo assim, conseguiu raciocinar: o carro da polícia, da mesma forma que era sua redenção, podia ser a sua perdição. Se os policiais parassem para atendê-lo, obviamente iam querer saber o que havia acontecido, fariam perguntas, levá-lo-iam para a delegacia e aí... poderiam abrir o porta-malas do táxi! Oh, Deus! Não podia deixar que isso acontecesse. Precisava mostrar que estava bem, que não necessitava de socorro, que os policiais podiam sair em perseguição dos bandidos.

Tudo isso Fred pensou durante o mínimo instante que levou para o carro da polícia surgir na esquina, acionar a sirene e diminuir de velocidade para aproximar-se dele. Antes que o carro estivesse totalmente parado, gritou:

– Tentaram me assaltar! Estou bem! Peguem os bandidos! Peguem!

– Você está bem? – insistiu o policial, colocando a cabeça para fora da janela.

– Estou bem! Estou bem!

– Espera aqui! – ordenou o policial, antes de o carro arrancar para sair em perseguição à caminhonete.

Fred não pretendia esperá-los coisa nenhuma. Sabia que não conseguiriam alcançar os bandidos e que logo estariam de volta. Isso se não mandassem outra viatura por rádio. Tinha de ir embora de uma vez. Mesmo que tivessem anotado sua placa, mesmo que o procurassem depois, o importante era cair fora dali e livrar-se do corpo. Ergueu-se com dificuldade. Seu estômago doía, seu rosto doía, seu pescoço doía, seu peito doía, sua cabeça doía, ele todo doía. Gemendo, arrastou-se até o carro. A porta do motorista estava aberta. Fred sentou-se atrás do volante. Respirou fundo. Doeu. Respirar doía também. Ligou o carro, engatou a primeira marcha e deu meia-volta. Saiu da rua pela mão correta. Dirigia com dificuldade, tentando fazer a respiração voltar ao normal e concentrar-se no trânsito. Ao mesmo tempo, esforçava-se para entender o que havia acontecido. Quem eram aqueles homens? Quem era Loguércio? De que dinheiro eles falavam? Por que o atacaram?

Tentou organizar os pensamentos.

Lógica.

Tinha de usar a lógica fria. Em primeiro lugar, era evidente que o ataque devia ter algo a ver com o morto em seu porta-malas. Que provavelmente era o tal Loguércio. Afinal, o Loguércio estava desaparecido. "Onde está o Loguércio?", repetia o baixinho. Se ele soubesse onde estava o Loguércio, não perguntaria. Iria ao porta-malas e tiraria o corpo de lá. Hmm... Pelo jeito, aqueles quatro não sabiam nem que o Loguércio fora assassinado. Nenhum bandido ataca alguém na rua para perguntar por um morto. Logo, não eram eles os assassinos do Loguércio. Mas também não queria dizer que fossem bonzinhos. Bonzinhos não espancavam pessoas na rua. E por que estariam atrás do Loguércio? Eram seus amigos? Ou inimigos? Outra: aquela história do dinheiro. "Onde está o dinheiro?", perguntava o baixinho, enquanto o socava. Será que o Loguércio estava com o dinheiro? E será que o dinheiro em poder do Loguércio era o dinheiro deles, os seus agressores??? Ah, aquilo fazia sentido.

Mas a grande pergunta era: por que eles o atacaram? Mais: por que achavam que ele, um mero taxista, sabia onde estava o Loguércio e onde estava o dinheiro??? Perguntas difíceis de responder. Será que Renata tinha algo a ver com aquilo tudo? Decerto que sim. Uma coisa era certa: ele não podia mais voltar às cercanias daquela casa. Afinal, os bandidos rondavam por lá. Provavelmente viram que ele fazia campana na frente da casa e acharam que ele sabia de algo. Com quem havia se metido!

O que ele devia fazer agora? Seria seguro retornar para casa? E para o seu ponto, será que podia ir para o ponto? Os bandidos ou os policiais poderiam ter identificado a marca do seu ponto no carro, talvez estivessem lá agora mesmo, esperando por ele. O que devia fazer?

Francine! Lembrou-se de Francine. Havia marcado um encontro com ela. Será que podia ir ao encontro? Devia? Como livrar-se do corpo? Quantas perguntas sem respostas.

11

Fred dirigiu até o centro da cidade. Parou no bar do Concho, um velho conhecido. Concho era um espanhol que morava em Porto Alegre havia trinta anos. Falava um português atravessado de espanhol. Ou um espanhol atravessado de português, ninguém sabia ao certo. Seu boteco era apertado, não muito bem freqüentado, mas servia vitaminas densas e sanduíches quentes consistentes. Depois de todas aquelas aventuras, Fred sentia fome. A tarde já avançava e ele só estava com o café-da-manhã no estômago. Entrou no bar mancando.

– Madre de Diós! – exclamou o Concho detrás do balcão. – O que aconteceu???

– Uma tentativa de assalto – gemeu Fred. – Mas agora está tudo bem.

– Bien?!? Tu no pareces bien...

– Vou ficar melhor se tomar uma vitamina de abacate caprichada e comer um sanduba de salame.

– É pra já.

– Vou ali ao banheiro me lavar.

– Estás precisando.

Fred arrastou-se até o banheiro. Mirou-se no espelhinho pendurado sobre a pia. Seu aspecto era miserável. Estava descabelado e sujo. Dois botões da sua bela camisa azul-celeste, sua camisa preferida, haviam sido arrancados. Uma bolota arroxeada, do tamanho de meia fatia de pêssego, erguia-se do lado direito de sua testa, como um chifre nascente. O lábio fora cortado por dentro, mas nada grave. O peito e o estômago doíam. Fred apalpou-se e concluiu que não havia nenhum osso quebrado. Pelo menos não aparentemente. Suspirou. Que situação. Lavou o rosto e os braços na pia, amansou o cabelo, enfiou a camisa para dentro das calças jeans e fitou novamente sua imagem no espelho: tornara-se aceitável. Voltou para o balcão. Sentou-se na banqueta e, em trinta segundos, o Concho apareceu com a vitamina verde e o sanduíche fumegante.

– Entonces fué um assalto? – perguntou o Concho, em esforçado portunhol.

– Pois é...

– Onde fué isso?

– Na Zona Sul. Eu tinha levado uma moça até lá e, quando estava voltando, quatro sujeitos fecharam meu táxi e me atacaram.

– Madre de Diós!

– A vitamina está uma delícia, Concho.

– Gracias.

Outros fregueses entraram. Concho foi atendê-los. Fred terminou seu lanche e quedou-se um pouco no balcão, tentando pensar no que deveria fazer. Decidiu que se livraria do corpo o quanto antes. Iria para algum lugar ermo da cidade, lá no extremo sul, de preferência, e jogaria o cadáver em algum terreno baldio. Faria isso assim que saísse do bar do Concho.

– Foste à polícia? – perguntou o Concho.

– Talvez eu vá mais tarde. Eles não levaram nada. Não deu tempo, um carro da Brigada apareceu. Mas agora preciso fazer algumas coisas.

– Se precisar de ajuda...

– Obrigado, Concho, mas, por ora, preciso só de um cafezinho bem quente pra me reanimar.

– Pra já!

Fred tomou seu café, pagou a conta e saiu. Entrou no táxi e rumou outra vez para a Zona Sul. Desovaria o cadáver de qualquer forma!

Fred foi longe. Passou o Lami, passou Belém Velho, procurou um local desabitado, mas em todos os lugares havia gente. Ou perspectiva de aparecer gente. Já anoitecia quando finalmente achou o que procurava: um terreno baldio, coberto de matagal. Nenhuma casa por perto, nenhuma chance de aparecer alguém. Entrou com o carro no terreno, dirigiu com cuidado até um mato um pouco mais alto e parou. Apanhou uma lanterna no porta-luvas, saiu do carro e caminhou até a traseira. Prendeu a lanterna entre os dentes. Abriu o porta-malas. A visão do cadáver o fez estremecer. Era horrível. O que tinham feito com aquele coitado! Precisava tirá-lo dali, mas não queria encostar no corpo. Ouvira falar de bactérias nocivas que eram liberadas por cadáveres. Cadaverina, ou coisa parecida. Vacilou, cerrou os dentes e, enfim, avançou. O sujeito estava nu. Fred não poderia puxá-lo pelas roupas. Sentia nojo. Resolveu que colocaria a parte de cima do corpo para fora do bagageiro arrastando-o pelos cabelos. Foi o que fez. Empalmou tufos dos cabelos com ambas as mãos e puxou com força. Então, algo horrendo aconteceu. O cabelo simplesmente se despegou do couro cabeludo! Fred quase caiu para trás com o escalpo do homem nas mãos.

– Mnnnnn! – gemeu de horror. Não gritou porque a lanterna ainda tapava-lhe a boca.

Olhou para o cabelo em suas mãos com asco. Mas, passados dez segundos de pânico, compreendeu: tratava-se de uma peruca! Com o tipo tendo sido espancado daquela forma, como a peruca continuara presa à cabeça??? Decerto o homem, o tal Loguércio, fixara-a com cola... Por que ele fizera isso? Fred examinou a peruca com a lanterna. E, com os olhos arregalados de surpresa, viu: havia uma pequena chave presa por esparadrapo à parte de baixo da peruca. Fred pegou a chave e atirou a peruca ao chão. Era uma chave pequena, com uma etiqueta de plástico amarrada à base e um número escrito à caneta hidrocor na etiqueta: 12. Fred piscou. Que mistério... Decidiu que o resolveria mais tarde. Enfiou a chave no bolso direito dos jeans e partiu para a remoção do corpo. Desta vez, não hesitou. Faria o que devia ser feito. Venceu o nojo: enfiou as mãos sob as axilas do morto e o arrancou do porta-malas, bufando com o esforço. O corpo já estava enrijecido e cheirando estranho. Teria de levar o carro a uma lavagem com urgência. Jogou o corpo no terreno, enfim. E rumou para longe daquele lugar.

Dirigiu de volta para casa aliviado com a desova e pensando na chave que descobrira. Aquilo devia ter algum valor, caso contrário o Loguércio, se é que ele se chamava mesmo Loguércio, não a esconderia sob a peruca. Será que era isso que os homens estavam procurando? Será que a chave levava ao dinheiro pelo qual perguntava o baixinho? Fred se excitou com a possibilidade. Pensou também em Francine. Demoraria mais de uma hora para chegar ao seu edifício, que ficava na outra ponta da cidade. Atrasaria-se para o encontro com Francine. Mas, mesmo que chegasse na hora, será que ele poderia entrar em casa? Lembrou-se dos filmes policiais em que bandidos esperam pela vítima dentro do seu apartamento. Estremeceu. Teria de tomar cuidado...

Ao chegar à rua em que morava, Fred não entrou de imediato no prédio. Deu duas voltas na quadra, olhou bem para todos os lados, procurando rastros da caminhonete cinza que o perseguira horas antes. Quando achou que estava seguro, abriu o portão da garagem e entrou. Subiu pelas escadas, precavido. Não queria ser encurralado no elevador. Caminhou pé ante pé pelo corredor que dava acesso ao seu apartamento. Parou diante da porta. Tirou a chave do apartamento do bolso. Mas, antes de enfiá-la na fechadura, encostou o ouvido esquerdo na porta. Prestou atenção. Muita atenção. Então ouviu: uma voz masculina sussurrava algo lá dentro. Eles estavam lá! Fred sentiu a garganta se fechar. O que devia fazer? Resolveu fugir dali. Com o coração aos pulos, caminhou cuidadosamente, na ponta dos pés, até as escadas. Abriu a porta para sair do corredor. E ouviu sons de vozes vindas dos andares inferiores. Eram eles! Fred havia se colocado em uma ratoeira! E agora??? Virou-se para correr para o outro lado, para o elevador. Mas a porta do elevador se abria. Alguém sairia de lá. Podia ser um vizinho, mas também podia ser um dos bandidos. Oh, eles iriam matá-lo desta vez! Iam matá-lo!

12

Fred olhou para a escadaria. Olhou para a porta do elevador. Olhou de novo para a escadaria. E outra vez para o elevador. Devia esperar? E se fosse Francine? E se fosse outro vizinho? Mas e se fossem os bandidos??? Seria trucidado e morto, nessa ordem. Em um segundo, tomou a decisão: enfiou-se no corredor escuro das escadarias e, em vez de descer, subiu. Escalou os degraus cautelosa porém rapidamente, de dois em dois, pisando macio para não fazer barulho. Subiu as escadarias com o coração comprimido no peito, angustiado, ouvindo as vozes dos homens que vinham de baixo e chegavam ao seu andar. Ao alcançar o sétimo, Fred acelerou o passo, percorreu o corredor velozmente e bateu à porta de Francine.

Ela espiou pelo olho mágico. Abriu a porta.

– Fred? Você não estava em casa e... O que houve? Você está com cara de assustado e... – ela avançou um passo e esticou a cabeça para ver melhor. – Você está machucado...

– Uma confusão, Francine. Posso entrar?

– Claro!

Francine recuou para lhe dar passagem. Vestia calças de ginástica coladas às pernas torneadas, grossas meias de tênis e camiseta. Não calçava sapatos. Estava dentro de uma roupa confortável, de ficar em casa, mas ainda assim, Fred achou muito sensual. Entrou, aliviado. O apartamento era pequeno, do tamanho do dele. Mas muito bem decorado, ao contrário do dele. As cortinas brancas da janela combinavam com a poltrona e o sofá também brancos. O cansaço de um dia de trabalho se afundaria naquele tapete cinza, de quatro dedos de altura. E na mesinha de centro reinava um pote redondo de vidro cheio de bombons. Era um lar, pensou Fred. Um verdadeiro lar.

– Bonito aqui – comentou.

– Obrigada. Senta.

Sentou-se.

– O que aconteceu? – ela quis saber, instalando-se na poltrona.

Fred tentou decidir se deveria contar-lhe tudo ou não. Se contasse, teria de falar de Renata. O que Francine iria dizer? Bem... Ele era solteiro, afinal. E entre ele e Francine não havia nada. Ainda. Outra coisa: será que ele deveria revelar que ela andou num carro que tinha um morto no porta-malas? Ela poderia ficar furiosa por isso, poderia expulsá-lo do apartamento. Mas, ao mesmo tempo, só teria possibilidade de pedir a ajuda dela se lhe dissesse o que estava acontecendo. E precisaria de ajuda, ah, precisaria...

– Francine... – falou Fred, enfim, a cabeça baixa, os olhos fixos no centro da mesinha.

– Sim?

– Posso pegar um bombom?

Ela piscou:

– Claro.

Fred pescou uma bolota de chocolate do pote de vidro. Estava delicioso. Aqueles perigos todos despertaram sua fome.

– Está bem – disse, enquanto mastigava. – Vou contar tudo – o chocolate lhe dera forças.

Contou. Não escondeu nada, nem a parte do encontro com Renata, nem a viagem de Francine no táxi com o cadáver no porta-malas. Francine ouviu em silêncio. Às vezes abria a boca de espanto, às vezes apertava os olhos ou os lábios. Quando Fred falou da chave presa à peruca ela fez ó:

– Ó.

Depois continuou fazendo mais alguns ós.

– É isso – concluiu Fred. – E agora acho que preciso da sua ajuda.

– Que tipo de ajuda?

– Em primeiro lugar, gostaria de passar a noite aqui.

– Sem problemas. Você deve mesmo estar precisando de um banho e de uma cama quentinha.

Fred sentiu certa emoção ao ouvir a referência à cama quentinha.

– Claro que não estaremos juntos nessa cama – acrescentou ela, como se lesse seus pensamentos. – Você já teve muitas experiências excitantes nos últimos dias. Precisa descansar. Por sorte, tenho um colchão extra.

Fred ficou decepcionado, mas não fez nenhum comentário.

— Esses caras — prosseguiu Francine. — Esses bandidos. Eles não vão ficar no seu apartamento para sempre. O corpo do tal Loguércio vai ser encontrado, aí eles vão parar de procurar.

— Mas acho que eles não estão procurando pelo Loguércio. Eles devem estar procurando é pelo dinheiro que devia estar com o Loguércio. E imagino que esta chave — tirou a chave do bolso — abre a porta que leva ao dinheiro.

— Hmm — ela esticou o pescoço para analisar a chave. — Parece a chave de um dos armários da academia...

Fred a examinou:

— Parece mesmo. Isso me faz pensar...

— Então, eles acham que você está com o dinheiro?

— Isso. Ou acham que sei onde está o Loguércio, que sabe onde está o dinheiro. Quer dizer: sabia... Eles me viram rondando a casa onde estava o Loguércio e me seguiram. Só pode ser.

— É. Tem lógica. Então, eles não vão parar de persegui-lo.

— Não. É por isso que preciso resolver esse caso. É por isso que tenho de achar aquele cara da casa.

— Que cara?

— O que saiu da casa e foi para o prédio no Centro. Preciso falar com aquele cara. Preciso dizer que fui vítima daquilo tudo, que não tenho nada a ver com o morto, nem com o dinheiro, nem com a Renata.

— Com a Renata você tem.

Fred ficou um pouco perplexo com o comentário irônico. Mas preferiu não aceitar a provocação. Estava em desvantagem naquele momento.

— O fato é que preciso falar com aquele sujeito.

— Não vai ser perigoso?

— Talvez. Mas é minha única saída. Tenho que fazer isso antes que esses caras me peguem.

— E como você vai fazer? Você não pode voltar à casa.

— Não vou voltar lá. Vou ao prédio onde ele trabalha. Bom, pelo menos acho que ele trabalha lá. Vou amanhã de manhã bem cedo esperar que ele chegue e abordá-lo na entrada. Vai ter um monte de gente, isso me dá alguma proteção. Mas, para sair daqui, vou precisar de você. O seu carro já voltou da oficina?

— Peguei-o hoje à tardinha.

— O meu deve estar vigiado pelos bandidos. Queria que, amanhã de manhã, você fosse comigo à garagem. Eu entraria no seu carro e me esconderia no banco de trás. Depois, você me emprestaria o carro para eu resolver essa questão. Pode ser?

— Hmm... Está bem. Pode.

— Oh, Francine. Você é um amor! Uma santa!

— Até demais — ela se ergueu do sofá. — Vamos fazer assim: você vai tomar um banho e eu vou preparar uma massa para nós. Depois, vamos dormir. Cada um na sua cama. E de manhã seguimos o seu plano. Combinado?

— Combinado.

Fred tinha esperanças de que aquela história de cada um na sua cama pudesse ser revertida no decorrer da noite, mas foi em vão. Francine ficou a uma distância segura durante o jantar, mantendo sempre um espaço de no mínimo dois palmos entre eles. Fred não ousou avançar. Era hora de ter paciência, eles teriam tempo. Pelo menos era o que achava.

Na manhã seguinte, fizeram como o combinado. Francine foi sempre na frente, por precaução. Entrou antes no elevador. Chamou Fred. Chegaram à garagem. Ela saiu, caminhou para o seu Fiesta e rodou devagar até a porta do elevador, de onde não se podia ver o táxi de Fred. Fred encolheu-se no chão do carro, na parte de trás. Saíram da garagem. Duas quadras depois, ele emergiu do chão do carro e sentou-se no banco do carona. Francine dirigiu até a academia, onde se despediram com beijos no rosto.

— Obrigado — disse Fred. — Prometo que vou retribuir a sua ajuda.

— Cuide-se.

Ela se foi, ondulando. Fred suspirou. Como era linda... Era cedo, ainda. Não devia haver ninguém na academia. Deslizou com o Fiesta até o Centro. Estacionou em frente ao prédio em que vira o sujeito entrando. E esperou. Não muito. Em dez minutos, Fred viu algo que o fez saltar do banco do motorista. Algo, não: alguém.

Renata.

Sedutora dentro de um vestido negro que lhe ia pelos joelhos, ela parou em frente ao prédio, falando ao celular. Fred estremeceu. O coração lhe pulava na garganta. O sangue queimava-lhe o rosto. Renata, Renata, Renata! Ele pensava que jamais a veria novamente, a bandida. Mas agora lá estava ela. O que ele devia fazer?

13

Renata.
Renata.
Renatarenatarenatarenatarenatarenatarenatarenatarenatarenatarenata!

Ali estava uma mulher boa de se olhar. Tanto que Fred quase esquecia do que ela lhe fizera. Malvada! As mulheres são pérfidas, Fred sabia disso, mas aquela era ainda mais pérfida! Bom... pelo menos eles tiveram aquelas horas de prazer. Oh, que horas! Fred permaneceu dentro do carro, vigiando, com o braço estendido sobre o banco do carona.

Renata desligou o celular, consultou o relógio de pulso e depois lançou o olhar para a porta do edifício. Com certeza, aguardava a chegada de alguém. Fred cogitou descer do carro e ir até lá, abordá-la. Só que a pessoa que ela esperava poderia chegar, e Fred não queria encontrar mais ninguém da quadrilha. Resolveu esperar um pouco mais.

Em dois minutos, a pessoa que ela esperava apareceu – o homem que Fred vira entrar e sair da casa onde se refestelara com Renata. O homem caminhou vacilante na direção dela, como se não a conhecesse e estivesse inseguro para saber se ela era realmente quem devia ser. Seus olhares se encontraram em confirmação. O homem estendeu-lhe a mão. Cumprimentaram-se com formalidade. Fred teve certeza de que não existia intimidade entre eles. Em seguida, ela abriu a bolsa e de lá tirou algo. Fred forçou a vista: era um chaveiro. Um molho de chaves. Mais uma chave nessa história! Os dois se despediram com brevidade e ele se foi, edifício adentro, com a chave na mão.

Renata deu meia-volta e saiu caminhando pela calçada. Fred se apressou: abriu a porta do Fiesta e correu atrás dela. Atravessou a rua, alcançou-a e, antes que ela percebesse estar sendo seguida, agarrou seu braço, perguntando:

– Quer táxi, moça?

Renata virou-se, indignada.

– Mas quem é que...

Então o reconheceu.

– Ah... Você...

– Eu mesmo!

Fred manteve o braço de Renata seguro. A expressão no rosto da morena se distensionou. Relaxou, ao vê-lo. Sorriu:

– Eu disse para você não me procurar mais, nem ir àquela casa outra vez.

– Pois é. Eu fui.

– Garanto que esse galo na sua testa tem algo a ver com isso.

– Tem – Fred alisou o ferimento. – Obra dos seus amiguinhos.

– Não são meus amiguinhos.

– O que eles são?

– Meus inimiguinhos.

– Inimigos? Que história é essa?

– Acho que não é bom ficarmos conversando aqui desse jeito. Alguém muito mau pode nos ver juntos e não gostar.

– Alguém muito mau. Você deve conhecer pessoas más realmente. Vamos até o meu carro.

– Vamos. Eu ia tomar um táxi mesmo.

Ao chegar ao Fiesta, ela se surpreendeu.

– E o táxi?

– Seus inimiguinhos estão de olho nele. Tive que pegar outro carro.

Entraram no Fiesta.

– Vamos para o seu apartamento? – perguntou Fred, ligando o carro.

– No meu apartamento estão pessoas das quais você não vai gostar de ver.

– Onde, então?

– Um lugar discreto.

Fred fez o carro arrancar. Dirigiu em silêncio. Sabia aonde ir. Havia um bom motel não muito longe dali. Um lugar discreto, afinal. Seguro. Eles poderiam conversar e Fred resolveria aquele mistério. E, bem, tinha de admitir: Renata o excitava. Estar com ela em um motel seria ainda mais excitante. Quando o carro enveredou pelo portão do motel, Renata sorriu, mas não disse nada. Fred pediu um apartamento. Entraram. Renata sentou-se no colchão.

– É muito cedo para beber – ela comentou.

– Quero saber o que está acontecendo – falou Fred, parado no meio do quarto.

– O que você quer saber?

– O morto que você colocou no meu porta-malas...

– Não coloquei morto nenhum no seu porta-malas.

– Algum cúmplice seu colocou. Ele se chama Loguércio, certo?

– Como é que você sabe?

– Seus inimiguinhos perguntavam por ele enquanto me espancavam. Quem é ele? Ou melhor: quem era? Ele escondeu algum dinheiro, certo? Decerto o dinheiro desses caras que me agrediram. Que dinheiro era esse? Ele roubou esse dinheiro? Como você está metida nessa história? Como você...

– Pára! – Renata se levantou.

Fred se calou, surpreso. Renata olhou fixamente para ele. E o que fez em seguida o surpreendeu ainda mais.

14

Renata tirou o vestido. Foi isso que ela fez. Levou as mãos às costas e, num movimento de ombros, obrigou o vestido negro a deslizar pelo corpo. Que corpo! Renata ficou só de calcinha e sapatos de salto alto. E gargantilha. Fred adorou a gargantilha.

Renata deu um passo para fora do vestido, para frente, na direção de Fred. Mais um passo, espetando o peito dele com seus seios rijos. Fred sentiu a garganta se fechando. Renata entreabriu os lábios carnudos e ciciou:

— Como disse antes, gostei de você, garoto.

Fred achou que era uma armadilha. Só podia ser mais uma cilada sexual daquela morena que sabia usar seus encantos como nenhuma outra mulher que ele já encontrara na vida. Mesmo assim, não resistiu. Como resistir? Quem resistiria?

Valeu a pena. Daquela vez foi ainda melhor do que da outra. Ou talvez não tenha sido melhor, mas foi diferente, foi mais lento e mais profundo.

No fim da manhã, Fred ligou para a recepção e pediu filés com fritas. Enquanto almoçavam, nus, sentados um em frente ao outro à pequena mesa quadrada do motel, Fred insistiu:

— Preciso saber, Renata. Preciso saber. Não sei o que você tem na cabeça, o que você quer, mas, se você tem a menor consideração por mim, me ajuda nisso: eu preciso saber.

Renata suspirou.

— Está bem — recostou-se na cadeira. — Vamos lá: sou namorada de um sujeito perigoso, chefe de um pessoal que negocia com drogas. Esse pessoal estava negociando com outro pessoal.

— Duas quadrilhas.

— Isso. Duas quadrilhas.

— Ambas de drogas?

— Entre outras coisas. São bandos de lugares diferentes. Eles são de fora do estado.

— Os que me agrediram?

— Esses.

— O que estavam negociando?

— Armas, drogas, coisas que é melhor você não saber. O fato é que tinha muito dinheiro envolvido. Para variar, uma mala de dinheiro. Sempre é uma mala de dinheiro, não é? — ela sorriu. — A mala ia sair deles e vir para nós. Nós entregaríamos um material para eles...

— Drogas?

— Já disse que é melhor você não se inteirar desses detalhes. Saber disso só será ruim para você. O certo é que eles nos entregariam cinco milhões.

— Uau!

– E o Loguércio sumiu com esses cinco milhões.

– Uau! – Fred aprumou-se na cadeira. – Cinco milhões...

– Mas nós o encontramos e o levamos para aquela casa para onde arrastei você – Renata emitiu uma risadinha. – É engraçado. Aquela casa entrou na história por acaso. É a casa do primo do meu namorado.

– O tal chefe do bando.

– O chefe do bando. O primo foi viajar com a mulher e pediu algo muito singelo para o meu namorado – Renata riu de novo. Fred ficou esperando que ela dissesse o que o primo pediu. – Ele queria que meu namorado alimentasse os cachorros dele.

– Do primo? Os cachorros do primo? Ele não sabe o que faz o seu namorado?

– Claro que não. Pensa que ele tem uma revenda de automóveis. Que meu namorado até tem, mas é de fachada. Aí, quando encontramos o Loguércio, o meu namorado teve a idéia de levá-lo para a casa. Para interrogá-lo. Ninguém suspeitaria daquela casa. Uma casa quente. Só que o pessoal exagerou no interrogatório, o cara teve um ataque, sei lá, e morreu.

– Exagerou mesmo. Eu vi o estado do cara. Mas aí vocês tinham de se livrar do corpo.

– Exatamente.

– E pensaram em atrair um taxista.

– A idéia foi minha – ela estava orgulhosa. – Mas tem algo que você precisa saber: não era para eu transar com você. Era para distraí-lo. Mas, como já falei, gostei de você, garoto.

– Sei.

– Gostei mesmo. Gosto.

Fred não conseguiu evitar o sorriso.

– Também gosto...

– Meu namorado está furioso. Suspeita que nós tivemos algo naquele quarto, mas não tem certeza. Eu nego sempre. Se souber que estamos aqui, você está morto. Bem morto.

– Que maravilha... Tenho outra dúvida: como é que os caras da outra quadrilha me encontraram?

– Eles estão suspeitando que o meu namorado combinou o roubo com o Loguércio. Mas meu namorado está escondido, obviamente. Devem ter feito campana nas casas de todos os parentes dele, que não são muitos. Aí viram o seu táxi rondando e foram atrás de você, achando que você está envolvido ou sabe de algo.

– E hoje você foi devolver a chave da casa para o primo do seu namorado, a pedido do seu namorado.

– Muito bem. Isso mesmo.

– Você tem idéia de onde o Loguércio escondeu o dinheiro?

– Nenhuma. Ele foi revistado naquele dia. Tiraram as roupas dele, até as cuecas. Não havia nada que desse uma pista.

Fred se aprumou na cadeira. Agora a história tornava-se clara em sua cabeça. Tudo se encaixava. Mas o mais importante é que ele tinha um palpite sério, uma idéia bem factível de onde podia estar o dinheiro. Porém, precisava ser cuidadoso. Não sabia quais eram os limites da lealdade de Renata. Queria confiar nela, mas não tinha certeza de nada a seu respeito. Mal a conhecia. Sabia que era uma mulher selvagemente livre, uma devoradora de homens, uma mulher confiante e que sabia como se mover no mundo. Sabia também que ela gostava de transar com ele. Que era uma mulher destemida, capaz de se relacionar com um perigoso chefe de gangue. Agora, o que mais poderia esperar dela? Será que ela não o trairia facilmente se soubesse que ficaria com os cinco milhões? Provavelmente sim. Fred necessitava de toda a cautela possível. Começou tateando:

– Me diz: quais eram os hábitos desse cara?

– Do Loguércio? Que tipo de hábitos?

– Ele... – cuidado, cuidado! – ...praticava esportes?

Renata pôs-se ereta na cadeira. Estava desconfiada. Fred concluiu que precisava ter mais cuidado. Ainda mais cuidado...

– Por que você pergunta?

– Só um palpite. Ele praticava esportes?

– Hmm... Jogava futebol várias vezes por semana. Umas três, acho.

– Fominha como eu... Você sabe onde?

– Num lugar perto da PUC.

– Ah... – Fred sentiu um arrepio de excitação.

— Por quê? – insistiu Renata. – Você não perguntaria isso em vão.

— Só uma idéia.

— Que idéia?

Ela já parecia agastada. Fred percebeu que teria de lhe dizer algo se não quisesse que ela ligasse agora mesmo para o namorado e o denunciasse. Além disso, Renata era uma mulher inteligente, já devia estar desconfiada daquelas perguntas. Para ela deduzir que o dinheiro poderia estar onde Fred achava que estava era um passo.

— Seguinte – Fred começou. – Tenho uma idéia de onde pode estar o dinheiro, e é algo ligado a esse hábito do Loguércio de jogar futebol. Você precisa confiar em mim. Você confia em mim?

Renata ergueu uma sobrancelha:

— Você confia em mim?

Fred sorriu:

— Confio.

Renata riu o seu risinho irônico;

— É um bom homem... Tudo bem. Pode confiar em mim. Qual é a sua idéia?

— Vou tentar achar esse dinheiro para nós.

— Para "nós"?

— É. Ou você quer ficar com o seu namorado bandido?

— Já disse que gostei de você, garoto. Gostaria de ficar com você.

— Então nós precisamos agir juntos. Tenho um plano. Vou tentar encontrar o dinheiro. Enquanto isso, você volta para casa, para não despertar suspeitas, e liga para uma agência de viagem. Compra duas passagens para o Chile para amanhã mesmo.

— Chile? – Renata enrugou o nariz.

— Chile. Gostaria de passar uma temporada no Chile. Já ouvi falar muito bem do Chile. Depois, podemos viajar pela América Latina, para o Peru, conhecer Machu Picchu. Sou historiador, sempre quis conhecer os restos do Império Inca.

— Hmm... Quem sabe começamos por Buenos Aires?

— Pode ser. É até mais fácil de conseguir as passagens. Mas tem que ser para amanhã sem falta. Você liga para o meu celular, me diz o horário do vôo e nos encontramos no aeroporto. Pode ser?

– Hmm, pode. Espertinho, você... Onde você vai passar esta noite, já que seu apartamento está vigiado?

– Eu me viro. Vou para um hotel.

– Certo, certo... – Renata estava refletindo. – Você me deixa num ponto de táxi? Já ficamos tempo demais aqui.

– Vamos, então.

– Vamos.

Enquanto dirigia até o ponto de táxi, Fred pensava se poderia confiar nela, se não teria uma surpresa ao chegar ao aeroporto, se conseguiria mesmo descobrir onde estava o dinheiro. Pensava em tudo isso e se angustiava. O que ia acontecer?

15

Antes de descer do carro, Renata puxou Fred pelos ombros e beijou-o na boca. Beijou-o com volúpia, trançando sua língua na língua dele, beijou-o com a boca bem aberta, ofegantemente, sensualmente. Fred ficou excitado. Queria mais daquela mulher. Queria cada vez mais.

Ela entrou no táxi e foi embora olhando para trás. Fred abanou enquanto ela sumia na avenida. Em seguida, dirigiu até um posto de conveniência. Instalou-se numa mesa, pediu um café e sacou o celular. Fez três ligações. Pagou. E voltou ao carro. Agora entraria na parte mais perigosa do seu plano: ia buscar o dinheiro!

***

Um lugar perto da PUC, dissera Renata. Fred conhecia pelo menos três centros de futebol perto da PUC. Voou até o campus da universidade. Deve ter sido multado por no mínimo dois pardais. Pouco importava. Ficaria rico. Pagaria todas as multas com juros. Além do mais, não pretendia continuar morando no país. Não pelos próximos anos, ao menos.

Chegou ao primeiro ginásio. Na verdade, um complexo de quadras. Já havia jogado lá, conhecia o local. Na verdade, já havia jogado na maioria das quadras da cidade. Tratava-se de um fominha consumado. Bem, mas era esse hábito que o faria encontrar cinco milhões. Era o que ele achava, ao menos...

Fred caminhou por entre as quadras com decisão. Havia gente jogando, mas ele nem sequer conferiu como iam as partidas. Olhava fixamente para o vestiário masculino, no fundo do corredor. A porta do vestiário estava aberta. Ele entrou. Tirou do bolso a pequena chave que encontrou colada à peruca de Loguércio. Sorriu. Inteligente, aquele Loguércio. Quem suspeitaria que ele guardava cinco milhões debaixo da peruca? Conferiu o número da chave: 12.

Encontrou o armário número 12.

Experimentou a chave.

***

Não funcionou. Naquele armário só deveriam estar amontoadas as roupas de algum dos jogadores. O dinheiro se encontrava em outro ginásio. Havia um perto dali, a menos de cinco minutos. Mas Fred já se sentia nervoso com tudo aquilo. Tinha medo de que Renata tivesse deduzido onde devia ser o esconderijo do dinheiro e que o traísse. Que contasse para o namorado bandido. Bem... era certo que ela descobriria o local. Todas aquelas perguntas que ele fez sobre os hábitos esportivos do Loguércio iriam fazê-la pensar. Mas talvez ela não o entregasse. Talvez ela fosse leal, afinal de contas... De qualquer forma, Fred não poderia vacilar. Precisava de rapidez. Seu maior pavor era chegar ao ginásio e lá deparar com a quadrilha esperando por ele.

Chegou ao ginásio, enfim. Situava-se em frente a um motel e atrás da universidade. Estacionou o carro na parte de dentro do local. Saiu. Caminhou rapidamente para o vestiário. Fred também conhecia aquelas quadras. Já marcara muitos gols lá. O som da bola sendo chutada ecoava pelo ambiente. Fred entrou no vestiário. Seu coração dava pulos debaixo da camisa.

Encontrou o armário número 12.

Experimentou a chave.

***

Desta vez, a chave coube no cadeado. Sentindo o sangue lhe subir nas frontes, Fred girou a chave na fechadura.

E o cadeado se abriu num clic.

Fred agora suava, sua respiração tornara-se mais rápida. Ele abriu a portinhola do armário. Antes de conferir o que havia dentro, olhou para os lados. Ninguém nas imediações. Ele estava sozinho. Olhou para o interior do armário. Lá estava uma bolsa de pano, dessas que os homens levam para o futebol. Uma bolsa bem cheia, estufada. Fred puxou-a do armário. Levou a mão ao fecho a fim de abri-la.

Foi quando ouviu sons de vozes.

Alguém entrava no vestiário.

***

Fred recuou dois passos. Um metro e meio de horror em direção ao fundo do vestiário, agarrado à bolsa de pano. Será que eram eles? Os bandidos? Neste caso, não haveria salvação para ele. Era uma testemunha, afinal. Sabia de tudo o que acontecera, do assassinato do Loguércio, do roubo do dinheiro, das duas quadrilhas, das drogas, das armas, sabe-se lá mais do quê! Mais: Fred tivera um caso com a mulher do traficante! Pior do que a mulher do traficante: a mulher do chefe da quadrilha, uma quadrilha poderosa, que transava com milhões, que matava gente. Ele seria morto a pancadas, seria torturado, os bandidos seriam capazes de fazer com ele o que fizeram com aquele sujeito no Rio: poderiam enfiá-lo em uma pilha de pneus e tocar fogo! Virgem Maria!!!

As vozes cessaram.

Os homens entraram no vestiário.

***

Eram alguns garotos que entravam de calção e camiseta, suados, falando alto, egressos de um jogo que acabara havia poucos minutos.

Fred suspirou, aliviado. Escapara-se dessa. Não ficaria mais um segundo naquela ratoeira. Sobraçou a bolsa e saiu marchando do lugar. Chegou ao seu carro no pátio. Pensou em arrancar-se imediatamente dali.

Aí lembrou-se do conteúdo da bolsa.

Ainda não verificara se ali realmente estavam dormindo cinco milhões de reais.

Não agüentava mais de curiosidade. Tinha de conferir. Tinha de olhar. Talvez os bandidos chegassem, mas ele não suportava mais. Precisava abrir aquela maldita bolsa, que já era responsável pela morte de um homem.

Abriu-a, finalmente.

***

Fred perdeu a respiração. Simplesmente a perdeu. Dentro da bolsa, acondicionado em sacos plásticos transparentes, havia dinheiro. Muito dinheiro. Maços de reais presos por atilho, notas de cinqüenta, faiscando para ele. Fred abriu a boca. Tentou inspirar. Não conseguia. Com os olhos arregalados, conseguiu fazer os pulmões puxarem ar. E exclamou:

– Virgem Maria!!! Estou rico!!!

Ligou o carro. Engatou a primeira. Errou a marcha. Deixou o carro apagar. Engatou a marcha corretamente.

E saiu do pátio do ginásio.

No meio do caminho, Fred começou a rir. Gargalhava de felicidade.

Agora, tinha de executar o restante do plano.

***

Fred chegou ao aeroporto duas horas antes do vôo. Era o horário marcado para vôos internacionais. A fim de esconder o dinheiro, comprara roupas novas numa loja do Centro. Enfiara maços de dinheiro nos vários bolsos das calças cargo, dinheiro nos bolsos da jaqueta, dinheiro nos bolsos do sobretudo, dinheiro na camisa, dinheiro até na cueca, lembrando-se de um caso político. Adquirira uma mala não muito grande, que poderia levar na mão para dentro do avião, e nela colocara um pouco mais de dinheiro, outras roupas que comprara na loja, escova e pasta de dentes.

Olhou para os lados. Ela ainda não chegara. Mas um homem caminhava em sua direção, olhando fixamente nos seus olhos.

***

– Como estás, viejo amigo! – cumprimentou-o o Concho.
– Bem, mas um pouco nervoso. Conseguiu?
– Por supuesto. Aqui está – Concho estendeu-lhe seu passaporte.
– Deu tudo certo? Você não teve problemas?
– Fiz como tu pediste. Falei com o nuestro amigo zelador e subimos los dos para o seu apartamento.
– Eles estavam lá?
– Não. Tudo limpo. Pienso que cansaram de esperar-te. Mas na frente do prédio estava uma caminhonete como a que tu descreveste.
– Virgem Maria! Devo-lhe essa, amigo.
– No deves nada. Quando voltas?
– Ainda não sei, amigo. Mas você será o primeiro que vou procurar.
– Estás olhando para os lados? Esperas alguém? Ou estás com medo de que os bandidos apareçam?
– As duas coisas, amigo Concho.
– Bien. Já voy.
– Obrigado de novo!
– Suerte!

***

O Concho saiu e Fred ficou no saguão, olhando para os lados. Será que ela apareceria? Ou será que acontecera algum problema? Havia sido tão claro no telefonema... Ela tinha que se apressar para que voassem naquele dia mesmo. Não podiam esperar pelo dia seguinte, de jeito nenhum. No dia seguinte, os bandidos decerto estariam aguardando por ele no aeroporto. Ou, antes disso, aproveitariam a noite para procurá-lo em todos os hotéis da cidade.

Não, não, eles não dispunham de muito tempo.

Fred consultou o relógio. Faltavam 45 minutos. Caminhou de uma ponta a outra do aeroporto. Onde ela estava? Onde??? Consultou o relógio mais uma vez. Os alto-falantes anunciaram o seu vôo. Tinha de embarcar. Será que embarcaria sozinho?

***

Quando Fred se encaminhava para o portão de embarque, ela apareceu, correndo, sorrindo, linda, linda, linda. Fred suspirou de alívio. Abraçou-a com gentileza.

– Vamos? – perguntou, beijando-lhe a face.

– Vamos logo.

Entraram na sala de embarque, passaram pelo posto da Polícia Federal. Em meia hora, acomodavam-se nas poltronas de primeira classe do avião. Fred sorriu para ela. Ela sorriu para Fred.

– Como você está linda.

– São teus olhos.

Fred suspirou:

– Eu precisava te dizer isso: odeio esse negócio de "são teus olhos".

Ela riu, aninhou-se no braço dele e brincou:

– Como se diz "olhos" em italiano?

– Não sei, mas, com o tempo que vamos passar lá, acabaremos por descobrir.

– Roma...

– Sou professor de história, sempre quis conhecer Roma.

– É uma cidade muito romântica, Fred.

– Muito, muito romântica, Francine.

Horror na cidade grande

1

Dois dias fora de casa, e a saudade da minha mulher e das minhas filhinhas já me dói nos ossos. Guardo fotos delas no celular, olho-as a todo momento e, cada vez que olho, a vergonha entope-me os ventrículos. O que é que eu fiz, meu Deus? O que é que eu fiz?

É duro ter de mentir nos telefonemas. Não gosto de mentir. Não minto. Ou: não mentia. Nunca havia feito nada parecido na vida, juro. Vinte e cinco anos de idade, pai de duas meninas lindas de dois e quatro aninhos, uma vida inteira fazendo tudo certo, sempre comportado, sempre respeitador das leis e dos costumes, nunca, nunca fiz algo igual, nunca passei por algo levemente semelhante... Oh, Deus...

Minha mulher, pobrezinha, não desconfia de nada. Como poderia desconfiar? Não de mim. Não, não, de mim ela não desconfiaria.

– Mas por que você não volta para casa? – perguntou-me com voz amorosa na última ligação.

– Não consegui todo o dinheiro ainda – menti.

– Mas você disse que tinha conseguido... – reclamou, e era uma reclamação suave, mais um lamento do que uma crítica.

– Me enganei, meu amor. Me enganei. Quando cheguei ao hotel, vi que faltava uma parte. Tenho de voltar lá para cobrar o resto...

– Que coisa... – ela estava triste com minha ausência. – O Figueiredo não é de fazer isso, é?

– Não, não é. Deve ter sido algum engano.

– Você ligou para ele?

– Liguei. Ele não atende.

– Quando você vai lá?

– Estou indo. Depois do café eu vou lá.

– Estou com saudades, Roger. As meninas também.

– Eu também. Muita, muita saudade.
– Quando você voltar, vou fazer sua comida preferida.
– Costelinha de porco?
– Com uma cervejinha bem gelada, pra acompanhar.
– Que delícia!
– Te amo.
– Te amo. Manda beijos para as meninas.

Esse tipo de conversa acaba comigo, implode-me a alma. Até porque provavelmente não haverá mais costelinhas de porco com cerveja gelada, não haverá mais jantinhas, nem beijo nas minhas meninas, oh, meu Deus, por que fui fazer aquilo? Por que fui acabar com a minha vida? Por quê???

Foi a sensação do dinheiro, do poder, só pode ter sido isso que me tirou do prumo. Recebi o dinheiro do Figueiredo, do terreno que vendemos para ele. Tinha vindo de Cachoeira a Porto Alegre só para isso, só para receber o dinheiro em pessoa. O Figueiredo não queria que a transação passasse por banco nenhum, não queria pagar imposto. Eu também não. Então, despedi-me da minha mulher e das minhas meninas, embarquei na caminhonete e peguei a estrada.

Cachoeira não fica longe de Porto Alegre, 260 quilômetros. Mas raramente vou à capital. Gosto da minha vida no interior. Tenho um pedaço de terra, planto arroz. Mas me endividei ao comprar algumas máquinas, precisei vender um terreno grande que tinha, e foi essa a razão da minha viagem a Porto Alegre.

E a minha perdição.

Quando o Figueiredo passou-me o dinheiro, fiz o que meu pai faria: reuni os maços de notas, acondicionei-os em um cinto com bolso e o amarrei em volta da cintura. A velha e segura guaiaca.

– Você vai sair assim? – perguntou o Figueiredo.
– Qual o problema? Ninguém vai desconfiar que estou com essa fortuna debaixo da camisa.
– Aiaiai...
– Não te preocupa.
– Essa cidade é perigosa.
– Eu sei, eu sei. Não te preocupa.

Saí do prédio, no Moinhos de Vento, apalpando o volume do dinheiro sob a camisa. Não me sobrevinha na alma nada parecido com o medo. Ao contrário. Sentia-me poderoso. Sentia-me eufórico. Tudo dera certo. Pagaria minhas dívidas, reformaria a casa, talvez fizesse uma pequena viagem com minhas três meninas. Foi exatamente por estar tão alegre que resolvi dar uma esticada. Passear um pouco. Aproveitar a vida na cidade grande, nem que fosse por uma noite.

Fala-se muito em seqüestro-relâmpago em Porto Alegre. Aquilo não me assustava. Ao me acomodar no banco da caminhonete, levei a mão à bolsa da porta. Tateei até encontrar a chave inglesa que carregava ali como proteção sempre que saía de Cachoeira. Podia ser ingenuidade minha, mas aquele tacape de aço dava-me segurança. Arrebentaria a cabeça de um seqüestrador, se algum deles se aventurasse a me atacar.

Dirigi até um lugar do qual havia ouvido falar, a Calçada da Fama, um bar ao lado do outro, mesinhas na calçada, mulheres passando dentro de roupas vaporosas, o desfile da raça humana! Sentei-me. Pedi chope. Outro chope. Mais um chope.

Não estou acostumado a beber, bastaram três copos para me deixar alto. Olhava as lindas loiras de minissaia que ondulavam pela rua, olhava a movimentação de todos no entorno, e sorria. A vida é boa.

Quando embarquei na caminhonete, não tinha vontade de voltar para o hotel. Comecei a rodar pela cidade. Entrei na Avenida Farrapos. Aí vi aquela loira. Uma prostituta, evidentemente. Linda, linda. Loira, alta, vestia uma minissaia minúscula. Pernas fortes. Sou louco por pernas de mulher. Juro, juro pelas minhas filhas: jamais traí minha mulher. Cinco anos de casamento, três de namoro e nenhuma escapada. Não vou dizer que não senti desejo por outras. Senti. Muitas vezes. Mas amo minha mulher, amo minhas filhas, amo a vida que levamos. Não queria arriscar nada disso.

Só que, naquela noite especial, estando numa cidade diferente, onde ninguém me conhecia, pensei: por que não? Por que não fazer algo fora das regras uma única vez na vida? Por que não me aventurar? O que há de errado nisso? Estarei fazendo mal a alguém? Claro que não! Afinal, uma prostituta é impessoal. Sexo com uma prostituta é quase uma masturbação assistida. É só por divertimento, só por esporte. Uma só vez, puxa!

Encostei o carro no meio-fio.

Ela parou de caminhar.

Olhou-me sorrindo.

Veio em minha direção.

E minha vida nunca mais foi a mesma.

2

O que aconteceu, o que aconteceu... Como explicar o que aconteceu? Foi por causa do nervosismo, só pode... Não consigo entender minhas reações, minha estupidez, nada do que se deu naquela noite nefanda. Estava muito nervoso. Imbecilmente, tinha medo de que alguém reconhecesse meu carro, que alguém de Cachoeira me visse naquela situação, caçando uma prostituta na rua, uma prostituta barata, uma prostituta que fazia o *trottoir* em plena avenida, exposta como uma picanha no açougue, como... seja. O fato é que tinha medo.

O coração ribombava-me no peito, as pernas se me amolentaram, eu tremia inteiro, enquanto a loira se debruçava na janela do carona. Olhava para os lados, temendo que algum conhecido passasse por perto. Mal ouvi o que ela disse. Sei que falou antes de mim. Acho que eu não conseguiria falar mesmo. Fiquei olhando-a e ela disse algo de que não me recordo. Recordo-me apenas que mencionou o preço do programa. Cinqüenta reais? Teria sido isso? Pouco importava. Não ficaria regateando naquela situação.

– Tudo bem! – concordei. – Tudo bem! – e destravando a porta: – Entra, entra!

Queria sair logo dali.

Ela entrou. Cruzou as pernas. Lindas, lisas, haveriam de ser macias. Fiquei olhando para aquelas pernas. Ainda olhando, fiz o carro arrancar.

– Para onde vamos? – perguntei, jogando a cabeça para os lados, conferindo as placas dos carros que passavam por mim, torcendo para que nenhum fosse de Cachoeira.

– Tem um motel aqui perto – ela respondeu, e seu tom de voz lembrou-me algo ou alguém, não sabia exatamente o quê, só sabia que aquele curto diálogo fez-me sentir uma pontada de desconforto. Havia alguma coisa errada.

– Como vou para lá?
– Você não é daqui?
– Não... Sou de Cachoeira do Sul.
– Hummm, veio a Porto Alegre para se divertir um pouco?
– Não, não... Compromissos... Negócios...
– Hummm, um homem de negócios... Como é seu nome?
– Roger.
– Prazer. Gabi.
– Prazer, Gabi.

Havia algo errado. Havia algo terrivelmente errado. Já estava arrependido de ter ingressado naquela aventura. Será que podia desistir? Diminuí a velocidade do carro. Tentei raciocinar. O que deveria fazer para me livrar dela? Não sentia mais desejo algum, não sentia os efeitos do álcool, só sentia vontade de ir para o hotel, dormir e sonhar com minhas filhinhas. Mas não havia como recuar. Sabia que não havia. Tinha ido longe demais ao colocá-la para dentro do carro. Iria em frente. Seja o que Deus quiser.

– Dobra à direita, querido – instruiu-me ela, levando a mão à minha coxa, apertando-me a perna suavemente.

Então, percebi o que estava errado.

3

A mão.
Era isso!
A mão!

Olhei para a mão branca pousada sobre a minha coxa e estremeci. Era uma mão grande, nodosa, forte... mão de homem! Um arrepio escalou-me a coluna, do cóccix até a nuca. Um travesti! Minha cabeça começou a rodar. Olhei para ela, para o rosto. O nariz... Um nariz grande, adunco, de narinas dilatadas. Um nariz de homem! Tratava-se de um homem, sem a menor dúvida! Ou, antes: podia haver dúvida, sim. Ela...

ele... ela era bonita... bonito. Traços delicados. Um corpo lindo com aquelas pernas compridas. E o cabelo... Tão sedoso... Seria peruca? Não vou negar que fosse atraente. Era. Mas, puxa, continuava sendo um homem! Alguém pode dizer que sou preconceituoso, alguém pode achar que deveria simplesmente me entregar ao prazer e esquecer aquele detalhe, mas, por favor!, para mim não é detalhe. Não estava preparado para aquilo. Não, não... Até pegar uma prostituta, para mim, constituía uma aventura. Que dirá um travesti! Imaginei-o nu, com o troço pendurado no meio das pernas, e eu ao lado, na cama. Cruzes! Não... Não podia fazer aquilo. Não podia!

Mal acreditava que aquela situação estivesse se passando comigo. Meu Deus, o que devia fazer??? Rodava, um tanto perdido, desnorteado, meio tonto, angustiado, rodava por uma rua escura, deserta, nem sequer imagino que rua era aquela. Alguma via vicinal, paralela à Farrapos, acho, ou perpendicular, não sei, não sabia de nada àquela altura.

Parei o carro. Suava já.

– O que foi? – ela... ele quis saber. – Quer aqui mesmo?

E sorriu um sorriso falso e levou a mão à minha bragueta, tentando manuseá-la. Arrepiei-me. Senti nojo. Tirei a mão dela... dele de mim. Ao tocar naquela mão, mais asco senti. Realmente, não estava pronto para aquele tipo de aventura. Não sou preconceituoso, juro, mas, oh, Deus, simplesmente não estava preparado.

– Não... – limpei o suor da testa com as costas da mão. – Olha, me desculpa, mas mudei de idéia...

– Como assim, meu amor?

– Desculpa, mas não quero mais.

– Rá! – ela riu um riso de desdém. – Não é bem assim, meu amor. Não é assim que funciona. Nós temos um trato. Eu sou profissional.

O tom de voz dela tornara-se preocupantemente agressivo.

– Nós não fizemos nada. Olha, desculpa, foi um engano. Desce do carro, por favor.

– Não é assim! – ele gritou, assustando-me.

Arregalei os olhos, pressionei as costas contra o banco.

– O-o-o que é isso? – gaguejei.

– É isso mesmo! – ele gritou ainda mais alto. – Tu me convidou pra entrar no teu carro! Eu entrei! Agora vai ter que pagar!

– Eu... Nós não fizemos nada...

– Vai ter que pagar!!!

Olhei para os lados. Não havia ninguém à vista, mas o escândalo logo iria chamar a atenção. Cristo, iam me reconhecer! Eu com um travesti no carro!

– Tudo bem, tudo bem – concordei, sentindo as mãos trêmulas. – Vou te pagar.

– Cinqüenta reais!

– Tudo bem, eu pago, não precisa gritar!

– É bom mesmo, seu caipira! Cinqüenta reais! – ele havia se transformado. Tornara-se agressivo.

– Tudo bem, tudo bem...

Virei-me de costas para ele, para tirar o dinheiro da guaiaca. Enfiei a mão por baixo da camisa, puxei o cinto onde estava o dinheiro, saquei algumas notas. Entre elas devia haver alguma de cinqüenta reais.

Foi um erro.

Um grande erro. Que só percebi ter cometido tarde demais. Era evidente que o meu gesto de tirar dinheiro da região da cintura iria despertar a cobiça dele. Estava com um maço de notas na mão, tentando enxergar no escuro e divisar uma nota de cinqüenta, quando concluí que seria assaltado ali mesmo, naquele momento. A sensação de que corria perigo era muito forte, muito intensa, muito real para não ser verdadeira.

E era.

Era verdadeira.

Senti uma ponta fria de metal espetando-me o pescoço e ouvi a ordem da voz agora tornada roufenha, agressiva, imperativa:

– Passa a grana, desgraçado!!! Passa a grana!!!

4

Em um segundo, compreendi que a minha vida ia desmoronar ali mesmo, dentro daquele carro.

Estava sendo assaltado.

Perderia o dinheiro da minha família, o dinheiro que resolveria os meus problemas. Teria de procurar a polícia, contar o que me sucedeu.

Minha mulher, minhas filhinhas e meus amigos saberiam que eu estava com um travesti no carro. Ficaria com fama de homossexual, Cachoeira do Sul inteira me apontaria na rua como um depravado. Minhas filhas, elas são tão pequenas, oh, elas cresceriam ouvindo que o pai é um... um... Oh, Jesus, oh, Jesus Cristo, oh, Nossa Senhora, oh, Senhor Deus, o que foi que fiz para mim mesmo? Como sair daquele apuro?

Sentia-me acuado. A angústia pulsava-me no peito, espalhava-se pelo corpo, retesava-me os músculos.

– O dinheiro! O dinheiro! – gritava ele.

A bicha maldita espetava-me o pescoço com aquele troço, uma faca, acho, ou talvez um estilete, não sei.

– O dinheiro!

Em um segundo, de desesperado tornei-me furioso. A raiva como que tonificou meus músculos, inflou-me o peito, encheu-me de força.

– O dinheiro!

Levei a mão esquerda ao bolso da porta. Empunhei a chave inglesa. Apertei-a bem forte e, num movimento brusco e violento, girei o corpo e desferi o golpe. Acertei o travesti assaltante no lado da testa, na fronte. Ele emitiu um gemido seco, ugh!, virou os olhos nas órbitas e desfaleceu. Desabou em cima de mim, de lado, mole, a boca aberta em um ó de espanto. Empurrei-o para o lado. Fiquei observando, ofegante, a chave inglesa na mão, pronto para aplicar outro golpe, caso ele reagisse.

Mas ele não reagiu.

Ficou imóvel, sem sentidos. Meu Deus, meu Deus, será que... Será?...

Tinha vontade de gritar, de chorar, de sair correndo dali. Debrucei-me sobre o corpo desfalecido. Abri a porta do carona. Usando os pés como alavanca, atirei-o para fora o mais rápido que pude. Arranquei com o carro. O corpo ficou no chão da rua, branco e flácido.

Mal conseguia dirigir. Tremia, suava, respirava com dificuldade. Depois de rodar algumas quadras, parei o carro no meio-fio a fim de recuperar a respiração. Não sei a que horas voltei para o hotel, não sei nem como atinei em deixar o carro no estacionamento, nada. Naquela noite, não dormi. Rezei. Rezei muito.

Rezei para saber o que fazer, como proceder, como sair daquela situação. Havia assassinado uma pessoa. Era um assassino. Pensei no meu pai. Sempre que me deparava com um problema desses, pensava em meu pai. Tentava raciocinar: o que meu pai faria se estivesse em meu lugar? Meu pai era um homem decente, um homem honesto, íntegro. Gostaria de ser como ele. Tentava ser como ele.

Sei o que ele faria.

Sei.

Eu sei.

Ele iria se entregar. Iria à polícia, confessaria o crime e responderia por seus atos.

Assim era o meu pai. Um homem reto. Um homem de verdade.

E assim eu faria.

Decidi que, logo de manhã, iria à primeira delegacia de polícia e me apresentaria como o autor do homicídio. Faria a coisa certa. Isso. Como meu pai. Faria a coisa certa. A coisa certa. A coisa certa.

5

Depois da penosa conversa telefônica com minha mulher, tomei café e saí para a rua. Ainda tinha a guaiaca com o dinheiro enrolada à cintura. Não ia guardar toda aquela importância no hotel, ah, isso é que não. Não confio em hotéis, em cofres de hotéis, em funcionários de hotéis. Além disso, iria à polícia; na polícia estaria seguro, não estaria?

Resolvi deixar a caminhonete no estacionamento do hotel e fui para o Centro de táxi. Como um homem deve proceder para confessar um crime? Não fazia a menor idéia. Sentia-me confuso, a cabeça oca, os olhos ardendo devido à noite indormida. Sentia um paralelepípedo no meio do peito e uma bola de tênis na garganta. Sentia vontade de morrer.

Desembarquei na Praça Dom Feliciano e caminhei até a Rua da Praia. Olhei para o povo que se deslocava de um lado para outro. Iam trabalhar, iam resolver seus problemas. Pequenos problemas, comezinhos, triviais. Como queria ter problemas como aqueles, como queria estar simplesmente me deslocando para o trabalho, pensando na vida sem graça, no chefe autoritário, na colega de minissaia...

Caminhei sem pressa, um tanto desolado, até a esquina da Doutor Flores. Lá havia um brigadiano parado, mãos às costas. Estaquei no outro lado da calçada. Fiquei olhando para ele. Poderia me aproximar dele e simplesmente declarar:

– Matei um homem ontem.

Ou, melhor:

– Matei um travesti ontem.

Não, não:

– Matei uma pessoa ontem.

Em seguida, estenderia os punhos:

– Pode me levar.

Oh, Deus, será que ele me levaria direto ao Presídio Central? Já ouvi horrores sobre o Presídio Central. O que eles fazem com os novatos, as atrocidades... Cristo!, será que não havia mesmo outra saída? E se pedisse para ter uma conversa reservada com ele? Para desabafar... Poderia até pedir conselhos, sei lá. Ele parecia boa gente, talvez compreendesse o meu drama...

Resolvi falar com o brigadiano. Contar o meu problema, explicar tudo direitinho. Havia sido quase um acidente, afinal. Eu não queria matá-lo, só queria me defender. Puxa, o cara estava com um estilete na minha garganta! Eu vi o estilete, depois que atirei o corpo para fora do carro. Vi! O estilete ainda estava comigo, no portfólio do carro, talvez servisse de prova a meu favor.

Sim, falaria com ele. Pelo menos tratava-se de uma autoridade, de alguém que saberia o que fazer.

Respirei fundo. Quando ia dar o primeiro passo em sua direção, senti uma batidinha no ombro. Virei-me. Era um senhor baixinho, de uns sessenta anos de idade, cabelos brancos, óculos, vestido de terno preto e gravata vermelha.

– O senhor me desculpe – pediu ele, muito educado. – Desculpe – repetiu. – Eu não queria incomodá-lo, mas é que estou com um problema...

O velhinho passava a impressão de estar realmente aflito. Senti pena dele. Tenho pena dos velhinhos.

– Em que posso ajudá-lo? – perguntei.

– É que eu ganhei na loteria – sussurrou, sacando do bolso interno do paletó um bilhete da Loteria Federal.

– Opa! Mas isso é bom, não é?

– O problema é que... não sou daqui. Nem sei como ir buscar o dinheiro. O senhor poderia me ajudar?

– Eu... Claro, claro...

Pretendia ajudá-lo, mas, ao mesmo tempo, algo não me soou bem naquela história. Ele era muito convincente, não tinha em absoluto a aparência de um vigarista, mas era estranho, aquilo era muito irreal.

– Tenho medo de sair por aí com esse bilhete – ele falou.

Olhei bem para ele. Não havia dúvida: seu jeito era de desprotegido, de indefeso.

– O que posso fazer pelo senhor? – perguntei.

Naquele momento, outro homem se acercou de nós.

– Desculpem, mas ouvi a conversa de vocês. Vocês falaram em bilhete premiado?

– Isso – disse o velhinho, mostrando o bilhete: – Olha se não é premiado?

O homem tinha um exemplar da *Zero Hora* nas mãos. Procurou a página das loterias e, depois de alguns segundos, esticou o olhar para o bilhete. Comparou os números e balançou a cabeça:

– Primeiro prêmio! – disse. – O senhor está rico!

O velhinho sorriu. Eu sorri. Pelo menos alguém tinha sorte. Pelo menos alguém ia se dar bem.

– Este senhor aqui vai me ajudar a tirar o dinheiro – disse o velhinho.

Concordei com a cabeça:

– É. Vou.

– Eu posso dar o bilhete para o senhor, o senhor vai ao lugar onde se saca o dinheiro e depois me traz aqui. Pode ser?

Foi então que algo inesperado aconteceu.

Algo que mudou tudo.

6

Era morena. Cerca de 1 metro e 65 de altura. Bonita, embora lhe rondasse certo ar de vulgaridade, algo fora de lugar, sei lá... Vestia um jeans justíssimo e uma blusa decotada. Muito decotada. Teria posto silicone? Creio que sim. As mulheres de Porto Alegre aderiram ao silicone, é o que se diz lá em Cachoeira.

Estava parada às costas dos homens que falavam comigo, a uns dois metros de distância, e fazia-me gestos com as mãos. A princípio, achei que não fosse para mim. Depois, passei a observá-la disfarçadamente. Enfim, percebi que era comigo mesmo. Queria dizer-me alguma coisa. Fazia sinal negativo com o indicador, movia os lábios formando palavras que eu não compreendia, tudo indicava que se tratava de algo grave.

Quando o velhinho virou-se a fim de descobrir para o que eu olhava, a mulher parou de gesticular, postou-se de costas, dissimulou. Decerto era sobre aqueles dois estranhos que queria falar. Talvez dar-me um aviso... Enquanto isso, o velhinho continuava tagarelando.

– O senhor vai lá, saca o dinheiro e eu lhe dou uma recompensa – propôs.

– Mas como é que o senhor sabe que ele não vai fugir com o seu dinheiro? – perguntou o homem que chegara depois.

Antes que o velhinho respondesse, a mulher virou-se outra vez para mim, abriu bem a boca, desenhou lentamente as palavras com os lábios e então consegui ler em seu rosto a palavra que ela sussurrava:

– É... gol...pe!

Golpe? Um golpe! Ela estava advertindo que os homens pretendiam aplicar-me um golpe! Estremeci. E, naquele exato instante, lembrei que já havia lido notícias a respeito. O golpe do bilhete, ou coisa que o valha. Uma bola de nervosismo trancou-me a garganta. E agora? O que devia fazer? Quem sabe entregá-los para o brigadiano parado ali adiante. Mas como eles tiveram coragem de tentar aplicar um golpe tão perto de um brigadiano? Seis, sete metros de distância, quando muito... Será que o soldado estava mancomunado com eles? Só podia! E eu, idiota, prestes a entregar-me a ele! Que erro!

– Ele deixa uma importância com o senhor como garantia – dizia o estranho para o velhinho.

– Ah, essa é uma boa idéia – respondeu o velhinho. – O senhor topa?

Queriam o meu dinheiro! Era isso que eles queriam! Será que sabiam da guaiaca? Será que o volume aparecia sob a camisa? Jesus! Precisava sair dali! E tinha de ser já! Lancei um olhar de súplica para a mulher que me avisara do golpe. Um pedido de socorro mudo, porém desesperado o bastante para que ela o entendesse.

Ela entendeu. Fez com a mão um sinal para que a seguisse. Não me permiti a menor hesitação.

– Com licença, mas vou ter que ir – falei para o velhinho, afastando-o com a mão.

A mulher já andava Rua da Praia abaixo. Fui atrás.

– Ei! – gritou o velhinho. – O senhor não ia me ajudar?

– Ei! – gritou o outro homem. – Ei! Ei!

Não respondi. Tive vontade de olhar para trás, mas não olhei, eu era Sara fugindo de Sodoma e Gomorra, eu podia me transformar em uma estátua de sal se olhasse para trás.

– Ei! – eles gritavam. – Vem cá! Ei, vem cá!

Não respondi. Não me virei. Não vacilei. Saí caminhando rápido, seguindo os passos da minha salvadora. Até que enfim encontrei alguém decente nessa cidade!

Ela rebolava pela Rua da Praia, esquivando-se dos transeuntes, volta e meia olhando por cima do ombro para conferir se a seguia. Ao me ver, enviava-me um sorriso de estímulo. Eu sorria de volta. Ela caminhava rapidamente, eu tentava alcançá-la, pretendia agradecer-lhe pela ajuda, tencionava pedir detalhes a respeito do golpe do qual ela me livrou.

Entrou por uma rua lateral. Fui atrás. No caminho, pensei que ela talvez pudesse me dizer o que fazer no caso do travesti morto. Uma mulher como aquela, experiente na vida da cidade grande, certamente saberia como agir. Ela continuou andando até um velho edifício. Parou na porta de entrada e ficou me esperando. Cheguei à entrada do prédio, esbaforido.

– Olá – cumprimentei-a. – Eu queria agrad...

– Vem – interrompeu-me ela, enfiando-se no corredor escuro do edifício.

Obedeci. O lugar era sombrio, sujo. Um mau pressentimento assaltou-me a alma, apertou-me o peito e me fez ter vontade de sair correndo dali. Mas não corri. Não podia decepcionar minha salvadora. Fui em frente. Paramos diante da porta de um velho elevador.

– Moça, eu...

– Pssss! – ela levou o indicador à boca, como aqueles quadros de enfermeiras nos hospitais.

Em seguida, abriu a porta do elevador e fez um sinal para que eu entrasse. Entrei. Ela apertou no botão correspondente ao nono andar. O elevador começou a se alçar, fazendo grande ruído. Abri a boca para falar algo, ela repetiu o gesto com o indicador. Quando chegamos ao nono andar, ela desceu e disse outra vez:

– Vem.

E eu fui.

Ela caminhou por outro corredor escuro, até parar em frente à porta encardida de um dos apartamentos. Enfiou a chave na fechadura e a abriu.

– Vem – disse, de novo.

E vacilei. Devia entrar? Devia confiar nela? Ou fugir correndo dali?

7

– Vem – repetiu ela, parada no meio da sala.

Continuei aparafusado na soleira da porta. Olhei para dentro. Um apartamento não muito grande, de um quarto, talvez. Estava escuro, não conseguia divisar a decoração. Esperei que meus olhos se acostumassem à penumbra.

Hesitei.

A atitude dela era muito estranha. O que podia querer comigo? Sexo? Não era possível... Ela mal me conhecia. Ou será que as coisas estavam assim em Porto Alegre? Tratava-se de uma cidade perigosa, uma cidade do pecado, sem dúvida.

– Vem – disse ela mais uma vez.

E agora? Não podia continuar parado ali. Ou escolhia a fuga para a segurança ou cedia à tentação da curiosidade. A fuga definitivamente não me agradava. Nenhuma fuga me agradava. Sou de enfrentar as coisas. Foi o que meu pai me ensinou: a enfrentar o medo, a enfrentar as dificuldades. Além do mais, ela havia me ajudado. Seria muito mal-agradecido se saísse correndo sem nem dar explicação. Seria um covarde. Um pulha.

Entrei.

Ela sorriu.

– Gostei de você – disse. – Por isso avisei do golpe do bilhete premiado. Aqueles dois vigaristas passam o dia aplicando o golpe no Centro.

– Ah, obrigado... Eu não sabia, eu sou do interior, eu...

– De onde você é?

– Cachoeira.

– Cachoeirinha?

– Não. Cachoeira do Sul.

– Ah. Vem comigo – ela tomou a minha mão. – Vou mostrar o resto da casa.

Não havia muito o que mostrar. A sala tinha um sofá e uma poltrona, uma TV, uma mesinha de centro, nada mais. A cozinha era à esquerda, mas não entramos lá. Ela me levou direto ao quarto. Um quarto de tamanho médio, com uma cama de casal desarrumada e um roupeiro de quatro portas encostado à parede. As janelas eram cobertas por cortinas sebosas. Senti um pouco de nojo daquelas cortinas.

– Aqui é o quarto – ela informou, sorrindo.

– Ah... – eu não sabia o que dizer. Era óbvio que ali era o quarto.

Ela continuou me conduzindo pela mão. Guiou-me até a cama. Sentou-se e me puxou.

– Senta – mandou.

Obedeci.

Mal sentei, ela pulou sobre mim. Enlaçou meu pescoço com seus braços, grudou sua boca na minha e enfiou a língua entre meus dentes. Assustei-me um pouco com o ímpeto dela, mas confesso que o beijo me excitou. Era a primeira vez que beijava uma mulher que não a minha em oito anos. Oito anos! Tinha dezessete, quando encostei em outra mulher. Uma vida, meu Deus!

O gosto dela era diferente. Ela tinha uma boca macia e quente e mãos que sabiam o que faziam. Começou a me acariciar. Enfiou a mão sob a minha camisa, massageou minhas costas. Gemia. Entreguei-me, naquele momento. Não pensei em mais nada. Deixei que agisse.

E ela agiu.

Enquanto me beijava, tirou a blusa pela cabeça. Seus dois grandes seios saltaram para a liberdade. Olhei para eles e senti o peito se me apertar de desejo e angústia, tudo inexplicavelmente ao mesmo tempo.

– Meu Deus... – balbuciei. – Como são... bonitos.

Em resposta, ela apanhou minha cabeça com as duas mãos, puxou-a para baixo e afundou-a entre seus seios. Fiquei ali, sentindo o cheiro do seu perfume, experimentando a textura da sua pele com a minha língua, apalpando seus mamilos com minhas mãos trêmulas. Ela gemeu mais alto. Sua mão desceu até as minhas calças, tocou-me com fúria, explorou minha braguete e abriu o zíper. Enfiou a mão por ali e passou a me manusear.

– Oh... – sussurrei. – Oh... Oh...

Aquilo estava bom. Meu Deus, como estava bom! Se fosse em frente, consumaria o ato. Sei que consumaria. Não havia volta, se não parasse ali. Devia parar ali? Devia?

8

A mão daquela mulher.

A língua daquela mulher.

Como uma mulher podia ser tão habilidosa, tão sábia com a mão e com a língua? Eu estava enlouquecendo de prazer, estava entregue, já havia esquecido tudo o que me podia fazer parar e não queria parar, não queria, confesso, não queria; queria continuar, queria ir em frente, queria fazer tudo, queria que ela fizesse de tudo.

Em um minuto, estava sem as calças. Num último momento de lucidez, tive cuidado de remover a guaiaca e, esticando-me na cama, colocá-la de lado, encostada à parede, sob a cortina imunda. Nós gemíamos e resfolgávamos. Era bom. Oh, como era bom. Mais um minuto e ela tinha me tirado a camisa. Estava nu, e ela estava nua também, e ela era linda, e nós dois arquejávamos, e eu pensava: que loucura, que loucura, que loucura! Eu ia experimentar outra mulher. Pela primeira vez na minha vida, teria outra mulher!

Muito fugazmente, passou pela minha cabeça que não tinha camisinha por ali, que era perigoso, que nem sabia o nome daquela mulher, que ela provavelmente era uma vagabunda, uma promíscua, uma integrante certa do grupo de risco. Mas tudo isso me ocorreu fugazmente. Não havia mais como recuar. Não conseguiria reunir forças para isso. Ah, não, eu não era forte o suficiente. Iria até o fim. Até o fim!

Enquanto isso, ela trabalhava em mim com a língua e os dedos e me enlouquecia, eu estava enlouquecendo e de repente me ouvi dizer baixinho:

– Eu quero morrer... eu quero morrer...

Tão bom, tão bom...

Foi então que ouvi o grito.

Por que isso acontece? Por que isso tem que acontecer???

O fato é que aconteceu. A situação clássica. O grito:

– Cheguei!

Era um homem que chegava.

– Meu namorado! – disse ela, afastando-se de mim.

– Namorado??? – exclamei. – Que namorado?!?

– O MEU namorado! Vai pra debaixo da cama! – e gritando para a porta:

– Já estou indo aí, amor! – e de novo para mim: – Vai pra debaixo da cama, que ele é uma fera!

Uma fera? Não discuti mais. Recolhi minhas roupas às pressas, fiz delas um bolo e escorreguei pelo chão até o fundo da cama. De lá, vi os enormes pés calçados com gigantescas botas pretas que se aproximaram pisando firme no chão do quarto.

– Oi – falou a voz grave, e a impressão foi de que o tom não era amistoso. – Ué? Está nua? O que é isso? Pode me explicar o que é isso, Kelly?

Em meio ao pânico que sentia debaixo da cama, escondido como um rato, ainda pensei: ela se chama Kelly. E depois concluí que seria meu último pensamento, minha última compreensão da realidade. Porque aquele monstro ia me matar. Certamente que ia me matar! Oh, Cristo! Oh, Cristo!!! Por que não saí correndo quando pude? Por que aquilo tudo estava acontecendo comigo?

Maldita Porto Alegre! Maldita cidade grande! Malditos sejam todos os que vivem nesse lugar! Comecei a tremer. Meus dentes batiam e tive medo de que ele ouvisse aquele som do medo, da covardia e do desespero e se debruçasse sob a cama e me flagrasse encolhido como um cachorro. Era isso. Eu ia morrer assassinado, nu, debaixo de uma cama, humilhado. Como um cão. Como um cão...

9

Encolhido sob a cama, nem respirar, respirava. Via pés, só. Os pezinhos nus dela, as botas gastas dele.

– O que é isso, Kelly??? – berrou o vozeirão do homem. – Pelada?!?

– Ai, amor... – os pezinhos dela se aproximaram dos dele, saltitantes. – Estava te esperando...

– Você não sabia que eu vinha, Kelly! Não me enrola! Você está aprontando de novo! Eu te conheço! Você voltou para aquela vida, Kelly??? Tudo de novo??? Você estava com um homem, Kelly??? Eu mato o desgraçado, Kelly!!! Eu mato!!! Você sabe do que eu sou capaz!!!

– Não é nada disso. Algo me disse que você ia vir, Wellington. Um pressentimento, sabe? Intuição feminina. Estava dormindo e sonhei com você. Nós fazíamos... coisas... Ai, fiquei excitada, Wellington... Você sabe como eu fico, quando fico excitada. Você sabe... – os pezinhos dela escalaram as botas dele. O esquerdo. Depois o direito. – Ai, amor... – ela repetiu. – Ai...

– Hmptgrf... – disse ele.
– Hmpgrtfcm... – disse ela.
– Vclmbtz!
– Grtzcmnm!
– Ai...
– Aaaaiii...

E os quatro pés sumiram do meu campo de visão e o colchão me comprimiu contra o parquê, vergado pelo peso dos dois corpos.

– Fica vestido, amor! – ela gania. – Fica vestido!
– Tarada, taradinha! É a mulher mais tarada do mundo! A mais tarada!!!
– Aqui... hmmmm... já ficou empolgadinho, ahn?
– Hmpfgrtz!
– Hmmm, que loucura, ui, que coisa, ai...
– Vagabunda, vagabundinha! Safada! Não existe mulher mais safada!
– Isso! Me chama de vagabunda!
– Vagabunda!
– Diz de novo!
– Vagabunda! Vagabundavagabundavagabundavagabunda!
– Aaaaaaaaaah...
– Zclmnfk!
– Aaaaaaaaaaaaaaaaaaaaaah...
– Vag... aaaaaaaaaaah... aaaaaaaaaaaaah...

O troço todo não passou de vinte minutos, mas pareceram três horas, sobretudo devido à empolgação com que eles faziam a coisa. Eu rezava, pedia ao Senhor para me livrar daquela enrascada, prometia que, ao sair dali, iria direto à delegacia de polícia me entregar, fazer o que era certo, sim, era isso que ia fazer. Como faria o meu pai! E era só o que eu queria: entregar-me à polícia, confessar meu crime, pagar pelo que fiz.

A cama se sacudia inteira, o colchão subia e descia, e batia na minha cabeça. Eu rezava em silêncio: Pai nosso que estás no Céu...

Quando tudo terminou, ela gemeu:
– Vamos comer um xis?
– A essa hora?
– Já é quase meio-dia!
– Hmmm, tá bem. Um xis, então.
– Vamos! – ela saltou da cama e começou a se vestir.

Ele continuou deitado por algum tempo. Depois sentou-se no colchão. Ela se vestiu em dois minutos, nunca uma mulher se vestiu tão rapidamente.

– Vamos! – pediu ela e puxou-o pela mão.

Ele se ergueu, gemendo de preguiça:

– Tá bem, tá bem...

Saíram do quarto. Em alguns segundos, ouvi o ruído da porta batendo. Eu tremia no chão frio. Tremia de pavor. E, surpreendentemente, suava. Tinha de sair daquele lugar, mas também sentia medo. Se saísse, estaria exposto. E se ele voltasse?

Estaria morto!

Ainda tremendo, escorreguei para fora da cama. Pus-me de pé. Andei alguns passos até a porta do quarto, a camisa, as calças, a cueca e as meias emboladas debaixo do braço esquerdo. Na mão direita, os sapatos. Espiei pela porta. Ninguém na sala. Calcei os carpins pretos olhando fixamente para a porta da rua.

E se ele voltasse, meu Deus? E se ele voltasse? Como poderia explicar o fato de estar nu na casa dele? Para prevenir qualquer imprevisto, resolvi vestir as roupas no corredor e sair logo daquele apartamento maldito. Foi o que fiz. Saí para o escuro do corredor com as roupas emboladas nos meus braços, decidido a me vestir o mais rapidamente possível.

Foi então que se deu o que se deu e eu, de certa forma, compreendi que só podia se dar o que se deu, embora não esperasse que se desse e não quisesse de forma alguma que se desse. Mas se deu.

10

Foi uma desgraça. Mas, de certa forma, entendi como algo inevitável. Como se estivesse escrito. Como se fosse um roteiro. Era óbvio que aquilo ia acontecer. Do jeito como as coisas vinham se passando comigo nas últimas horas, era mais do que evidente que aquilo ia acontecer. Alguma sacanagem do Destino, de Deus, do Cavalo Celeste, sei lá de quê. Punição pelo que fiz de errado, pelo que sou, por algo que meus antepassados cometeram, não sei... O fato é que se deu. Deu-se. A velha abriu a porta. Uma vizinha. Uma mulher de uns setenta anos, ou mais, magérrima, ressequida, com uma expressão maligna a rebrilhar por trás dos óculos de aro grosso. Ao deparar comigo ali, só de carpins, tentando enfiar um pé nas cuecas, ela emitiu um berro tão agudo que me fez saltar para trás e atirar as cuecas longe.

– Iiiiiiiiiiiiiiiiiiiiiiiiiih! Tarado! Um tarado! Socorro! Um taradoooooooo!

– Calma, minha senhora! – tentei tranqüilizá-la, juntando as mãos como se estivesse fazendo uma prece. – Calma! – o problema foi que, ao juntar as mãos, larguei as calças e fiquei ainda mais pelado do que estava.

– Tarado! Um tarado! Socorro! Um taraaaaadooooo! – ela apontava um dedo indicador apavorado para a minha região pubiana e gritava com a boca e os olhos muito abertos.

– Taraaaaado! Taraaaado!

Ouvi ruídos nas fechaduras. As portas iam se abrir, os moradores do prédio iam me encontrar daquele jeito, só de carpins. Provavelmente seria linchado! A velha continuava parada em frente à porta de seu apartamento, estática como se estivesse fincada no chão, gritando sempre, a boca bem aberta, o dedo apontando para o meu pênis flácido e, agora, encolhido de pavor:

– Socooooorrrrrrrrrro! Um taraaaaado! Um taraaaado!

Não hesitei mais. Atirei-me pela escadaria abaixo sem cuecas mesmo, desesperado para salvar minha pele nua. Eram nove andares. Enquanto descia correndo, ouvia os berros da velha e os sons das portas se abrindo e o vozerio nos corredores:

– Tarado?
– Um tarado?
– Um tarado!!!
– Cadê o tarado?
– Pega o tarado!!!

Continuei correndo. Lá pelo quarto andar, esbaforido, parei no meio da escada para tentar vestir as calças. Enfiei uma perna, estava enfiando a outra, quando uma menina de uns dez anos apareceu no topo da escada. Olhei para ela, curvado, as calças na mão, arfante. Ela olhou para mim de olhos esbugalhados. Abriu a boca. Eu estendi a mão para ela:

– Não, menininha, não...

A menininha:

– O tarado! O tarado tá aqui! O tarado tá aqui!!! O tarado! O tarado!!! Socorro! O tarado!!!

Pulei como pude para dentro das calças e continuei correndo. Perdi um pé de sapato, que rolou pelos degraus, mas não gastei tempo abaixando-me para pegá-lo. Prossegui na fuga, uma das mãos segurando as calças, a outra, a camisa e o sapato que me restava. Quando alcancei a rua, percebi que uns três ou quatro homens estavam me perseguindo.

– Pega! – gritavam. – Pega!!!

Queriam me linchar! Queriam me matar! Na melhor das sortes, apanharia um tanto e seria preso como tarado. Oh, Deus!

11

Saí correndo pela rua, e deve ter sido uma cena patética: corria sem sapatos e sem camisa, só de calças e carpins. Ouvia os gritos atrás de mim:

– Pega! Pega!

Olhei por sobre o ombro, sem parar de correr: um punhado de homens raivosos tentava me alcançar. Na porta do edifício, lá atrás, outro punhado, mas de mulheres, todas escandalizadas, entre elas a menininha. Berravam:

– Tarado! Tarado! Pega o tarado!

Não sei exatamente por que ruas me embrenhei, nem quanto corri. Sei que corri muito, corri, corri até avistar tapumes que vedavam acesso a uma obra. Minha salvação! Atirei-me sobre a cerca, escalei-a como um leopardo e, com agilidade surpreendente até para mim mesmo, consegui! Cheguei ao outro lado da cerca só um pouco lanhado na perna e nos braços, com um rasgão na camisa que tinha nas mãos, mas intacto.

Corri para dentro da obra. Devia estar abandonada, não havia nenhum operário por perto. Escondi-me numa peça dos fundos do lugar. Encostei os ombros na parede de tijolos e deslizei para o chão. Fiquei deitado, tentando recuperar a respiração. Sentia vertigens, tonturas. Por que estava metido naquele pesadelo? O que eu fiz, meu Deus??? O que eu fiz para merecer isso???

Bem... matei um homem, essa era a verdade. Mas ia me entregar. Por Deus que ia me entregar! Pagaria pelos meus pecados! Regenerar-me-ia diante de Deus ou do Destino ou do que quer que estivesse me perseguindo e tentando acabar comigo.

– Juro! – prometi a mim mesmo, baixinho. – Juro que vou me entregar!

Em seguida, suspirei. A respiração voltava ao normal. Naquele instante, porém, uma imagem relampeou em minha mente numa explosão de horror. Senti o rosto enrubescer, as pernas amolecerem e o coração quase se me saltou boca afora.

A imagem que estourou na minha cabeça foi a da cortina puída da casa daquela mulher. A cortina sob a qual ficara jogada... a guaiaca onde estava o dinheiro da minha família! Havia deixado a guaiaca com o dinheiro no apartamento da mulher!!! Ante essa lembrança medonha, saltei do chão, caí de joelhos, levei a testa ao solo e gani de dor:

– Aaaaaaaaaaaah...

O dinheiro da minha família, das minhas meninas, da minha salvação, o dinheiro pelo qual tudo aquilo estava acontecendo, eu perdera o dinheiro! Jesus Cristo, por quê? Por quê??

Mas sabia o que fazer! Sabia exatamente o que fazer! Tinha de voltar lá! Tinha de entrar naquele apartamento e recuperar meu dinheiro, nem que precisasse entrar em luta corporal contra aquele Wescley ou Washington, não lembrava como aquele sujeito se chamava.

Pus-me de pé num salto, decidido a entrar em ação. Vesti a camisa, agora suja e rasgada. Calcei o pé de sapato que me restava. Dei dois passos para sair daquele lugar. E parei. Uma

figura saiu das sombras da obra, uma figura hostil, que anunciou, ameaçadora:
– Te peguei!

12

Ele veio caminhando devagar em minha direção. Sorria malevolamente. Ameaçadoramente.
– Te peguei – repetiu. – Seu ladrão! Seu ladrão!!!
– Ladrão? Eu?!?
Francamente, chamar a mim de ladrão, numa situação daquelas, depois de tudo pelo que havia passado, pareceu-me mais do que uma ofensa; pareceu-me uma afronta.
– Ladrão! Veio aqui roubar meus trens!
– Trens?... – não entendi.
– Veio aqui mexer nos meus troços! Faz tempo que sei que tu vem aqui! Aqui é o meu mocó, seu ladrão!
– Mocó? Eu... Olha, deve haver algum engano...
Ele continuava avançando. Quando estava a quatro passos, compreendi: era um bêbado. Devia morar ali, ou esconder-se ali, qualquer coisa do gênero.
– Olha, você está enganado – tentei argumentar. – Está me confundindo com outra pessoa. Não sou daqui, sou de Cachoeira e...
– Que me interessa se é de Cachoeirinha ou Gravataí ou Sapucaia! – berrou. – É ladrão!
– Cachoeira do Sul, não Cachoeirinha...
– Ladrão! – repetiu e avançou para me atacar.
Apesar de ele estar bêbado, ele foi muito rápido. Conseguiu me atingir. Mas não no rosto. Acertou-me no peito, com as duas mãos. O golpe não chegou a ser forte, só que perdi o equilíbrio, rodei e caí sentado. Doeu.
– Cachoeirinha de bosta! – gritou.
E o monstro da ira tomou conta da minha alma. Chamar-me de ladrão, tudo bem; mas, por algum motivo, não podia mais suportar aquilo de Cachoeirinha. Era inadmissível que um sujeito daqueles, em molambos, troncho, recendendo a cachaça velha, falasse mal da cidade em que eu morava com a

minha mulher e as minhas filhas. A cidade onde estava o meu refúgio. Sentado mesmo, tomei do primeiro objeto contundente que estava ao alcance das minhas mãos: o meu sapato.

O único pé de sapato que calçava. Pois descalcei-o e, com os dentes rilhados, pus-me de pé e avancei para o gambá.

– Cachoeira! – gritei, de sapato em punho. – Cachoeira do Sul!!! – repeti.

Ele entendeu que eu não estava para brincadeiras. Que a coisa tinha ficado séria. Começou a recuar, balbuciando:

– Peraí... peraí...

– Cachoeira do Sul! – eu ainda gritava. – A Capital do Arroz! A Capital do Arroz!!!

E, segurando o sapato pelo bico, alvejei-o ferozmente. Pespeguei-lhe um golpe violento, acertando com o salto no lado da orelha. Ele emitiu um guincho de dor, levou a mão à cabeça e protestou:

– Cachoeirinha maldito!

Foi o que bastou para que perdesse o controle de vez. Pulei sobre ele armado com o sapato, espanquei-o sem dó com o sapato, sapateei-lhe todo, enquanto ele se encolhia, protegia a cabeça com os braços e urrava de pavor:

– Socorro! Socorro!

– Cachoeira do Sul! – eu gritava. – Cachoeira do Suuuuuuuuul!

E batia nele com o sapato. Ele tentava se livrar do meu ataque, mas escorregava, caía, levantava, escorregava de novo, até que conseguiu. Correu na direção do tapume, sempre gritando por socorro. Quando estava no alto da cerca, já pronto para saltar para o outro lado, arremessei-lhe o sapato e, para minha surpresa, acertei em cheio.

Pegou na testa. Ele fez uuuuh e caiu para o lado da rua com estrondo. Ainda tentei alcançá-lo, mas, ao me dependurar no tapume, vi que ele corria rua abaixo, com o meu sapato na mão, gritando:

– Cachoeirinha! Cachoeirinha!

Escorreguei até o chão, esbaforido, cansado, todo lanhado, sem sapatos, com a camisa rasgada, sujo, sem dinheiro, desesperado. Sentado no chão, com as costas apoiadas no tapume, pensei: tenho que ir buscar o dinheiro, tenho que me entregar, tenho que buscar o dinheiro, tenho que me entregar. E foi meu último pensamento.

13

Dormi.

Como não dormiria? Pela primeira vez na vida, tinha tentado fazer programa com uma prostituta, que se revelou um travesti; matei o travesti; por engano, mas matei, sou um assassino; fugi; passei a noite em claro, aflito, remoendo meu crime; decidi me atirar aos braços longos da Lei; saí do hotel disposto a falar com um policial e não consegui; salvei-me de um golpe; fui à casa de uma louca que queria fazer sexo comigo; ia fazer sexo com ela, quando apareceu o namorado, o Wilson; escondi-me sob a cama; escapei do apartamento; fui pego nu no corredor; fui perseguido pelos moradores do prédio; escondi-me numa obra; lutei com um bêbado; só podia dormir. Dormi.

Não sei por quanto tempo. Uma ou duas horas, talvez. Ou mais, não sei. Ao despertar, achava-me mais bem disposto. As idéias estavam claras na minha mente. Voltaria ao apartamento da louca e de seu namorado Wescley. Recuperaria o dinheiro. Argumentaria com ela, mostraria-lhe que aquele dinheiro era importantíssimo para mim, que era a salvação da minha família. Ela parecia ser uma boa moça, compreenderia o meu drama. Afinal, salvou-me dos golpistas. Poderia prestar-me mais essa ajuda, claro que poderia.

Depois, me entregaria à polícia. Era o que devia fazer, sim, senhor. Era o certo. A seqüência de desgraças que vinham ocorrendo comigo provava que a Ordem do Universo esperava que me entregasse.

Assim resolvido, saltei o tapume e segui para o apartamento. Tinha a consciência de que era um tipo estranho no centro de Porto Alegre. Caminhava sem sapatos, de meias, a camisa rasgada, as calças sujas, os cabelos desgrenhados. As crianças provavelmente se assustariam à minha passagem.

Tive alguma dificuldade de encontrar o apartamento. Confundi-me um pouco com as ruas tantas pelas quais corri, perseguido pela turbamulta que pretendia me linchar. Depois de vagar um pouco a esmo, tentando encontrar pontos de referência, reconheci a rua, achei o prédio e parei. Fiquei observando a uns vinte metros de distância. Precisava tomar cuidado. Claro, àquela hora eles já deviam ter se dispersado, mas, se fosse visto por algum morador, a coisa ficaria feia para o meu lado.

Aproximei-me cautelosamente. Devagar. Bem devagar. Não havia ninguém por perto. Ou, pelo menos, não havia ninguém que parecesse reparar na minha presença. Eu daquele jeito, em molambos, e os porto-alegrenses nem sequer olhavam para mim!

Entrei no prédio. Meu coração batia com força. O que me aguardaria naquele lugar? Decidi subir pelas escadas, para evitar qualquer encontro desagradável.

Nove andares.

Ao chegar ao maldito corredor em que a velha havia me flagrado nu, tive de parar a fim de recuperar a respiração. Recuperei-a, finalmente. Respirei fundo uma, duas, três vezes. Precisava me acalmar. Suspirei. Sentia medo, mas, afinal, tinha de fazer aquilo. Tinha.

Caminhei pelo corredor escuro. Parei em frente à porta da mulher. Suspirei outra vez. Hesitei. O que encontraria lá dentro?

O melhor seria o apartamento estar vazio, lógico: entraria, iria até o quarto, levantaria a cortina, pegaria a guaiaca e iria embora para o meu hotel. Quer dizer: isso se eles ainda não houvessem encontrado a guaiaca, Kelly e aquele... qual era o nome mesmo? Wallace? E se a encontraram e saíram por aí, para gastar o meu dinheiro? Cristo! Não queria nem pensar nessa possibilidade... E se o namorado dela estivesse lá dentro? Sim, porque explicar o meu drama a Kelly era algo que poderia dar resultado, mas como dizer para a fera que tinha esquecido meu dinheiro no quarto da namorada dele??? O cara iria para cima de mim, obviamente. Estremeci de horror. Mas tinha de ir em frente. Tinha de recuperar o dinheiro da minha família. Tinhatinhatinha!

Levei a mão à maçaneta.

Abri a porta.

Ouvi um ruído vindo do quarto. Havia alguém lá! Ela ou ele? Ou os dois? Ou outra pessoa qualquer? Oh, Deus...

Avancei pela sala, muito cuidadosamente. Um passo. Depois outro. Um passo. Depois outro.

Cheguei ao quarto, enfim.

E então vi. Meu dinheiro estava espalhado sobre a cama e ela, Kelly, o manuseava e ria e ria e o manuseava.

– Que maravilha! – dizia para si mesma. – Que maravilha!

Entesei na soleira da porta. E disse:

– Esse dinheiro é meu!

Ela deu um gritinho de susto. Virou-se para trás, com um maço de dinheiro nas mãos. Arregalou os olhos ao me ver. Mas logo se recompôs e, com uma expressão feroz no rosto, rosnou:

– Não! Esse dinheiro é meu!

– Não seja idiota! Você sabe que esse dinheiro é meu!

– Estava no meu apartamento! No meu quarto! É meu! E, se quiser me tirar, vai ter que me matar, seu desgraçado!

Ela apertou o maço de dinheiro contra o peito. Vi tudo roxo na minha frente.

– Te matar? – gritei. – Te matar??? Pois vou te matar, sua vagabunda maldita!

E parti para cima dela.

14

Fui para cima dela. Fui, fui mesmo! Minha paciência com aquela cidade e com as pessoas daquela cidade havia acabado. Definitivamente!

Mas tem o seguinte: claro que não queria matá-la. Não sou um meliante, não sou mau. Sei que já matei um hom... uma pessoa, mas não foi de propósito. Além do mais, foi legítima defesa, eu estava sendo atacado. Agora, de certa forma, estava sendo atacado outra vez. Precisava recuperar o meu dinheiro. O MEU dinheiro. O dinheiro da minha família. Por isso, pulei sobre ele como se fosse uma onça.

Só que não foi tão fácil quanto pensava que poderia ser. Ela era desconcertantemente forte para uma mulher. Rosnava feito uma tigresa e, pior, arranhava feito uma tigresa. Unhou-me no peito, nos braços, na cintura, arrancava-me pedaços de pele e de carne, tirava-me sangue, eu gritava de dor, mas não desistia. Continuava lutando. Uma onça, era isso que eu era! Queria o meu dinheiro!

Rolamos pelo chão do quarto, ela grudou uma das mãos em meus cabelos, tentava arrancá-los com raiva homicida. Com a outra mão, arranhava-me. Eu tentava me defender, ou pelo menos tentava defender o rosto, os olhos e o pescoço. Ela era uma fera, era furiosa, em um minuto rasgou minha camisa em pedaços. Camisa vagabunda. Fiquei nu da cintura para cima, mas, num esforço supremo, consegui me erguer. Estava de pé, e ela de joelhos.

Podia ter-lhe acertado um pontapé no meio da cara, os dentes dela saltariam pelo quarto, mas tive pena. Não faria isso com uma mulher, mesmo sendo aquele tipo de mulher. Mesmo tentando roubar o dinheiro da minha família. Porém, estava decidido a vencê-la. E já sabia o que fazer. Tinha um plano. Quando a luta começou, no chão do quarto, sendo unhado e mordido e puxado, tracei uma estratégia. Fiquei espantado com minha capacidade de raciocínio, creio que as dificuldades que passei na cidade grande me deixaram mais alerta.

Assim, esperei que se levantasse. Ela se levantou, arfante, cansada, percebi que estava cansada. Ela vacilou um segundo, e foi do que precisei para contorná-la. Fiquei às suas costas, ela fez menção de se virar, mas fui mais rápido. Apliquei-lhe uma gravata exatamente da forma como fazia com os guris que tentavam me desafiar nos tempos de colégio. Imobilizei-a. Ela tentava alcançar meu rosto atirando as mãos para trás, puxava meus cabelos, desesperada, mas não adiantava nada: não a soltaria!

Prendendo-a com toda a força de meus braços, arrastei-a pelo quarto, ela gemia, gania, resfolegava, e eu firme. Cheguei ao roupeiro. Livrei uma das mãos, não sem certa dificuldade, e abri a porta do móvel. Em seguida, atirei-a lá para dentro, fechei a porta e passei a chave! Vitória! Eu pulava pelo quarto e socava o ar, festejando como se tivesse marcado um gol.

– Vitória! – gritava. – Vitória!

E era mesmo um gol. Finalmente, a sorte estava virando a meu favor. Ela se debatia e berrava dentro do roupeiro:

– Me solta, desgraçado! Me solta!!!

Eu ria, enquanto juntava o dinheiro pelo chão do quarto, pela cama, por toda parte. Pensei: como faria para levar aquilo tudo? Não teria tempo de reunir o volume em maços e colocar novamente na guaiaca. Em pouco tempo os vizinhos já estariam batendo à porta do apartamento, alertados pela confusão que fizemos e pela gritaria da louca.

Olhei em torno. Tive uma idéia que me pareceu brilhante: o lençol! Acomodei o dinheiro no lençol, fiz uma trouxa e saí do quarto, ouvindo a maluca a gritar abafado de dentro do roupeiro:

– Me solta! Me solta, desgraçado!!! Me soltaaaaaaa!!!

Não me despedi. Abri a porta do apartamento. Estava em estado lamentável: de calças e carpins, sem camisa, todo arranhado, sangrando, desgrenhado, sujo, com uma trouxa debaixo do braço.

Foi assim que a velha me viu.

A mesma velha que, horas antes, me flagrara nu, agora havia aberto a porta novamente. Deu comigo no corredor e não teve a menor dúvida. Berrou:

– O tarado! Socorro!!! O taraaaaadoooo!!!

E tudo aconteceu de novo. Despenquei pela escada, só que, dentro das minhas calças, o fiz com muito mais velocidade. Ouvia o rumor pelos corredores, mas me concentrei em sair dali. Em segundos, estava na rua. Não sei se algum morador do prédio tentou me perseguir, não olhei para trás. Apenas corri. Corri, corri, desesperadamente, corri com convicção e denodo até cansar.

Então caminhei pelas ruas daquela cidade maldita, com passos largos, apressados e decididos, caminhei só de carpins e calças, com o torso nu, lanhado e sangrando, descabelado, sujo, vermelho, ofegante e furioso, até chegar ao hotel. Quando pisei na portaria, os funcionários se alvoroçaram. Não me reconheceram de pronto.

– Sou hóspede! – gritei. – Sou hóspede!
– Seu Roger! – reconheceu-me o gerente.

– Fui assaltado! – disse.

– Assaltado?!? – o gerente correu em minha direção. – O senhor quer que eu chame a polícia?

Refleti: talvez fosse o caso. Poderia me entregar, enfim, e estaria tudo resolvido. Pagaria a minha dívida com a sociedade, me livraria daquele peso. Por que não?

Mas resolvi que não. Queria tomar um banho, antes de me entregar ao longo braço da Lei, queria descansar um pouco, vestir-me com alguma dignidade. Afinal, a aparência conta muito. Se me apresentasse à polícia daquela forma, eles provavelmente nem acreditariam na minha história.

– Não precisa – falei para o gerente. – Já resolvi o caso. Só quero subir e tomar um banho.

– O senhor é quem sabe... Mas se precisar de algo...

– Obrigado, mas por enquanto nada.

Subi para o meu quarto. Deixei o lençol com o dinheiro sobre a cama e fui direto para debaixo do chuveiro. Enquanto a água escorria por minhas feridas, tentava refletir. Será que ainda corria risco de ser atacado por Kelly e seu namorado, aquele Wolney ou coisa que o valha? Não recordava de ter dito meu nome a ela, nem o hotel onde estava... Ou disse?... Já não tinha certeza de mais nada. Que horas eram? Olhei pela basculante do banheiro: anoitecia. Que dia, aquele, na minha vida!

Saí do banho. Sequei-me com cuidado, as feridas ardiam. Vesti roupas limpas. Mirei-me no espelho. Era de novo um ser humano. O que devia fazer? Devia realmente me entregar? A idéia de ser preso me angustiava. Resolvi dar um tempo para mim mesmo. Sairia, iria tomar um chope, comer algo, fazer minha última refeição em liberdade.

Tomada essa deliberação, juntei o dinheiro novamente e o guardei na guaiaca. Amarrei a guaiaca à cintura e saí para a noite porto-alegrense. E, mais uma vez, a noite porto-alegrense fez mudar tudo em minha vida.

15

Rodei alguns minutos a esmo pela cidade. Não sabia ao certo para onde ir. Rodei, rodei, até que decidi rumar para o único local que conhecia. A tal Calçada da Fama. Parecia um lugar animado, e eu precisava de um pouco de alegria no meu dia. Na verdade, precisava mesmo era conversar com alguém, contar tudo o que me aconteceu, ouvir a opinião de uma pessoa que estivesse de fora daquela situação.

Ah, como queria poder contar o que passei à minha mulher... Ela devia estar preocupadíssima lá em Cachoeira. Fazia horas que não nos falávamos. Não me dei nem o trabalho de pôr o celular para recarregar. E o pior: acho que o próximo telefonema que darei a ela será da delegacia. Que horror, pobrezinha da minha mulher e das minhas filhas... Mas tenho que fazer a coisa certa. Tenho! Tenho que me entregar.

Consegui uma boa vaga para estacionar. Bem em frente ao bar. Era cedo, os notívagos ainda deviam estar se preparando para sair. Acomodei-me numa mesa na calçada. Pedi um chope. Suspirei. Sentia-me angustiado. Já me via sentado diante do juiz. Ou, pior, atrás das grades. No Presídio Central, com um crioulo de um metro e noventa querendo me fazer de mulherzinha... Oh, Deus...

Olhei em volta. Não havia belas mulheres, não havia muita gente. O gerente do bar, acho que era o gerente do bar, circulava por entre as mesas. Um tipo magro, um metro e oitenta de altura, mais ou menos. Uns quarenta anos de idade, cabelo liso escorrendo abaixo das orelhas, simpático. Caminhou devagar em minha direção, sorriu um sorriso de dono de bar. Sorri de volta. Por algum motivo, confiei naquele sujeito. Algo me dizia que podia conversar com ele.

– O senhor é o gerente do bar? – perguntei.
– Sou, sim. Posso ajudar em algo?
– Não... Nada...
Ele estava parado, de pé, ao lado da minha mesa.
– O senhor quer sentar? – convidei. – Estou sozinho.
– Posso me sentar um pouco se o senhor quiser.
Instalou-se numa cadeira.
– Meu nome é Roger.
– Prazer. Atílio.
– Como o Ancheta?
– Isso mesmo.

– Gremista?

– Gremistão.

– Tem muito gremista lá em Cachoeira. Terra de alemão...

– Cachoeira do Sul?

Aquela pergunta foi como o sol iluminando a Terra. Enfim alguém de Porto Alegre conhecia a minha cidade e não a confundia com Cachoeirinha.

– Isso mesmo! – confirmei. – Cachoeira do Sul!

– A Capital do Arroz?

Quase o beijei.

– Isso! – Estava emocionado. Tinha vontade de chorar abraçado ao dono do bar. – A Capital do Arroz!!!

Ele riu. Eu ri. Suspirei.

– O senhor parece preocupado – disse Atílio.

Olhei para ele. Muito perceptivo. Os donos de bar têm de ser perceptivos, suponho. Têm que tratar com toda gente, conversar, ouvir problemas... Ouvir problemas... Ele poderia ouvir meus problemas, claro que poderia!

– Estou com problemas – falei. – Na verdade, não sou eu. É um amigo meu.

– Hmm... Um amigo. O que houve com ele?

Então contei tudo. Disse que meu amigo também era de Cachoeira e que viera a Porto Alegre para buscar um dinheiro e buscou e resolveu dar uma esticada e colocou um travesti no carro pensando que era uma prostituta e que o travesti o atacou, tentando roubá-lo, e que meu amigo reagiu e matou o travesti por acaso.

– Agora, o meu amigo quer se entregar à polícia, coitado... – concluí. – Mas ele está muito angustiado. Tem medo de se entregar, ao mesmo tempo em que quer se entregar para fazer a coisa certa.

Atílio coçou o queixo. Falou devagar, mansamente:

– Quando aconteceu isso tudo?

– Ontem. Coitado...

– Hmmm, é estranho...

– O que é estranho?

– Eu acesso o *Zero Hora Ponto Com* todos os dias, várias vezes ao dia, e não li nenhuma notícia a respeito de um travesti morto...

Pisquei:

– Você acha que...

– Talvez seu amigo tenha se enganado, talvez ele tenha só ferido o travesti. O cara pode ter ficado desmaiado e agora está vivinho, zanzando pela Farrapos.

Senti meu coração acelerar. Seria possível?

– Será?

– Por que você não fala para o seu amigo dar uma volta pela Farrapos e imediações? De repente, ele pode encontrar o travesti todo alegre dentro da minissaia dele...

Sorri. Pela segunda vez, tinha vontade de beijar aquele sujeito.

– É isso mesmo que vou fazer! – disse, levantando-me. Puxei uma nota de dez reais do bolso. – Paga o chope?

– E sobra.

– Deixa assim. Fica de gorjeta para o garçom. Vou fazer isso agora mesmo. Vou para a Farrapos... Quer dizer, vou falar para o meu amigo ir para a Farrapos ainda essa noite!

– É isso aí. Diz isso para ele!

– Isso aí! – concordei, já indo embora. Antes de sair, ainda gritei: – Obrigado! Você é a primeira pessoa boa que encontro nessa cidade!

– De nada!

Entrei no carro decidido a ir para a Farrapos, decidido a desbravar o território dos travestis e das prostitutas de Porto Alegre. E a enfrentá-los se fosse preciso!

16

Em dez minutos, rodava pela Farrapos. Rodava devagar, em segunda ou terceira marcha, observando os personagens da noite. Lá estava uma loira dentro de uma calça branca muito justa. Como é que ela entrou naquela calça? Fez sinal quando me aproximei. Era mulher, acho. Como ter certeza? O certo é que não era o travesti pelo qual procurava. Pisei no acelerador.

Passei por uma boate. Havia um leão-de-chácara na porta entre três mulheres de minissaia. O leão-de-chácara também fez sinal para que eu entrasse no lugar. Segui em frente.

Reparei que aumentou o fluxo de carros em marcha lenta, andando pelo lado direito da avenida. Estavam à caça de sexo a soldo, certamente. Entrei na fila de carros. Rodei por mais algumas quadras, atento a todos que caminhassem pela calçada. Os carros dobraram à direita. Fui atrás. Depois de uma quadra, entraram à direita de novo e ingressaram numa rua paralela à Farrapos. Fiz o mesmo.

Todo um estranho mundo novo abriu-se à minha frente.

Era uma rua escura, ali devia haver apenas comércio durante o dia. Nas calçadas, mulheres e travestis faziam o *trottoir* tranqüilamente. Alguns estavam quase nus, vestiam calcinhas, ou biquínis, ou minissaias sumárias. Os carros paravam, eles se debruçavam nas janelas do carona e negociavam. Tudo muito natural, muito pacífico.

De certa forma, era admirável aquela ausência de hipocrisia. Os homens queriam comprar sexo e ali havia sexo à venda. Como num shopping. Li em algum lugar que, na Holanda, prostitutas ficam expostas em vitrines. País civilizado é isso. E aquilo ali era como a Holanda, supus, só que informalmente.

Quanto tempo eu teria de procurar? Se ele estivesse vivo, talvez não fosse trabalhar aquela noite. Ou podia estar com algum cliente... Será que um daqueles profissionais do sexo saberia me dizer se um travesti foi morto naquelas imediações, nos últimos dias? Certamente que sim. Eles deviam saber tudo sobre todos ali. Era um universo pequeno, afinal. Algumas quadras...

Calculei que seria uma boa idéia perguntar a um deles. Mas talvez fosse temerário colocá-lo no carro. Como resolver esse problema? Enquanto rodava, pensava. Como o detetive Philip Marlowe se sairia numa situação dessas? Como ele iria obter essa informação?

Pensando em Marlowe, cheguei à solução: dinheiro! Marlowe ofereceria dinheiro ao informante! Era isso que devia fazer. Se um daqueles tipos trocava sexo por dinheiro, por que não me daria uma informação por dinheiro? Quanto deveria oferecer? Enfiei a mão no bolso das calças. Saquei uma nota de cinqüenta reais. Devia ser o suficiente. Era isso que faria: ofereceria cinqüenta reais pela informação.

Vi uma morena alta, de cabelos encaracolados, passear sobre saltos de uns quinze centímetros. Analisei o rosto dela. Creio que era um travesti. Decidi que perguntaria a ela... ele. Parei o carro. Abri o vidro. Ela se aproximou. Abri o vidro da janela do carona. O travesti se debruçou. Seus olhos eram verdes.

– Oim – cumprimentou-me.
– Olá – sentia-me nervoso. Na verdade, tinha medo. Muito medo. Mas precisava ir em frente.
– Tudo bem?
– T-tudo... Queria uma informação...
– O que é, meu bem?

Então, ouvi um estrondo medonho.

17

Minha primeira impressão foi de que um carro havia batido na traseira do meu. Olhei por sobre o ombro, por cima do banco, através do vidro traseiro. Nada. Nenhum carro na escuridão da rua. Estranhei. Resolvi descer para averiguar. Dei a volta no carro e...

... Meu Deus! O susto que levei!

A cena com a qual deparei encheu-me de apreensão e alívio ao mesmo tempo. Alívio porque, enfim, achei o que procurava! Ele estava lá... ela... a loira... o travesti. Estava vestida da mesma forma que a vira da última vez. Ou seja: parcamente vestida.

– Você está viva! – exclamei. – Que bom!

Mas ela não parecia tão contente quanto eu. Tinha um tijolo nas mãos e me encarava com fúria.

– É ele! – gritou. – É o caipira que tentou me matar!

Em um segundo, entendi o que acontecera: o travesti me reconheceu, ou reconheceu o carro, e atirou algo contra ele, provocando o estrondo de segundos atrás. Olhei em volta. Perto da traseira, dormia o paralelepípedo que ele havia arremessado, fazendo um razoável estrago na lataria.

Calculei que gastaria um bom dinheiro com chapeação. Mas, naquele momento, os gastos com a oficina mecânica eram irrelevantes. Havia um travesti furioso diante de mim, armado com um tijolo de bom tamanho, gritando para toda a vizinhança que eu tentei matá-lo.

— Não tentei te matar — argumentei. — Eu só... Ei!

Ele ergueu o tijolo com as duas mãos, rilhou os dentes e veio em minha direção. Suas intenções eram péssimas. Eram as piores. Ia atirar o tijolo em mim!

— É ele!!! — gritou outra vez. — O assassino!!!

E arremessou o tijolo. Passou longe da minha cabeça, mas acertou o carro novamente. Em cheio no vidro traseiro, que rachou.

— Ei! — repeti. — Que é isso???

— É ele!!! — berrou de novo, e uns três ou quatro travestis foram se aproximando, seminus, belicosos, perguntando-se:

— É ele? É ele?

— Foi ele quem tentou me matar!!! — urrou a loira, apontando para mim.

— Eu? Eu não! — disse. — Eu só tentei me defender, eu... Ei!

Os travestis avançavam. Alguns estiletes saltaram das mãos deles.

— Ei! — repeti, recuando. — Ei!

E eles pularam sobre mim. Uns cinco travestis de minissaia, de calcinha, de biquíni, de peitos siliconados, gritando, ameaçadores:

— Pega! Pega!

Iam me furar, iam me matar! Nessa situação premente, fiz o que tinha de fazer. O que qualquer homem faria se estivesse em meu lugar: corri. Saí desabalado pela rua escura, com os travestis atrás de mim, berrando:

— Pega! Pega!

O grupo de perseguidores aumentava a cada segundo. Quando dobrei a esquina, à direita, pelo menos dez travestis estavam em meu encalço, chamando-me de tudo, xingando minha mãe, prometendo retalhar-me com seus estiletes e canivetes. Eu tinha uma vantagem: não usava saltos altos. Ao chegar à Farrapos, porém, notei que uns dois travestis haviam tirado os sapatos para tentar me alcançar. Corriam descalços, muito decididos, prontos para me trucidar. Não seria páreo para eles. Cristo, como ia sair daquela???

Outro problema eram os travestis que surgiam à minha frente, os braços abertos como se fossem goleiros antes do pênalti, fazendo menção de me segurar. Eu os evitava, driblava-os com o corpo e corria, corria, corria. Olhava para os lados, procurando por algum policial, algum brigadiano, algum lugar em que pudesse me refugiar.

Ao mesmo tempo, pensava no meu carro, abandonado na outra rua. Será que havia trancado a porta, ao sair? Achava que não. A chave do carro estava na minha mão, apertava-a com força, pensando que precisava alcançá-lo antes que algum aventureiro o fizesse. O carro seria a minha salvação se estivesse intocado. Se não estivesse, se tivessem entrado nele, eu estava perdido.

Ainda correndo, tracei um plano: daria a volta na quadra. Chegaria ao meu carro pelo outro lado e escaparia daquele lugar, daquela cidade, e nunca mais voltaria!

Corri, corri muito. Dobrei a esquina à direita mais uma vez. Já estava ficando cansado. A distância entre os perseguidores diminuía. Berravam, furiosos:

– Pega! Assassino! Pega!

Consegui, enfim, entrar na rua em que deixara o meu carro. Avistei-o a uns cinqüenta metros. Um vulto o rondava. Um travesti, provavelmente. Ou uma prostituta, sei lá. Cinqüenta metros podem ser o infinito quando você está sendo perseguido por uma dúzia de travestis ansiosos para fatiá-lo a estilete e a unhada. Ao alcançar o carro, arfava, bufava, resfolgava, quase morria. O travesti, ou prostituta, sei lá, parou na minha frente e abriu os braços, querendo deter-me.

– Sai! – gritei, com toda a raiva que acumulara nas últimas horas. – SAI!!!

E ele, para minha surpresa, saiu. Deu dois pulinhos assustados para o lado e postou-se a alguns metros do carro, receoso. Eu devia estar mesmo com uma aparência ameaçadora.

Abri a porta do carro (não a havia trancado!), sentei-me atrás do volante e arranquei. Ouvi os gritos atrás de mim, ouvi o ruído de pedras se chocando contra a carroceria e contra os vidros, imaginei que o carro devia estar todo amassado, mas não me importei. Fui embora daquele lugar maldito decidido a voltar para minha cidade sem demora. Fecharia a conta do hotel, pegaria a estrada e iria embora!

Realmente, meia hora depois, estava na estrada, voltando para Cachoeira do Sul, para a minha cidade, para a Capital do Arroz! Durante a viagem, ia pensando na minha mulher, nas minhas filhas, na minha cidade e prometendo para mim mesmo: nunca mais! Porto Alegre, nunca mais!

Assim fui, repetindo sempre, baixinho porém decidido, nunca mais, nunca mais, nunca mais, nunca mais, como se fosse uma oração, um mantra. Ao chegar em casa, no começo da madrugada, recebi, não sem alguma emoção, o abraço carinhoso da minha mulher.

– O que aconteceu, querido? – perguntou-me ela, ao saudar-me à porta de casa.

Suspirei:

– Tanta coisa... Depois eu conto...

– Nem dormi, de tanta preocupação. Fiquei esperando...

– Que bom, amor. Que bom te ver.

– Quer um cafezinho? – ofereceu-me, sorrindo.

Sorri de volta:

– Quero, sim.

Ah, era bom estar em casa, era bom tomar um café tranqüilamente no recôndito do lar, na segurança da minha cidade, em companhia da minha família. Sentamos à mesa da cozinha.

– E as meninas? – perguntei.

– Dormindo.

– Estou com saudades delas.

– E elas de você.

Enquanto sorvia o café delicioso preparado por minha mulher, sentado à mesa da cozinha, ouvia sua voz macia. Ela me falava do quanto havia se preocupado, falava do que fizera durante o tempo em que eu estivera ausente, falava, falava, e era como se estivesse cantando para mim.

No entanto, conhecia-a bem. Notei que queria falar algo importante. Que estava ansiosa. Sorri, encorajando-a. Até porque não poderia falar das minhas desventuras porto-alegrenses com ela. Como contar que tentara fazer sexo com uma prostituta, por exemplo?...

Teria de, no máximo, dizer que as marcas no carro haviam sido feitas por assaltantes que me atacaram em alguma sinaleira, que eu conseguira fugir e que eles reagiram atirando pedras no carro. E as marcas de unhadas no meu peito e nas minhas costas?... Teria de encontrar uma boa desculpa. Agora, o melhor seria ouvi-la. Saber que pequeno problema, que drama comezinho a afligia.

– Você quer me falar algo? – perguntei.

Ela sorriu:

– Você me conhece mesmo...

Estendi a mão por cima da mesa e tomei a dela:

– Fala, meu amor. Fala...

– Bom... É que estava pensando nas nossas meninas – explicou. – Pensando muito seriamente.

– Sim, meu amor?

– Pensando no futuro delas...

– Sim?...

– Aqui elas estão muito isoladas de tudo, longe de bons colégios, das universidades. Aqui o mercado de trabalho é muito pequeno...

Estremeci, adivinhando o rumo da conversa:

– S-sim?...

– Por isso, acho que nós temos que nos mudar para...

Levantei-me, a xícara de café na mão, prevendo o que ela ia dizer, não querendo acreditar no que ela ia dizer e, ao mesmo tempo, rezando para que ela não dissesse o que eu sabia que ela ia dizer. Mas ela disse. Disse:

– ... Porto Alegre. Quero me mudar para Porto Alegre!

Ao ouvir o nome daquela cidade, minhas mãos começaram a tremer, minhas pernas afrouxaram, meus olhos se encheram d'água, e chorei.

Sim. Sim. Eu chorei.

Cris, a fera

1

O primeiro homem que matei era um canalha. Estava um pouco bêbada, quando o conheci. Tinha dezenove anos, sabia que chamava a atenção pela minha beleza e, acrescento imodestamente, pela minha sensualidade.

Sou morena, tenho um metro e setenta de altura e desde os quatorze anos faço algum sucesso devido às formas curvilíneas do meu corpo e ao meu rosto de feições harmônicas.

Minha boca.

Sei que os homens adoram minha boca carnuda. Sei que eles querem beijá-la e mordê-la. Imodestamente.

É um momento glorioso, esse em que a mulher descobre o poder que exerce sobre o sexo masculino. A partir do fim da puberdade, comecei a sentir que aturdia os homens. Primeiro, fiquei encantada com os elogios que recebia. Deixei-me envolver por alguns garotos mais velhos, acreditei que eles realmente me achavam especial, que me amavam e me adoravam, aquela coisa toda que viria a ouvir quase que semanalmente nos anos seguintes.

Depois, com a repetição enfadonha das abordagens, das frases de efeito e das carícias masculinas, passei a compreender que os homens são movidos por desejos primários. Ou, antes, por um único desejo primário: a cópula animalesca. Só. Mais: entendi que, por sexo, os homens mais inteligentes tornam-se frágeis e suscetíveis de cometer as maiores burrices.

Quando uma mulher alcança essa compreensão, compreende os homens. E os domina. Se quiser transformar um homem em meu escravo, eu o transformo. Basta que nunca me entregue por completo. Basta que mantenha o clima de mistério. Ele não pode saber tudo de mim, ele não pode ter certezas, nem segurança. Ele pode ter meu corpo, nunca minha alma.

Mas aos dezenove anos é claro que não tinha consciência completa disso. Estava aprendendo. Havia terminado o meu primeiro namoro sério e experimentava as emoções da noite porto-alegrense. Cada fim de semana era uma aventura.

Queria ser médica, mas meus pais são pobres, nunca tive dinheiro para pagar cursinho, muito menos para uma faculdade particular. Na época, trabalhava como secretária de um advogado. Ainda morava com meus pais. Naquela sexta-feira, saí com minha amiga de colégio, a Aninha, que era jornalista e trabalhava na *Zero Hora*.

À meia-noite, sorridentes e lindas dentro de nossas minissaias, entrávamos no Dr. Jekyll. Fincamos nossos cotovelos amaciados por creme Nívea no balcão e pedimos tequila. Eu e Aninha tínhamos um acordo: sexta-feira era a noite da tequila. Bebemos a primeira dose e logo a segunda e ainda mais rapidamente a terceira.

Dançávamos, uma de frente para a outra, ao som de um bom Eric Clapton, quando dois sujeitos se aproximaram. Um baixinho loiro, que se apresentou como Professor Juninho, e outro grandão, com os cabelos ralos em desalinho, cujo nome não recordo.

Lembro desse Professor Juninho porque ele e Aninha sustentaram um caso durante algum tempo, depois daquela noite de sexta. O grandão ficou uns quinze minutos por ali, balançando-se ao nosso lado, bebendo cerveja, sem falar nada, só me olhando e sorrindo. Desinteressei-me por ele, pedi licença para ir ao banheiro e abandonei o grupo.

Foi à saída do banheiro que encontrei o homem que iria matar. Chamava-se Felipe, era alto, mais de 1 metro e 85, creio, e falava com voz grave. Ofereceu-me uma tequila. Aceitei. Aceitaria de qualquer um, o que queria era me divertir, talvez dançar um pouquinho e, por que não?, dar uns beijos.

Fiquei bebendo e ouvindo a conversa dele. Não sei mais o que falou, só sei que estava bêbada e que o que ele me dissesse, àquela altura, pareceria-me engraçadíssimo. Convidou-me para ir a outro lugar, alegou que ali estava quente e cheio de gente. De fato, estava quente e cheio de gente. Topei sair com ele. Queria aventura. Queria ver até onde a noite ia me levar. Avisei Aninha de que estava indo embora. Ela, aos beijos com o tal Professor Juninho, mal me ouviu.

Saí para a madrugada mais dramática da minha vida. A madrugada que iria me transformar em assassina.

2

Eu ria e ria e ria, e ele ria também. Estava tudo meio brumoso, meio difuso, os eflúvios da tequila enuviavam minha cabeça. Rodamos por uns quinze ou vinte minutos, até chegarmos a um prédio de uns seis ou sete andares e grandes sacadas numa rua arborizada da Bela Vista.

– Onde é que nós estamos? – perguntei, enquanto o carro mergulhava no escuro da garagem.

– Vamos tomar uma champanhe no meu apartamento – disse ele, manobrando o volante e sorrindo de lado.

– Hmm... – sorri de volta. – Champanhe...

Não me entusiasmava com a idéia de subir ao apartamento dele, mas não queria parecer uma caipira assustada. Queria mostrar que tinha o controle da situação. Beberia um ou dois copos de champanhe, deixaria que me beijasse uma ou duas vezes, e depois iria embora. Nada de intimidades. Permaneceria vestida, uma monja. Pediria que me levasse em casa. Talvez no dia seguinte, se gostasse do seu comportamento, aceitasse um convite para jantar ou ir ao cinema. Talvez.

Entramos. Até que o apartamento era bem decorado. Fiquei surpresa.

– Não parece apartamento de solteiro – comentei, balançando a cabeça, admirada.

– Já fui casado – respondeu, enquanto manuseava uma garrafa de champanhe que tirara da geladeira da cozinha.

A rolha saltou, ele encheu duas taças pela metade. Brindamos. Ao primeiro gole, ele me tomou pela mão e me puxou até o sofá da sala de estar. Foi meio brusco, mas não me importei. Achei engraçado. Até aquele momento, estava achando tudo engraçado. Sentamos. Cruzei as pernas e minha minissaia subiu. Ajeitei-a recatadamente, embora percebesse que ele havia cravado os olhos nas minhas pernas. As pernas são um dos meus trunfos, bem sei. São compridas e fortes, são macias e lisas.

Em um segundo, ele pousou a mão nas minhas coxas e começou a alisá-las, enquanto me beijava na boca sofregamente, talvez mais sofregamente do que devesse. Enfiou a mão por baixo do meu vestido, chegou à calcinha, estava me sufocando com aquele beijo. Tentei me livrar, puxei a mão dele, empurrei-o para trás. Em vão. A mão dele já estava entre as minhas pernas, tentando enfiar-se em mim. Fiquei angustiada, fiquei realmente nervosa, pedi:

– Pára! Pára, por favor!

Ele resfolegava:

– Gostosa! Gostosa!

– Pára!!! – insisti.

– Gostosa.

Tentava arrancar minha calcinha. Ele era forte, muito mais forte do que eu. As taças de champanhe já haviam rolado pelo tapete, ele montara sobre mim, me imobilizando, me deixando sem ar. Eu implorava:

– Me larga! Me larga!

A mudança de atitude dele foi rápida demais, não me deu tempo de raciocinar. Em um átimo, havia se transformado num animal, em um ser com o qual seria impossível argumentar, que tinha apenas vontade, apenas instinto. Ao mesmo tempo, ele tinha muita segurança, muita confiança no que fazia. Já devia ter feito aquilo outras vezes. Era evidente que tinha feito.

De alguma forma, conseguiu puxar minha calcinha. Ele sabia o que fazia. Eu não conseguia me mexer. Sentia-me impotente, à mercê dele, sentia-me um bicho. Entendi que ele não ia parar, que nada o impediria. Entendi que ele iria me violentar ali mesmo e que eu não poderia reagir. Decidi gritar. Enchi os pulmões de ar e preparei-me para emitir o maior grito da minha vida.

– Socor – comecei, e não terminei. O desgraçado tapou minha boca com sua manopla e me roubou o ar.

Tinha dificuldades para respirar. Tinha dificuldades para me mexer. Dois segundos depois, ele estava em cima de mim, arfando e arremetendo, um monstro, um monstro. Senti muita dor, mas resolvi ficar quieta, parada, quem sabe assim ele terminasse logo. Não chorei, não reclamei mais. Esperei, só, esperei com uma frieza e um ódio que não sabia poder ter dentro de mim. Aquilo não parava mais. Aquilo era nojento. Esperei, esperei, esperei, e foi como se estivesse morrendo enquanto esperava.

Quando ele terminou, rindo, respirando pesadamente, saiu de cima de mim e jogou-se para o outro lado, as calças arriadas até as canelas, o pescoço apoiado no braço do sofá, a cabeça atirada para trás. Continuou rindo e repetindo:

– Foi bom, foi bom... – e ria e repetia: – Foi bom...

Até hoje não entendi como, mas, naquele exato instante, eu já sabia o que fazer. Ergui-me com os dentes rilhados, sentindo a força do ódio me inundar. Estendi o braço até um porta-canetas que havia sobre a mesa, um porta-canetas para o qual olhava fixamente enquanto ele me violava, e de lá saquei um estilete. Fiz a lâmina saltar. Ele notou que algo estava acontecendo, mas achava-se tão absorto em seu próprio gozo, tinha tanta confiança na sua força, que não se mexeu.

Girou os olhos, fez menção de levantar a cabeça ou de falar, mas, antes que pudesse fazer ou dizer algo, eu agi: passei-lhe a lâmina no pescoço com toda a força que reuni no meu braço direito, degolei-o como se fosse um porco, e foi como um porco que ele se comportou, grunhindo e gorgolejando e sangrando às catadupas, até cair do sofá e se estrebuchar no tapete da sala, os olhos esbugalhados de pavor, esvaindo-se diante de mim, que o encarava de pé, calma, o estilete na mão, vendo com ódio o meu violador nas vascas da morte, em convulsões, em agonia, até o fim. Até o fim!

3

Não senti remorso. Não me arrependi. Fiquei observando, enquanto ele agonizava. Permaneci de pé sobre o tapete, tesa, vidrada, o estilete na mão, pingando sangue. Era estranho. Era como se não estivesse ali. Como se viajasse fora do meu corpo, vendo a cena de cima, de longe, uma espectadora, não uma protagonista.

E o mais curioso: não sentia nada. Nem raiva tinha mais. Como podia aquilo? Como podia, em meio a um acontecimento tão traumático, ficar fria daquela forma, quase indiferente?

Quando ele parou de se mexer, quando ficou completamente imóvel, sentei-me na ponta do sofá. Falei alto para mim mesma:

– Tenho que pensar. Tenho que pensar, tenho que pensar, tenho que pensar...

Mas não conseguia. Não conseguia pensar, nem sentir. Estava vazia.

Não sei quanto tempo continuei ali, sentada, olhando para a mesa de centro da sala, para o porta-canetas de onde havia tirado o estilete. Então, falei baixinho:

– Por que é que esse cara colocou um porta-canetas na mesinha de centro da sala?

E aí, até hoje não acredito, ri. Ri, juro. Sentada ao lado de um cadáver, tendo na mão um estilete manchado de sangue, sendo eu própria a assassina, ainda assim, ri. E, enfim, pus-me a pensar.

E a agir.

Ergui-me. Olhei para o estilete que empunhava. Fechei-o. Limpei o sangue no sofá. Uma heresia, o sofá era de couro legítimo, devia ser caríssimo. Mas, afinal, quem ia se importar com aquele sofá agora? O Mensageiro da Caridade, talvez...

Tomei minha bolsa, que estava atirada numa poltrona, e nela enfiei o estilete. Concluí que fora uma decisão muito sensata. Sumir com a arma do crime iria confundir a polícia. Pensando na polícia, pensei também em impressões digitais. Impressões digitais! As minhas estavam espalhadas por toda parte. Fui até a cozinha, apanhei um pano de pratos e limpei cada pedaço de móvel em que toquei.

Lavei as taças e guardei-as em um armário. Esvaziei a garrafa de champanhe na pia e joguei-a no lixo da área de serviço. Ao voltar para a sala, chutei algo macio. Minha calcinha! Imagina se esqueço minha calcinha... Vesti-a.

Usando sempre o pano de prato para evitar deixar impressões digitais, passei a abrir gavetas e armários, a revirar tudo. Queria dar a impressão de que o crápula fora alvo de um assalto. Olhei para ele. Ainda estava com as calças arriadas. Desgraçado! Fui até lá e, com alguma dificuldade, levantei-lhe as calças e as fechei. Deu-me trabalho, aquilo. Era um desgraçado mesmo.

Voltei para os armários e as gavetas. Procurava algo de valor. Não havia nada que pudesse levar, a não ser aparelhos eletrodomésticos e, por favor!, eu não iria sair dali carregando uma televisão.

Finalmente, deparei com um armário trancado à chave. Bom sinal. Mas como arrombá-lo? Pensei, pensei, corri para a cozinha, depois para a área de serviço. Debaixo do tanque, havia uma caixa de ferramentas. Perfeito. Peguei uma chave de fenda e, gastando alguns minutos e muito suor, escancarei a portinha do armário.

Tive sorte: na primeira divisão do armário, dentro de um envelope pardo, reluziam um passaporte e maços de dinheiro. Ele devia estar preparando alguma viagem. Saquei o dinheiro do envelope, sofregamente. Arregalei os olhos: era muito dinheiro! Um maço de reais com, talvez, uns mil reais, e vários maços de euros. Vários maços de euros! Vários, vários! Fiquei excitada. Sorri. Acabara de matar um homem, e sorria. Nem eu mesma me conhecia.

Soquei o dinheiro na bolsa. Dei mais uma geral no apartamento. Revirei-o todo, experimentando certo prazer destrutivo. Consultei o relógio: tarde, já. Hora de ir embora. Apanhei de cima do aparador da sala a chave do carro do canalha e o controle remoto da porta da garagem. Ia saindo e tive uma última idéia. Corri para o quarto e escolhi no roupeiro um casaco com capuz. Com o rosto escondido pelo capuz, para o caso de alguém me ver sair, desci para a garagem, entrei no carro, abri a porta da garagem e fui embora.

Não havia ninguém por perto, ninguém na rua, nada. Maravilha. Dirigi até a Protásio Alves, estacionei o carro numa rua vicinal. Caminhei três quadras até um ponto de táxi que sabia haver ali perto, entrei num carro e pedi para me levar ao Centro. No Centro, caminhei mais duas quadras até o terminal de ônibus.

Embarquei num ônibus para o Menino Deus e cheguei em casa ao amanhecer, exausta, nervosa, confusa.

Tomei um longo banho quente. Enquanto me lavava, chorei. Mas não foi por comiseração, não foi de tristeza. Foi de raiva. Por saber que, a partir daquele dia, minha vida não poderia mais ser a mesma. Que teria de me tornar outra Cris. Teria de me tornar uma fera.

4

É fácil matar. Um corte no pescoço, zzzip!, e em um segundo um homem de quase um metro e noventa de altura está no chão, estrebuchando, indefeso, vertendo uma cachoeira vermelha pela garganta. Sentia-me poderosa, sabendo que fora capaz de fazer aquilo. Capaz de aniquilar um brutamontes estuprador. De vingar não sei quantas mulheres que passaram pela mesma agonia que passei.

De alguma forma, desprezava o gênero masculino. Não tivera nenhuma boa experiência com os homens até então. Meu ex-namorado era um imbecil que me fazia dividir as contas dos bares com ele e às vezes até me pedia para pagar. Dormia o domingo inteiro. Roncava, urinava fora do vaso, coçava as partes pudendas em público. Ia ao cinema de camiseta regata. Um desastre.

Os outros namoradinhos que tive, os casos, os ficantes, francamente, não eram melhores. Todos uns burrões, sem cultura, sem educação, sem condições de partilhar experiências com uma mulher como eu. Pior: os homens só pensam em sexo, mas, mesmo só pensando em sexo, não são capazes de patrocinar bom sexo para uma mulher que seja minimamente exigente. Queria gostar de mulher, para descartá-los em definitivo da minha vida. Para falar a verdade, não havia desistido da idéia de experimentar uma mulher algum dia.

Além do meu desprezo pelos homens, havia outra razão para que me transformasse numa fera assassina: o dinheiro. Sei que é baixo, sei que é rasteiro, mas não vou disfarçar, serei sincera: o dinheiro me motivava. Minha família é pobre, sempre enfrentamos dificuldades, até porque meu pai abandonou minha mãe, e ela teve que criar a mim e a meus quatro irmãos sozinha. Então, todo aquele dinheiro que obtive do canalha que eliminei me dava esperanças de poder repetir o golpe algumas vezes. Várias vezes.

Por que não viver disso? Sairia pela noite, seduzindo os cafajestes. É muito fácil, qualquer mulher que não seja horrível leva um homem para a cama. Capturada a presa, iria para o apartamento dele. Não poderia ser motel, tinha de ser a casa dele, o que eliminava os homens casados e os que morassem com os pais. Quando ele estivesse relaxado, achando-se muito conquistador, zzzip!

Pensei um pouco. Pensei muito: aquilo teria de ser bem feito, bem planejado. Meu primeiro assassinato fora um sucesso: a polícia estava desnorteada, os jornais, as TVs e as rádios falavam em latrocínio, ninguém vira ou ouvira nada. Só que imprevistos acontecem, teria de me precaver. Corri para a internet, quem tem acesso à internet tem acesso ao mundo todo.

Adquiri facas de tamanhos pequeno e médio afiadíssimas, próprias para serem guardadas na bolsa e para cortes do tipo rápido e profundo que pretendia abrir nas gargantas dos machos porto-alegrenses. Adquiri sprays de pimenta disfarçados em tubinhos de batom e bastões de eletrochoque a fim de imobilizar os vagabundos antes de degolá-los.

Calculei que não conseguiria encontrar muitos otários que morassem em prédios sem porteiro e câmeras de vigilância, como aquela besta que liquidei. Quer dizer: teria de agir disfarçada, muitas vezes. O que não é nada complicado, para uma mulher. A mudança radical da cor do cabelo já é suficiente para confundir identidades.

Assim, adquiri perucas loiras e ruivas de todos os tamanhos, lentes de contato verdes e azuis, roupas novas, equipamentos para bronzeamento rápido. Sentia-me uma agente secreta. Nikita, a assassina de aluguel! Disse aos meus pais que havia recebido um aumento e aluguei um pequeno apartamento no Moinhos de Vento. Mobiliei-o razoavelmente bem. Estava feliz, feliz, feliz.

Mas meu dinheiro começava a diminuir. Tinha de encontrar uma vítima o quanto antes. Tinha de matar. Quando a noite de sexta chegou, preparei-me para a minha primeira aventura como fera da noite de Porto Alegre. Que não ia acabar bem. Que não ia acabar nada bem.

5

Resolvi testar meus disfarces. Não que fosse necessário. Afinal, nada havia que me ligasse ao primeiro crime. Mas me agradava a idéia de assumir nova personalidade, ser outra pessoa, outra mulher. Quantas perspectivas, quantas possibilidades, quantas vidas eu poderia ter...

Coloquei uma peruca loira, chanel. Entrei num vestido branco, justo, tomara-que-caia. Avaliei-me no espelho. Aprovei o que vi. Sentia-me sensual. Sentia-me uma fera, e foi sentindo-me uma fera que saí para a noite. Para a caçada.

Cherry Blues Pub foi o lugar que escolhi, e escolhi bem. Havia dezenas de homens sozinhos no lugar, homens bem vestidos, de aparência próspera. Encostei-me ao balcão. Pedi uma taça de vinho tinto. Um chileno. Fiquei bebericando e analisando o ambiente.

Sabia que os homens estavam me observando. Quase todos os homens do lugar, inclusive os acompanhados. Sabia que as mulheres também me observavam, sentia as flechas dos olhares delas sobre mim.

Vou dizer: adoro isso. Adoro. Os homens me desejando, as mulheres me invejando. Poucas situações dão maior sensação de poder. Bem, claro, nada se compara ao que experimentei quando abri a garganta daquele cafajeste, mas talvez essa seja uma diversão radical em demasia, mais rara, mais preciosa. Tanto que pretendo repeti-la. Ah, pretendo.

Quando uma mulher se torna o centro das atenções, como eu havia me tornado, é preciso tomar cuidado. Porque não se pode errar. Eu não queria errar. Tinha de escolher bem. Tinha de ser precisa. Porque é a mulher quem escolhe, mas ela não pode mostrar que está escolhendo.

Tem de perscrutar o local com discrição e, ao mesmo tempo, com percuciência. Tem de olhar para todo lugar e para toda gente, dando a entender que não está olhando para nada, nem para ninguém. Finalmente, tem de enviar um sinal para o macho escolhido sem demonstrar que está enviando um sinal. É uma arte.

Passados alguns minutos, identifiquei minha vítima. Um tipo modderninho, de cabelo crespo estilo Bob Dylan e roupa anos 70. Não que me sentisse especialmente atraída por ele, mas um sujeito que se veste assim é um sujeito que pensa no que vai vestir. Quer dizer: aquilo não é casual. Trata-se de um homem suscetível a futilidades e que tem condições de se expressar futilmente. Ou seja: há chances de que seja um riquinho frívolo.

Era.

Chamava-se Paulo Germano, trabalhava na empresa do pai e morava sozinho. Disse que me chamava Silvia e que estudava medicina. Inventei histórias deliciosas sobre mim, estava adorando mentir, estava adorando ser outra mulher. Conversamos durante algum tempo, até que ele me convidou para sair.

– Que tal irmos até a minha casa, tomar uma champanhe?

O mesmo roteiro. Como os homens são previsíveis.

Sorri.

– Olha, Paulo... – pinguei alguma esperança naquelas reticências. – As coisas não são tão simples comigo. Gostei de ti, mas sou uma mulher compromissada. Só estou aqui porque meu marido está viajando. Tenho medo que me vejam contigo...

– Não tem problema – ele salivava com a perspectiva de me arrastar para sua casa. – Ninguém vai nos ver. Eu moro sozinho...

– Mas e no seu prédio? Tem porteiro? Tem guarda? Câmeras de vigilância?

– Não! Não tem nada! Nós podemos fazer assim: eu saio antes, pego o carro e te espero ali em cima, na esquina. Que tal?

– Hmmm... – vacilei um pouco. Ele nem piscava de excitação. – Está bem. Você sai agora, e eu vou em alguns minutos.

Ele saiu, feliz. Esperei dez minutos e saí também. Ele me esperava dentro de uma caminhonete preta. Entrei. Começamos a rodar. Em poucos minutos, estávamos no edifício onde ele morava, na Independência.

Aí aconteceu a surpresa. Aí aconteceu o que eu não esperava.

6

Paulo Germano não mentira. O prédio não tinha porteiro.

Entramos no elevador, ele morava no quinto andar, uma coberturinha. O que me alegrou. Era um riquinho, eu acertara em cheio.

No elevador, Paulo me olhava sorrindo. Percebi certa devoção em seu olhar. Seria ele um homem capaz de se apaixonar? Bom, isso é uma bobagem: todos os homens são capazes de se apaixonar. Capazes de levar adiante uma relação, de tratar uma mulher com respeito, de se dedicar a ela, disso poucos são capazes. Ele seria? Bem, eu não teria tempo de descobrir, e ele não teria tempo de demonstrar. Em meia hora, esse riquinho fútil estaria se esvaindo em sangue, no chão, que era no chão que ele devia ficar.

Paulo abriu a porta do apartamento. Ao contrário do outro, aí estava um típico apartamento de solteiro, bagunçado, levemente sujo, com as coisas fora de lugar. Cada vez mais eu detestava aquele elemento.

– Vamos lá para cima? – pediu ele, apontando para a escada em espiral que levava ao piso superior da cobertura.

– Vamos – concordei, enfarada.

Subimos. Havia uma salinha, uma geladeira e uma churrasqueira. Sentei-me no sofá. Ele foi até a geladeira, ao lado da churrasqueira, abriu a porta e enfiou o nariz no vapor gelado. Apalpei minha bolsa e senti o volume do bastão de eletrochoque. Apalpei mais um pouco e senti o volume da faca. Abri a bolsa. Estava ansiosa para agir.

– Ih, acabou a champanhe! – gritou ele, do outro lado. – Pode ser cerveja?

Aquilo me irritou. Um mentiroso. Mais um mentiroso.

– Não estou a fim de beber cerveja hoje – respondi, com algum desdém.

– Tem vinho branco...

– Tudo bem – desprezava-o ainda mais agora. Ah, como queria abrir a garganta daquele sujeitinho insignificante!

Paulo se aproximou com a garrafa de vinho e duas taças. A garrafa já estava aberta. Era o fim da picada! O cara me trazia uma garrafa de vinho já aberta! Será que não existem mais cavalheiros nessa cidade??? Decidi que não iria dar-lhe um único beijo. Assim que se distraísse, lhe aplicaria um bom choque e o imobilizaria. Em seguida, teria o prazer inefável de degolá-lo como a um porco.

Ele me alcançou a taça. Provei. LIEBFRAUMILKENS!!! Vinho doce! O cara me serviu vinho doce!

– Vinho doce! – protestei, largando com nojo a taça na mesinha de centro. Devia ter atirado aquilo na parede.

Ele corou.

– Ah... Desculpe... Você não gosta? Esse vinho quem me deu foi a minha mãe...

– Bem vinho de mãe mesmo! – reclamei, a voz avinagrada.

O tipo estava perturbado. Não sabia o que fazer. Começou a suar.

– Desculpe, desculpe... – repetiu.

– Você tem água, pelo menos?

– Água? Tenho, claro. Água. É pra já.

Levantou-se para ir buscar a maldita água.

– Argh – fiz uma careta. – Quero tirar esse gosto ruim. Não é água da torneira, é?

– Não, claro que não! É água mineral da boa! Juro! Da boa!

– Sei...

Ele correu para a geladeira. Aproveitei para tirar o bastão de eletrochoque da bolsa. A coisa não ia demorar. Escondi o bastão debaixo da perna. Ele voltou com um copo d'água, todo solícito. Com uma mão, apanhei a taça. Bebi um gole. Coloquei a taça na mesinha. Ele me enviava um olhar baboso. Era um cachorrinho. Um nada. Ah, como seria bom livrar o mundo daquele verme!

Levei a mão para a parte de baixo da coxa. Empunhei o bastão. Ele sorria, envergonhado.

– O que é aquilo? – perguntei, olhando por cima do ombro dele.

Ele se virou:

– O quê?

Tirei o bastão de sob a perna. Preparei-me para usá-lo. Então aconteceu o inesperado.

7

Som de passos na escada. Havia alguém no andar de baixo! Antes que Paulo se virasse para mim, enfiei o bastão de eletrochoque na bolsa. Quase saltei do sofá.

– Tem alguém aí! – gritei.
– Tem alguém aí! – repeti.
E novamente:
– Tem alguém aí!!!

Levantei-me, nervosa. Paulo olhou para a escada, depois para mim.

– Ah, deve ser o meu irmão... Ele tem a chave do apartamento, deve ter chegado agora do interior e...

– Irmão? Que história é essa de irmão??? – estava furiosa. Sentia-me traída. Enganada. Mais uma vez, um homem me enganava!

– Meu irmão... Ele mora com meus pais, mas deve ter chegado agora...

– Você disse que estava sozinho!
– E estava! Ele deve ter chegado agora...
– Manda ele descer!
– Como assim?
– Manda! Não quero que ninguém me veja aqui! Esqueceu o que eu havia dito??? Sou casada!

Paulo ergueu-se do sofá, vacilante. Já podia ver os cabelos do irmão dele, que apontavam na parte de cima da escada em espiral.

– Oi, Paulo – o irmão o saudava sem vê-lo.
– Peraí, peraí! – Paulo, percebendo que eu estava furiosa, correu para a escada. – Não sobe!
– Que que foi?
O outro parou. Vi o tampo da testa dele.
– Peraí que vou descer!
– Que que foi? – estava tentando subir.
– Não sobe! – ordenou Paulo. – Estou descendo!

Desceu. Ficaram conversando aos sussurros lá embaixo. Eu, cada vez mais irritada, andava de um lado para outro na cobertura. Não poderia mais usar o bastão de eletrochoque nele. Não poderia mais passar-lhe a faca. Pelo menos não hoje. Não com aquele outro em casa. Ah, mas não desistiria de liquidar aquele vira-lata! Eu o pegaria mais cedo ou mais tarde. Só que o pirralho não poderia me ver. Que fazer?

Pensava nisso, quando Paulo voltou.

– Tudo bem, ele não vai subir – disse, sorrindo.

– Ele não pode me ver aqui! – ralhei, mãos à cintura.

– Não vai ver! Prometo! Ele só vai ficar vendo televisão um pouquinho, depois vai dormir...

– Televisão??? Ele vai ficar vendo televisão???

– Só um pouquinho... Juro...

Então, ali estava eu, de peruca loira, presa numa cobertura com um imbecil de cabelo black-power. Não podia sair, ou o irmãozinho retardado me veria. Também não poderia liquidar o imbecil de black-power. A não ser que liquidasse os dois, o que era inviável. Tinha de ficar lá. Sentei-me num humpf, conformada. Paulo se aproximou, os olhos pidões, respirando com dificuldade. Ele estava à minha mercê. Um cachorrinho, realmente. Muito diferente daquele outro que eliminei. Podia fazer o que bem entendesse com aquele tolo. Dava-me prazer, essa sensação. Era como se tivesse um servo. Um escravo.

Sorri, excitada com as possibilidades que me surgiam. Nesse momento, veio-me a inspiração.

– Senta ali naquela poltrona! – mandei.

Ele obedeceu, perturbado. Fui para o meio do sofá, ficando exatamente em frente a ele.

– É o seguinte – falava com voz de comando. – Você vai me obedecer, entendeu?

Ele balançou a cabeça, obediente.

– Entendeu??? – gritei.

– Entendi, entendi.

– Você não vai se mexer daí, entendeu?

– Entendi.

– Não vai sair da poltrona!

– Não vou!

– Se você sair, acabou a noite! Entendeu???
– Entendi, entendi!

Sentada diante dele, comecei meu show. Levantei. Tirei a calcinha – usava uma calcinha bem pequena. Tirei lentamente. Primeiro uma perna. Depois outra. Sentei-me outra vez. Ele arregalou os olhos. Abriu a boca. Vi que salivava, vi que suava. Levei as mãos para os lados de dentro das minhas coxas. Abri as pernas devagar. E uma noite louca se iniciou.

8

Eu estava sem calcinha. Meu Deus, sem calcinha! Como consegui ser tão ousada? Tão louca?

Curioso, as coisas foram se sucedendo sem planejamento. Fui fazendo, simplesmente... Nunca tinha pensado em nada parecido com aquilo, nunca, em nenhuma das minhas fantasias desvairadas, e às vezes sou dada a fantasias desvairadas.

Mas, naquela noite de sexta, apenas sentia e fazia. Ou, melhor: ordenava. E isso talvez tenha sido o mais excitante, o que despertou minha imaginação: podia fazer o que bem entendesse com aquele cara. Mandava, e ele obedecia. Ele estava subjugado, estava aos meus pés. Ele era meu.

Outro ponto importante: não queria nada com ele. E o que era de fato decisivo: eu, na verdade, não era eu. Era Silvia, a loira. Quer dizer: ele poderia pensar o que quisesse de mim, pouco me importava. A insana, a ninfomaníaca, a Fera não era Cris; era Silvia.

Então comecei indo até o aparelho de som e escolhendo uma música. Ele quis se levantar para me ajudar. Gritei, apontando para a poltrona:

– Fica aí!

Ele obedeceu. Pensei ter ouvido um pequeno ganido, quando ele se afundou na poltrona.

Escolhi uma música. Eric Clapton. E dancei para ele. Dancei seminua. Sem calcinha. Dancei como jamais dancei, com trejeitos e esgares que não acreditava poder fazer. Dancei tocando-me, alisando-me, sentindo-me plena e ainda mais plena por saber que ele olhava e sofria, preso à poltrona.

Quando fazia menção de se erguer, eu apontava para a poltrona, e era como se meu dedo tivesse o poder de fincá-lo no assento, como se do meu dedo saísse um raio paralisante. Um dedo meu era o que bastava.

Eu tinha o poder.

Eu o tinha sob o meu poder.

E eu me aproveitei disso.

Sentei-me no sofá e mandei que ele viesse rastejando até mim. Ele veio, arfando.

– Pode tocar meus pés – disse-lhe, estendendo um pé calçado com uma sandália de tiras trançadas até minhas canelas macias. – Mas só os pés!

Ele ficou ali, deitado ao chão, beijando meus pés, cheirando-os, apalpando-os, lambendo-os. Tentava avançar, tentava subir até as panturrilhas, eu o rechaçava.

– Comporte-se, cachorro! – determinava.

Ele se comportava.

Não devo falar mais. Não posso. Só conto que ele não me tocou além dos tornozelos. Que não deixei que se levantasse do chão. E que, mais tarde, ele confessou, entre lágrimas, que aquela tinha sido a melhor noite da sua vida.

Depois que o irmão dele desligou a TV e foi dormir, fiz com que me levasse em casa. No caminho, não falei uma única palavra. Já tinha feito o que queria. Não precisava mais dele. Despedi-me muda, mas, antes de sair do carro, estendi-lhe a mão fechada, como quem oferece uma surpresa.

Ele piscou. Esticou o braço e abriu a palma da mão debaixo da minha. Deixei cair entre seus dedos a minha calcinha, que havia colhido do chão da cobertura e não havia vestido.

Saí do carro. Sem virar as costas, disse-lhe:

– Eu ligo.

E fui embora.

Ainda ia encontrar aquele sujeitinho de novo. E, prometi a mim mesma, ainda ia abrir-lhe a garganta. Mas agora teria de dar um tempo. Não poderia acabar com ele até o irmão voltar para o interior. Não poderia sair duas vezes seguidas com o mesmo tipo. Teria de arranjar outra vítima. O dia seguinte seria sábado. Sairia como Cris, não como Silvia. Voltaria à caça! E, desta vez, conseguiria.

9

    Minha minissaia diminuía a cada noite que saía para caçar. Sentia-me mais ousada, mais sensual. Mais feroz. A experiência com aquele Paulo Germano inflara-me de confiança, eu estava cheia de idéias. Naquele sábado, tomei um táxi até a Calçada da Fama. Caminhei em cima das minhas botas de salto alto até o primeiro bar, o Jazz Café. Sentei-me e cruzei as pernas. Sentia a aragem suave da noite envolver as minhas coxas, e isso me excitava. Notei que todo o bar me olhou. Ergui o queixo. Queria deixar claro que eu não era uma mulher fácil.

– Alemão! – chamou um rapaz que estava sentado na mesa ao lado da minha.

– Senhor Régis Rondelli! – saudou-lhe sorrindo o garçom, um loiro não muito alto.

– Sai um chopinho ou vai fazer falta?

– É pra já. O senhor está sozinho hoje?

– O Nico vai chegar daqui a pouco.

– Vou reservar uma Paulaner, então.

Antes de o garçom sair para fazer o pedido, percebi que ele e o tal Rondelli cochicharam algo sobre mim. Tenho certeza de que falavam de mim. O garçom Alemão foi ao balcão, voltou e postou-se ao meu lado, solícito:

– Pois não?

– Que champanhe vocês têm?

– Chandon?

– Uma taça.

Em um minuto, a champanhe estava borbulhando diante de mim. Fiquei sorvendo os olhares dos homens e das mulheres no entorno, sentindo-me uma fera capaz de devorá-los a todos. A todos.

O amigo do tal Rondelli chegou. Um tipo interessante. Mas sua postura, seu jeito de andar e falar me diziam que era um pobre. No máximo, remediado. Não me interessava. O amigo esse ficou me olhando fixamente, segregando com o tal Rondelli. Falavam de mim, óbvio. Intuí que ele iria me abordar se continuasse no bar, e eu não queria ser abordada por ele. Queria caçar. Decidi mudar de território. Chamei o garçom Alemão, pedi a conta e saí. Ouvi o suspiro que se espalhou pelo bar quando me levantei. Dobrei a esquina, passei por entre as mesinhas dos bares, continuei caminhando pela rua sem saber exatamente aonde ir, até que ouvi alguém chamando:

– Moça! Por favor, moça!

Parei. Olhei para trás. Um sujeito alto e bronzeado. Bom sinal, o bronzeado. Sinal de quem não trabalha muito, e quem não trabalha muito quase sempre tem dinheiro. Rapidamente, conferi seus sapatos (a mulher sempre confere os sapatos do homem). Ótimos sapatos. Limpos, novos, caros. Ele vestia uma camisa pólo da Lacoste. Era esse!

– Moça! – repetiu ele, esbaforido. – Desculpe abordá-la assim, mas é que eu a vi sentada ali no bar e, puxa, desculpe, mas eu tinha que falar com você.

Hmm, gostei da forma gramatical correta. "Abordá-la." "Eu a vi." Ah, esse homem tinha dinheiro! Estava claro que tinha!

Não ri para ele. Mantive-me impassível. Distante.

– Sim? – perguntei.

Ele começou a falar. Parecia nervoso. Falava rapidamente, as sílabas se atropelando umas às outras, torcendo as mãos.

– Desculpe, desculpe, desculpe! Olha, eu nunca fiz isso. Nunca! Mas não resisti ao vê-la. Você... É tão linda... Tão linda... Eu queria tanto conversar com você, queria tanto poder conhecê-la e...

– Olha, vou ser bem sincera – o interrompi. – Não posso ficar aqui conversando com você.

Ele engoliu em seco:

– P-por quê?

Sua voz estava trêmula. Outro patinho.

– Sou uma mulher casada. Tive uma briga com o meu marido e saí de casa para espairecer. Confesso: tenho vontade de me vingar dele. Ele andou aprontando... Mas quero me vingar sem que ele saiba. Ele não pode descobrir onde estou, nem o que estou fazendo, por isso não posso ficar aqui na rua, conversando com um estranho.

– Mas então vamos para algum lugar. Para o bar ali no outro lado da rua.

— Não! Também não posso ir com você para um bar. De jeito nenhum. As pessoas vão me ver. Sou uma mulher conhecida...

— Mas onde, então?

— Não sei... Onde você mora?

— Eu? Moro aqui perto. Na Plínio... A gente podia ir até a minha casa...

— Você mora sozinho?

— Moro, moro!

— Tem porteiro no seu edifício? Não quero que ninguém me veja entrando no apartamento de um estranho. Podem me reconhecer.

— Tem porteiro... – ele pareceu decepcionado. – Mas, olha! – alegrou-se de novo, como se tivesse feito uma descoberta. – Nós podemos entrar pela garagem e subir direto pelo elevador. Ele não vai ver você. No máximo, vai ver um vulto no carro. Os vidros do meu carro têm insulfilm!

Ele explodia numa alegria infantil, todo sorrisos. Devia estar pensando que havia conseguido a caça da sua vida. Mal sabia que a caça era ele.

Em um minuto, estávamos dentro do seu carro, um Audi cinza. Chamava-se Fetter e em meia hora estaria deitado no chão do seu próprio apartamento, imobilizado pelo meu bastão de eletrochoque. Isso já posso adiantar que aconteceu. O resto, não. O resto foi terrível.

10

Vou suprimir os detalhes enfadonhos do jogo de negaças e promessas que faz parte do ritual de acasalamento do ser humano. Vou direto ao ponto: vinte minutos depois, estávamos no apartamento dele, sentados no sofá da sala, cada um com uma taça de champanhe na mão. Tudo muito parecido com o que ocorreu com os dois tipos anteriores – como já disse, os homens são fastidiosamente previsíveis.

Decorrida uma conversa preliminar, o tal Fetter estava sobre mim, arfando e apalpando. Não se concentrou nas pernas; preferiu os seios. Amassava meus seios, sugava-os, lambia-os, mordiscava-os de uma forma que, confesso, até me deu certo prazer. Foi por isso que deixei a coisa continuar até certo ponto.

Cheguei a cogitar de consumar o ato com o sujeitinho, mas aconteceu algo que me fez mudar de idéia: ao atirar a cabeça para trás, vi um porta-retratos. No porta-retratos, uma fotografia. Na fotografia, o Fetter abraçado amorosamente a uma loira. Como não tinha visto aquela foto antes? Ao entrar, observei bem o apartamento, prestei atenção em cada detalhe. Mas aquela foto estava entrincheirada numa pilha de CDs, como se estivesse escondida...

Aí compreendi.

Compreendi!

Ele havia escondido a foto! Provavelmente escondera várias outras. Claro: o cafajeste devia ser casado! Foi o que disse, ao me aprumar no sofá e ajeitar a blusa:

– Você é casado!

Ele sorriu.

– Hein!

– Não se faça de bobo! Você é casado!

E apontei para a foto. Ele olhou para a estante e, decerto constatando que deixara passar uma prova, apertou os lábios e fez uma cara marota.

– Ah, você também é casada...

– Onde está sua mulher?

– Está viajando – aproximou-se de mim outra vez. Agarrou-me pela cintura. Beijou meu pescoço. Levou as mãos a meus seios novamente. Repetiu: – Você também é casada, você também é casada...

Eu não queria mais. Eu estava irritada e decepcionada. Homens! Desprezo os homens!

– Pára – pedi. – Pára.

Ele não parava. Bufava e resfolgava e me bolinava. Gemi, simulando excitação:

– Só um pouquinho, amor, que tenho uma surpresinha pra você, aqui na bolsa...

Ele ergueu as sobrancelhas.

– Surpresinha?

E me largou.

Meti a mão na bolsa. Tateei até encontrar o bastão de eletrochoque. Encontrei.

– Que surpresinha? – perguntou ele de novo, sorrindo.

– Esta! – gritei, aplicando-lhe um choque poderoso na ilharga.

O sujeito deu um berro de dor e caiu para trás, batendo com a cabeça no braço do sofá. Estava imobilizado, mas, curiosamente, não desmaiou. Olhava-me com o terror enegrecendo-lhe o rosto. Mais aterrorizado ficou quando puxei a faquinha da bolsa. Uma faquinha de lâmina afiada, que levei até a base do queixo do desgraçado. Fiquei passando-lhe as costas da faca na garganta, fazendo-lhe sentir o metal frio que em breve acabaria com sua vida. Rosnava:

– Você não é boa pessoa... Você não é boa pessoa...

Ele me olhava de olhos esbugalhados, babava, gania baixinho, mas não tinha forças para gritar. Eu sorria malignamente e repetia sempre e sempre:

– Você não é boa pessoa...

Preparei-me para executá-lo, e ia fazê-lo com gosto. Mas ouvi um grito. Um grito que primeiro me pôs em alerta.

Depois me deixou em pânico.

11

– SILVIA!!!

Estremeci ao ouvir esse grito.

– SILVIAAAAAAA!!!! – gritou uma desesperada voz de homem, ainda mais alto.

De onde gritavam? Quem gritava? Seria comigo? Seria alguém chamando pela loira Silvia que eu encarnara um dia antes? Levantei o queixo, apurei os ouvidos. A faca ainda estava encostada na garganta do tal Fetter, ele ainda me fitava com olhos aterrorizados, a boca aberta, a baba branca escorrendo-lhe dos lábios.

– SILVIAAAAAAAAAAAAAAAAA!!!!

O desgraçado estava se esgoelando lá embaixo. Só podia ser aquele Paulo Germano. Só podia! Mas será que era comigo mesmo? E se fosse outra... E se houvesse uma Silvia entre os vizinhos?

– SIIIILVIAAAAAAA!!!!!! SOU EU, SIIIILVIAAAAA!!!! TE AMO, SILVIAAAAAA!!!

Maldito! Se continuasse com aquele escândalo, acordaria o prédio inteiro! Iam chamar a polícia. Eu estaria perdida. Levantei-me. O que devia fazer?

Caminhei de um lado para outro da sala, com a faquinha na mão. Deixei o Fetter estendido no sofá, esqueci-me dele por um momento.

– SILVIAAAAA! SOU EU!!! POR FAVOR, SILVIAAAAA, VEM FALAR COMIIIGOOOO!!!

Corri para a janela. Devia olhar? Devia me expor? Mas, se ele continuasse com aquela gritaria, seria pior. Eu seria descoberta. Puxei a cortina. Espiei.

Era ele! O idiota do Paulo Germano, parado lá embaixo, na rua, olhando para cima, gritando com as mãos em concha na boca, estremecendo o edifício inteiro aos berros de Silvia, Silvia, Silvia. Teria me seguido? Mas como? Além disso, eu não estava com a peruca loira... Será que me reconheceu mesmo assim? Será que ficou de campana na frente do meu prédio, esperando que saísse, e depois me seguiu? Mas que besta!

O que eu deveria fazer? E o Fetter, caído no chão? Logo, logo, estaria recomposto, ia se botar sobre mim, talvez me agredisse. Talvez chamasse a polícia. Eu seria presa. Poderiam ligar-me ao outro crime. Deus! O que eu deveria fazer? Tinha de agir rápido. Tinha de tomar decisões. Resolvi dar cabo do Fetter primeiro. Girei nos calcanhares e olhei para ele. Começava a se mexer. Eu precisava fazer logo o que deveria ser feito.

– SIIIILVIAAAAA!!! TE AMO, SILVIAAAAAA!!!!

Deus do céu, como eu queria abrir a garganta daquele Paulo Germano. Abri-la de orelha a orelha! Mas, antes, precisava dar um jeito no Fetter. Marchei na direção dele, com a faca na mão. Ele começou a se debater e a ganir. Estava se recuperando. Eu sabia o que devia fazer. E ia fazer! Apertei o cabo da faca. Debrucei-me sobre o Fetter. Ele conseguiu gemer:

– Nãããõ... nããããõ...

Sorri. Antes de agir, repeti:
– Você não é boa pessoa.

12

– SILVIAAAAAAA! SILVIAAAAAA! TE AMO, SIL-VIAAAAAA!

O idiota não parava de berrar lá embaixo. Tinha de agir de uma vez. Debrucei-me um pouco mais sobre o Fetter. Espetei a faca na garganta dele com um pouco mais de força. Vi a mancha avermelhada que se formou em seu pescoço.

– Casado, é? – rosnei.

Ele começou a se debater. Estava se recuperando visivelmente. Abriu a boca. Gemeu:

– Nãããããããã...

Estava prestes a reagir. Ah, como queria executá-lo... Mas é claro que, se o fizesse, o imbecil do Paulo Germano ia me associar ao crime. Além disso, a essa altura, com o escândalo que ele estava promovendo, muita gente já devia estar acordada no prédio, não duvido que alguns estivessem nas janelas, seria impossível sair sem ser vista. Suspirei. Não seria daquela vez que liquidaria com o Fetter.

Estiquei a mão até minha bolsa e de lá tirei o bastão. Apliquei-lhe outro choque nos flancos, ele saltou, teve uma convulsão e, agora sim, desmaiou.

Respirei fundo. Que pena, que pena. Estava tão perto de transformar esse tipo em mais um dos meus suínos...

– SILVIAAAAAAAAAA!!!

Pus-me de pé num salto. Mas como aquele Paulo Germano era taipa!!! Teria de cuidar dele o quanto antes. Corri para a janela, puxei a cortina e coloquei meio corpo para fora.

Ele não estava olhando para aquela janela. Não estava olhando para nenhuma em especial. Gritava na esperança de ser ouvido por mim, simplesmente. Não sabia em que andar ou apartamento eu estava. Assim que me viu, abriu um sorriso, estendeu-me os braços como se estivesse orando, e repetiu, choroso:

– Silvia-a-a-a-a...

— Cala essa boca! – mandei.

Dei-lhe as costas e me preparei para sair do apartamento. Antes de ir embora, dei uma olhada no Fetter. Estaria vivo? Lembrei-me do caso de um sujeito que a polícia matou com um eletrochoque num aeroporto de um desses civilizados países do primeiro mundo. Olhei bem para ele. Respirava e até começava a se mexer. Menos mal.

— SILVIAAAAAAAAAA!!!!!

Jesus Cristo, mas que idiota! Corri para fora do apartamento, desci pelas escadas, não teria paciência de esperar pelo elevador. Encontrei o porteiro do edifício espiando pela porta, assustadíssimo, falando em um celular:

— Mesmo que vocês estejam sem viatura é preciso mandar alguém aqui agora! O cara é um louco! Não pára de gritar por uma Silvia e não mora Silvia nenhuma aqui.

Passei por ele zunindo. Saí do edifício.

— Silvia! – exclamou Paulo Germano, ao me ver.

— Quer calar essa boca? – ralhei.

— Silvia! – e atirou-se à calçada, de joelhos. Agarrou meus tornozelos, repetindo: – Te amo, te amo, te amo...

E beijava meus pés.

— Fica quieto! Onde está seu carro?

— Ali, ali – apontou para a esquina.

— Vamos! Vamos embora de uma vez.

— Para onde vamos?

— Seu irmãozinho está em casa?

— Não. Ele voltou para o interior.

— Vamos para lá, então!

— Oh, Deus! Obrigado, Silvia, obrigado!

— O que você estava fazendo aqui embaixo? – perguntei, enquanto entrávamos no carro.

— Tinha de falar com você! Não suportei quando vi você entrando no prédio com aquele sujeito. Quem é ele? É seu marido?

— Não te interessa! – o carro arrancou. – Como você me viu aqui?

— Não saí mais da frente do seu prédio. Eu precisava ver você de novo. Tinha de dizer o que senti quando ficamos juntos. Fiquei o tempo todo esperando você sair. Por que você botou essa peruca morena?

Olhei para ele. Mas era um estúpido mesmo.

– Não te interessa – disse.
– Você é tão linda com seu cabelo natural, loiro...
– Cala essa boca, idiota!
– É que eu...
– Cala a boca!!!

Ele se calou. Seguimos o resto do trajeto em silêncio. Fui planejando o que fazer, sentindo os volumes do bastão de eletrochoque e da faca em minha bolsa. Desgraçado daquele Paulo Germano. Mal sabia que estava levando uma fera para casa. Mal sabia o que lhe aconteceria!

13

Seria fácil matar aquele verme do Paulo Germano. Subi à cobertura pensando em uma forma de aliviar a Terra da sua existência. Ele era um cachorrinho, faria o que eu mandasse. Se lhe dissesse para ficar quieto e fechar os olhos, obedeceria. Poderia aplicar-lhe um bom choque, um choque que lhe fritasse os gorgomilos, para, em seguida, abrir-lhe a garganta com calma e método. Ah, isso seria uma delícia...

– Quer uma champanhe? – ofereceu, sorrindo. – Desta vez tem champanhe! Nunca mais vou deixar minha geladeira sem champanhe.

Suspirei, enfarada. Por que não beber uma champanhota antes de liquidá-lo?

– Uma champanhe, então. Espero que não seja nacional.
– Não é, não é! É Clicquot!

Levantei uma sobrancelha. Espreguicei-me:

– Aaaah...
– Está cansada? – perguntou, trazendo as taças.
– Tensa, talvez – ergui e abaixei os ombros.
– Quer uma massagem? Fiz um curso de massagista, uma vez.

Refleti por alguns segundos. Era uma boa pedida, uma massagenzinha. Aquilo me deu idéias. Poderia me divertir mais um pouco com o biltre do Paulo Germano. Olhei nos olhos dele.

– Presta bem atenção no que vou te dizer – falei, dedo em riste. – Presta bem atenção!

– Estou prestando!

– Muito bem. Fica aí quieto, entendeu?

– Entendi!

– Só olhando. Entendeu?

– Entendi, entendi.

Comecei a abrir minha blusa. Comecei de baixo para cima. Um botão. Outro botão. Meu umbigo ficou de fora. Eu havia colocado um piercing e achava que ficara muito bem com aquele piercing. Muito bem, realmente. Minha barriga estava bem durinha. Oitocentos abdominais por dia. Abri o terceiro botão.

Olhei para o Paulo Germano. Ele fitava minha barriga com os olhos arregalados e a boca aberta. Em um segundo, a baba escorreria-lhe peito abaixo. Mais um botão se foi. Minha blusa estava completamente aberta. Fiz um movimento de ombros. A blusa escorreu por meus braços. Fiquei só de sutiã.

A respiração do Paulo Germano tornara-se pesada. Levei as mãos às costas. Clic. Desafivelei o sutiã. Paulo Germano mexeu-se no sofá, como se estivesse desconfortável. Notei que seus olhos haviam ficado marejados. Tirei o sutiã. Meus seios saltaram para o ar livre, nus. Seios rijos, bem sei. Seios de que me orgulho. A situação me excitara. Meus mamilos se intumesceram. Paulo Germano ganiu baixinho.

– Presta atenção – disse-lhe, em tom de mando.

Ele levantou o olhar dos meus seios e fitou-me os olhos.

– An?

– Presta atenção! Está vendo essa gargantilha? – levei a mão ao pescoço.

– Es-estou.

Baixei a mão até a cintura.

– Está vendo esse cinto?

– S-sim...

– Vou ficar nua da gargantilha ao cinto. É só da gargantilha ao cinto que você pode me tocar. Entendeu?

– Entendi, entendi – ele suava.
– Não pode me tocar nem acima, nem abaixo. Compreendeu?
– Compreendi, compreendi – ele tremia.
– Pode começar a massagem – ordenei.

Ele veio até mim, vacilante. Assim ficamos o resto da noite. Enquanto Paulo Germano me tocava, pensei que era sensato não matá-lo ainda, porque o porteiro do edifício do Fetter me viu saindo com ele, e outras pessoas podiam ter-nos visto. Isto é: o ideal seria esperar alguns dias para executá-lo. Quem sabe semanas...

Tenho de admitir que gostei da forma como ele me tocou. Com devoção, com paixão e, ao mesmo tempo, com suprema delicadeza. A certa altura, começou a chorar.

– Te amo! – dizia, entre lágrimas. – Te amo! – e aquilo me enfarava, mas também me dava certo prazer.

Voltei para casa já quase de manhã. Antes de sair do carro, olhei-o muito séria.

– Eu te ligo, entendeu?
– Entendi, entendi...
– Entendeu?!? Não quero você me seguindo por aí.
– Entendi! Juro.
– Muito bem.

Abri a porta do carro. Antes de sair, saquei o sutiã da bolsa e entreguei-o ao Paulo Germano. Ele ficou com os olhos marejados outra vez.

– Oh... – grasnou. – Oh...

Saí pensando que teria de pegar minha próxima vítima durante a semana. Teria de ser logo, teria de ser na segunda ou na terça-feira. Meu dinheiro estava acabando e minha vontade de agir só aumentava. Cris, a Fera, ansiava por matar!

14

Não podia mais adiar minha próxima execução. Por vários motivos. Tinha necessidade de agir. Como uma drogada em crise de abstinência, ansiava por experimentar mais uma vez aquela sensação de poder. Queria ver um homem morrendo aos meus pés. Queria subjugá-lo.

Verdade que subjugava a meu talante aquele pelintra do Paulo Germano, e isso, de alguma forma, fazia-me sentir bem. Era uma delícia humilhá-lo. Era excitante ver como podia reduzir um homem a algo menos do que um cão. Mas eu queria mais. Queria saber que podia acabar com a vida de um homem. O mesmo homem que se achava capaz de me violar saberia que eu era capaz de eliminá-lo desse Vale de Lágrimas.

Oh, como isso era bom!

Mas havia outra razão.

O dinheiro!

O vil metal.

Meu dinheiro estava acabando e simplesmente não sabia mais como pagaria o aluguel no mês seguinte. Decidi que de terça-feira não passaria.

Na terça à noite, vesti-me para matar. Minha minissaia não era uma minissaia; era um cinto. Minha blusa era leve. Diáfana, diriam os parnasianos. Não vesti sutiã. Não havia nada entre a pele dos meus seios e o tecido macio da blusa. Calcei sandálias de salto alto, com tiras trançadas até as canelas. Soltei os cabelos. Saí.

Perto da Calçada da Fama, ouvi um homem falar entre dentes, da janela de um carro:

– Deliciosa...

Era como me sentia. Deliciosa. Experimentava a brisa suave envolvendo minhas coxas nuas, meus braços, minhas ilhargas e me excitava. Um leve formigamento nas virilhas me fazia ondular com muito mais manemolência. Os bicos dos meus seios estavam tão duros que me doíam.

Nessas condições, não precisei esperar muito. Os homens percebiam-me como se fossem cachorros cercando uma cadela no cio. Em quinze minutos, minha futura vítima falava ao meu lado. Falava e falava e se jactava e dizia que sabia muito e que era o bom. Eu sorria, como se estivesse muito encantada.

Era um otário perfeito. Chamava-se Éverton e se dava ares de rico. Esperava mesmo que fosse rico, para poder reabastecer minha conta bancária.

– Vamos ao meu apartamento? – ele convidava. – Moro sozinho numa casa em um condomínio da Zona Sul. Você vai adorar minha casa.

– Não sei... – vacilava, recostando-me na cadeira, passando a mão displicentemente pela toalha da mesa do bar.

– Podemos tomar umas champanhotas... – dizia.

Como os homens são previsíveis, meu Deus!

Depois de alguns minutos de fingimento, topei. Dei para ele a mesma desculpa que havia dado aos outros: disse que era casada, que ninguém nos poderia ver saindo juntos, que ele devia sair cinco minutos antes e me esperar na esquina.

Método. Eu estava adquirindo método. Fizemos o combinado. Ele saiu. Saí quinze minutos depois – resolvi atrasar-me para deixá-lo ainda mais ansioso.

Ondulei até a esquina. Ele estava lá, nervoso, caminhando de um lado para outro em frente ao carro, uma Mercedes negra.

Sorriu ao me ver. Quase esfregou as mãos de satisfação. Rebolei um pouco mais. Ele suspirou. Estava pronto. Prontinho. Eu adoraria degolar aquele canalha.

– Vamos? – abriu a porta da Mercedes.

– Vamos.

Ia subindo no carro, quando aquilo aconteceu. Uma desgraça. Uma verdadeira desgraça.

15

Estava dentro do carro, já.

Foi uma surpresa e um susto.

Primeiro a surpresa. Depois o susto.

Um outro carro emergiu das sombras da rua e, com grande alarido de pneus e freios, nos fechou. Ficou atravessado no asfalto, o bico virado para o cordão da calçada. A princípio, pensei que fosse um assalto. Mas não podia, nenhum ladrão faz tamanho escândalo para assaltar. Éverton, com as costas grudadas no banco do motorista, os olhos arregalados, o pânico deformando-lhe o rosto, balbuciava:

– O que é isso? O que é isso?

Esforcei-me para manter a calma. Tentei raciocinar. Havia um homem dentro do carro que nos bloqueava a saída. Achei que fosse Paulo Germano, o idiota, o imbecil, o sacripanta, o beleguim, a besta, o taipa, o jeca, o sevandija, o biltre, o pelintra, o estúpido do Paulo Germano. Todos esses adjetivos cruzaram pelo meu cérebro, no momento em que supus ser o Paulo Germano, e estava disposta a cobri-lo com eles, assim que estivéssemos frente a frente.

Mas, ao observar melhor, notei que o carro não era dele. O que, antes de me tranqüilizar, deixou-me ainda mais nervosa. Paulo Germano era meu cachorrinho, era obediente, era submisso. Com o Paulo Germano poderia fazer o que bem entendesse, poderia transformá-lo em meu servo. Mandaria, e ele obedeceria. Seria um inconveniente, é claro, mas não passaria disso. Livrar-me-ia dele e pronto. Talvez estragasse meus planos de liquidar o tal Éverton, mas não acarretaria maiores problemas para mim. Agora, se fosse qualquer outra pessoa, não podia esperar nada de positivo. Ao contrário: podia esperar o pior.

Quem poderia ser?

A polícia, que me descobriu?

Um detetive particular, que anda me seguindo?

A mulher desse Éverton?

Não... não se tratava de mulher. Era um homem que estava dentro do outro carro. E o homem, finalmente, abriu a porta do lado do motorista e colocou o corpo para fora. Éverton, ao meu lado, não largava a direção, não se mexia, apenas repetia:

– O que é isso? O que é isso?

Fiquei com raiva dele. Ódio, até. Não passava de um covarde. Um poltrão. Por que não reagia? Por que não descia e encarava o outro?

O outro... Finalmente o reconheci. E, ao reconhecê-lo, fiquei ainda mais assustada. Ele desceu e postou-se em frente à Mercedes. Apontou o indicador para mim, diretamente para mim, e berrou, acusador:

– Essa mulher é uma fera!

Éverton continuava a tartamudear:

– Que é isso? Que é isso?

– Essa mulher é uma assassina! – gritou o outro.
– Que é isso?
Será que o desgraçado não sabia dizer outra coisa?
– Prendam essa mulher! Chamem a polícia!!! Polícia! Polícia!
O Fetter.
Era o maldito Fetter! Será que andava me procurando pela noite? Será que passou e me reconheceu?
Eu não sabia. Só sabia que ele estava furioso, que gritava, e gritava tanto que começou a chamar a atenção. As pessoas saíam dos bares para ver o que estava acontecendo.
– Ela é uma assassina! – berrava o Fetter. – Prendam essa mulher! Polícia! Polícia! Políciaaaaa!!!
Fiquei imóvel no banco do carona. Éverton olhou para mim, apavorado. Eu estava perdida. Meu Deus, eu estava perdida!

16

Armou-se a confusão. Fetter, na frente do carro, não parava de gritar pela polícia. Éverton, atrás do volante, não se mexia. Só olhava, lívido, e repetia o que é isso?, o que é isso? Fiquei paralisada por alguns instantes, sem ação, em pânico.
– Ela é uma assassina! – berrava o Fetter. – É uma bandida! Uma assaltante! Uma fera!!!
E apontava para mim. Uma pequena multidão havia se formado em volta do carro. Já ouvia murmúrios de chama os brigadianos!, chama os brigadianos!, cadê os brigadianos?
Decidi agir. Olhei para o Éverton.
– Você não faz nada??? – gritei.
Ele piscou. Olhou para mim como se estivesse despertando de um transe.
– Hein? – perguntou.
– Você não faz nada, seu banana??? – repeti agora mais alto e dei um tapa no braço dele. – Não vê que esse sujeito é um maluco? Um tarado? Ele é apaixonado por mim! Ele me persegue!
– Hein?
– Vai lá! – ordenei. – Desce e faz alguma coisa!!!

– Eu?

– Não, seu idiota! Eu! Você é homem ou o quê??? Uma bisca??? Uma borboleta???

– Eu?...

Enquanto ele se decidia se era um homem ou uma borboleta, reparei que as pessoas estavam ficando cada vez mais excitadas. Olhavam para mim. Apontavam.

– Quem é ela?

– O que ela fez?

– Essa mulher é um perigo! – urrava o Fetter. – Ela tentou me matar!!! Ela é uma fera!!!

– Desce de uma vez! – mandei, dando um soco na perna do Éverton. – Vai lá e encara o sujeito! Seu bosta!

Éverton enfim reagiu ao xingamento. Talvez bosta tivesse sido demais para ele. Desceu. Meio vacilante, foi se aproximando do Fetter.

– Er... – hesitava ele, enquanto Fetter fazia a volta no carro e vinha em sua direção, gesticulando muito, gritando sempre.

– Ela é uma assassina! – dizia e apontava para mim. – Ela vai tentar matar você também!!!

Vi que o Éverton começava a acreditar nele.

– Matar?... – balbuciou.

Tratava-se de um abobado, sem dúvida.

Desci do carro. A multidão me cercava. Olhei para os lados, procurando uma rota de fuga. Correr, não podia. De que jeito, com aqueles saltos altos? Fui me chegando ao meio-fio, tentando me afastar dos dois homens, que se olhavam, Éverton em dúvida, Fetter furioso.

– Ela é perigosa! – gritava o Fetter. – Abram a bolsa dela! Ela tem uma faca lá dentro! Uma faca! E um troço que dá choque na gente! A bolsa! Abram a bolsa dessa maluca!!!

Abracei-me à minha bolsa, instintivamente. Todos olhavam para mim. Pior: olhavam para minha bolsa.

– A bolsa! – berrava o Fetter. – Abram a bolsa dessa louca!

– A bolsa! – gritou alguém do povo. – Vamos abrir essa bolsa!

Olhei para o Éverton.

– Me ajuda! – pedi.

Ele franziu as sobrancelhas. Um grandessíssimo abobado.

– Vamos abrir a bolsa – propôs, enfim. – Se não houver faca nenhuma aí, se não houver nada, não haverá nenhum problema.

– Isso! – concordou o Fetter. – Vamos abrir a bolsa! Vamos abrir a bolsa!

– A bolsa! – pediam os malditos populares. – A bolsa! A bolsa!

Apertei a bolsa em meus braços. Se a abrissem, eu estaria perdida. Que ia fazer? Meu Deus, o que poderia fazer???

17

Eles iam arrancar minha bolsa! Eles iam ver o bastão de eletrochoques e a faca! Eu seria desmascarada! Seria presa! Oh, meu Deus!

O Fetter e o Éverton se aproximavam, o Fetter com as mãos estendidas feito garras, pronto para me agarrar, me arrancar a bolsa, me levar presa à primeira delegacia; o Éverton um passo atrás, com os olhos muito arregalados, pronto para ajudá-lo, um escudeiro subserviente, o desgraçado.

As pessoas em volta gritavam:

– A bolsa! A bolsa!

Eu apertava a bolsa contra o peito e choramingava:

– Não! Não!

Comecei a andar para trás, mas esbarrei em alguém. Ouvi um homem dizer para outro:

– Mas como é gostosa!

Será que nem numa situação extrema os homens esqueciam o sexo? Bando de animais! É isso que eles são! Desprezo os homens.

Eu não tinha saída. Eu não tinha para onde ir. Eles estavam com os braços em cima de mim.

Foi nesse momento, quando tudo parecia perdido, quando tudo era dor e desespero, que chegou a ajuda dos Céus. A Sétima Cavalaria, com o General Custer de espada desembainhada e os cabelos amarelos ao vento. O Batman. O Thor. O Super-Homem. Ou, melhor, o Superpateta.

Ele: Paulo Germano!

Chegou dentro do carro, com a mão na buzina e o pisca-alerta ligado, afastando os malditos populares que queriam me tirar a bolsa, detendo Éverton e Fetter, gritando:

– Silvia! Silvia! Silviaaaaaaa!

Parou o carro a dois metros de mim. Abriu a porta do carona.

– Silviaaaaa! – gritou, a voz esganiçada de exaltação.

Saltei para dentro do carro. Ele arrancou. Deslizamos pela Padre Chagas abaixo, em completa segurança, deixando o bolo de desocupados lá atrás, olhando-nos, impotentes. Paulo Germano ofegava atrás do volante.

– Meu Deus, Silvia, o que era aquilo???

Sorri para ele:

– Finalmente você deu uma dentro!

Ele sorriu, agradecido.

– Ainda bem que eu estava seguindo você.

Suspirei.

– Tenho que admitir e faço isso a muito custo: concordo com você.

Ele estava radiante.

– Para onde vamos agora? – perguntou.

Se lhe dissesse: vamos para o crematório, que quero fazer churrasco de você, ele toparia. Era um banana mesmo. Mas hoje, não. Hoje ele havia sido meu salvador. Hoje eu adorava aquele idiota do Paulo Germano. Não olhei para ele. Olhei para frente, através do pára-brisa, para a rua lá fora. Ronronei:

– Vamos para o seu apartamento.

– Meu apartamento? – ele estava realmente feliz. – Vamos, vamos para o meu apartamento.

Então olhei para ele. Entreabri os lábios. Ciciei:

– Hoje é seu dia de sorte, garoto.

Ele não perdia por esperar.

18

O que fiz com Paulo Germano raras mulheres devem ter feito algum dia, com algum homem, em qualquer lugar. Em primeiro lugar, o despi. Lentamente. Peça por peça. Peça por peça. Certas peças com os dentes. Depois, fiz com que ficasse deitado, me olhando, e olhando-me ficou, enquanto tirava a roupa e dançava e me acariciava e me sentia toda, toda.

Toda.

Quando juntei-me a ele, na cama, ele já estava pronto. Mas eu não.

Não queria que aquilo acabasse logo. Queria submetê-lo ao máximo de prazer que um homem pode suportar. Fiz tudo devagar, e de tudo fiz, e no instante em que ele ia atingir o clímax, eu parava, me afastava, deixava que sua ânsia arrefecesse, e depois retornava, e começava de novo, e de novo, e outra vez, e outra, e mais outra, e ainda outra, até que ele começou a chorar, convulsivamente, desesperadamente, gemendo:

– Eu não agüento mais... Não agüento mais...

E nem assim deixei que terminasse. Mantive-o suspenso, jogando com sua excitação, fazendo de tudo, permitindo tudo, mas sempre interrompendo, esperando e voltando à carga, e parando outra vez.

Quase enlouqueci aquele homem.

Pela manhã, extenuados, começamos a conversar. Ele jurava seu amor e sua fidelidade e sua dedicação.

– Faço o que você quiser, Silvia! Como você quiser. Topo tudo para ficar com você, Silvia. Tudo, tudo, tudo...

– Tudo?

– Tudo!

– Jura?

– Juro.

Aquilo dava-me idéias. Sentei-me na cama. Ele sentou-se também. Ficamos ambos apoiados nos travesseiros, nus. Ele me olhava com devoção. Passeava o olhar pelo meu corpo e, eu sabia, mais uma vez me queria.

– Para ficar comigo, você toparia qualquer coisa? – perguntei, com amaciante na voz.

– Qualquer coisa! Qualquer coisa! – percebi que ele falava a verdade. Aquela situação poderia me ser útil.

– E se eu tiver outros homens?

Ele vacilou por alguns segundos. Depois aprumou-se na cama.

– Não me importo! – disse, enfim. – Não me importo! Desde que eu tenha você, não me importo de dividi-la com outros.

– Hmmm – levei a mão ao queixo. – E se eu lhe disser que sou uma assassina?

– Assassina? – ele piscou.

– Sim. Sou uma assassina.

Paulo Germano me encarou com incredulidade, mas, examinando meu rosto por alguns segundos, viu que eu falava sério.

– Não me importo! – repetiu, apoiando-se com as mãos no colchão. – Você pode ser o que quiser, fazer o que quiser, não me importo, desde que fique comigo.

– Sabe o que aconteceu a noite passada? Aquela confusão toda?

– O que é que tem?

– Você sabe o que aconteceu?

Paulo Germano hesitou.

– Não... – admitiu. – O pior é que não sei. O que era aquilo, Silvia? Aquele sujeito era o seu marido? É isso?

Suspirei. Teria de lhe explicar tudo. Contei-lhe minha história. O estupro. O assassinato. Minhas aventuras noturnas. Não omiti nada. Disse-lhe, inclusive, que sentia ganas de matar. Que queria sair pela noite, à caça de homens incautos, para degolá-los e pilhá-los. Ele me ouviu entre assustado e emocionado. Assustado pela minha história sangrenta. Emocionado com minha sinceridade e minha entrega. Ao cabo do meu relato, agarrou-se aos meus tornozelos e implorou:

– Me usa, Silvia! Me usa! Eu posso ser o seu anjo da guarda! Eu posso lhe ajudar! Posso acompanhá-la nas suas aventuras, fazer o que fiz na noite passada, protegê-la, vigiá-la! Nós podemos ser uma equipe, Silvia! Eu e você! Nós dois juntos! Para sempre!

Respirei fundo. Pensei. Pensei...

– Me diga uma coisa...

– O quê? O quê?

– Você falou de mim para alguém?

– Não! Juro que não! Só o meu irmão sabe de você, mas ele acha que você é loira, inclusive. Ele não sabe de nada. Ninguém sabe de nada! Será perfeito, Silvia! Perfeito!

Meditei por mais alguns segundos. Ele me olhava em silêncio expectante.

– Tem outra coisa... – ciciei, finalmente.
– O quê? O quê?
– Não me chamo Silvia.
– Não?...
Ele estava perplexo.
– Não. Meu nome é Cris.
– Cris... – ele experimentou o nome. – Cris – repetiu-o, e o fez várias vezes: – Cris, Cris, Cris... – como se o sentisse com as papilas gustativas. – Gostei! – sorriu. – Cris! Você é uma fera, mesmo.
– Você nem imagina o quanto – falei, enquanto esticava o braço para a minha bolsa, que estava sobre o criado-mudo ao lado da cama. Passou pela minha cabeça apanhar o bastão de eletrochoques, mas deduzi que não seria necessário. Não com aquele banana. Empunhei a faca. Paulo Germano ficou olhando, sem saber o que pensar. Não dei-lhe tempo para isso.

Pus-me de joelhos na cama e, de um único golpe, abri-lhe a garganta de lado a lado. Paulo Germano arregalou os olhos, mais surpreso do que apavorado. Tentou falar, não conseguiu. Levou a mão ao pescoço, que vertia sangue em cascata. E a seguir desabou. Levantei-me, sorrindo, com a faca ensangüentada na mão. Comecei a saquear o apartamento, sentindo-me realizada. Sairia dali com um bom dinheiro, livre daquele Paulo Germano e livre de qualquer suspeita. Sairia dali com a missão cumprida.

Agora, estou na noite de novo, dentro do meu vestido vermelho, sentada a uma mesa de bar, sentindo os olhares dos homens sobre mim, sentindo-me desejada, esperando que um deles se aproxime, que venha para a armadilha, venha, venha, venha, cachorrinho, você terá uma noite de prazer inesquecível, única e última, você foi escolhido, você será mais uma vítima de Cris... a Fera!

Tentação

1

Meu chefe não parava de olhar para a minha mulher.

No começo da festa, nem me importei. Luísa é linda mesmo, a mulher mais linda que já vi. Loira, uma cascata dourada se lhe escorrendo ombros abaixo, pernas e braços compridos, elegante como uma tigresa, Luísa chama a atenção de qualquer um, em qualquer lugar em que pise com seu pé delgado e macio, um pé que gosto de beijar e lamber e de acarinhar. Amo aquele pé. Que pé.

Pé, pé, pé.

Pé.

Mas parecia que ela estava chamando a atenção do meu chefe além do razoável.

Clóvis. Como é que pode alguém se chamar Clóvis? Mas, tenho de admitir, o cara era bonitão. O tipo moreno alto que agrada as mulheres. Fazia sucesso com as fêmeas da espécie, aquele Clóvis. Até porque também tinha dinheiro. Que não conseguia pelos meios mais lícitos da praça, é preciso que se diga.

Nossa empresa prestava serviços ao Estado, e Clóvis volta e meia arrumava um jeito de auferir, digamos, benefícios extraordinários dos órgãos públicos. Uma série de pequenos ilícitos meio que de praxe na área, como notas adulteradas, comissões por fora, essas coisinhas lucrativas.

O fato é que ele ganhava um bom dinheiro, e parte desse dinheiro passava para mim, que trabalhava como uma espécie de tesoureiro da empresa. Em caráter oficial, eu não sabia de nada. Mas sou contabilista, e um bom contabilista sempre sabe de tudo. Financeiramente falando, pelo menos.

Havia ainda outra coisa de que sabia. Que meu chefe estava encarando a minha mulher, durante a festa do meu aniversário, na minha casa. Por que o convidei??? Bom, na verdade, tinha de convidá-lo. Clóvis tem mania de perseguição. Se soubesse que fiz uma festinha e não o convidei, ficaria ofendido. Não duvido que, mais tarde, acabasse me demitindo.

E eu precisava daquele emprego, como precisava. Justamente por isso, fiz de conta que não percebia nada. Fiquei circulando entre os convidados, dando risadinhas e tapinhas em ombros, tentando não aparentar nenhum sinal de perturbação, e acho que estava me saindo bem, até que Clóvis começou a se movimentar na direção dela.

Caminhava com um copo de uísque na mão e um sorriso enviesado debaixo do nariz. Seus olhos reluziam, fitavam os de Luísa fixamente, e Luísa... e Luísa... também olhava para ele! Notei que estava curiosa. Exatamente isso: curiosa. E foi com curiosidade que ela começou a conversar com ele. Conversaram e conversaram e conversaram por... quanto tempo? Meia hora? Mais. Foi muito mais. Não paravam de conversar.

Não conseguia mais me concentrar nos convidados, não conseguia olhar para outro ponto da sala que não fosse para o canto em que os dois estavam. E eles riam e riam e riam. De que tanto riam?

A certa altura da noite, não agüentei mais. Fui lá. Aparafusei um sorriso no rosto e caminhei até eles. Queria ao menos ouvir o que falavam. Porém, ao chegar perto, ambos se calaram. Suspenderam o assunto. E eu fiquei ali, boquiaberto, com um copo de cerveja na mão. Pensei em dizer algo, abri a boca, mas Clóvis se antecipou:

– A festa está muito boa, Rudi, mas vou ter que sair.
Levantei a sobrancelha:
– Já?
– Pois é – e virando-se para a minha mulher: – Obrigado.
Ela abriu um sorriso radioso:
– De nada...
– Até o fim de semana, então.
– Até.
– Até amanhã, Rudi.
– Até...
Assim que ele se foi, virei-me para Luísa:
– Fim de semana?
– Ah, eu convidei o Clóvis para aquela jantinha que vamos fazer. Muito legal o seu chefe!

Cocei a cabeça. Jantar no fim de semana. Não estava gostando nada daquilo. E ia piorar. Mal sabia, mas ia piorar.

2

A sinceridade pode ser usada como uma arma. Foi o que pensei quando disse para Luísa, de chofre:

– Acho que meu chefe está interessado em você.

Ela estava experimentando uma calcinha diante do espelho. Adoro quando Luísa faz isso. Mirava-se de frente, de costas, de ladinho, avaliava-se, e eu a avaliava, entre curioso e fascinado. Que mulher linda! Que mulher sensual! Que sorte eu tive!

– Quem? – ela sorriu, sem tirar os olhos da própria imagem. – O Clóvis? Você acha?

Falou isso casualmente. Bem casualmente.

– Acho – respondi, ajeitando-me na cama. Estava com as costas apoiadas na cabeceira e os pés calçados sobre a colcha, algo que ela detestava. Mas encontrava-se tão absorta consigo mesma que não prestava atenção em mim.

– Bom... – ela subiu em um sapato de salto alto. Um pé. Depois o outro. Ficou toda empinada. A calcinha pareceu menor em suas nádegas rijas. – Se for verdade – continuou – pode ser algo muito bom. Não acha?

– Bom? – deixei meus olhos passearem pelas curvas das suas longas pernas. – Por que pode ser bom?

– Pode te ajudar – puxou um pouco a calcinha para cima. Senti vontade de pular nela.

– A mim? – entendi o que ela queria dizer, mas preferi fazer de conta que tal idéia jamais tinha me ocorrido. Não queria dar a entender que, de alguma forma, oferecia minha mulher para o meu chefe. – Por que isso poderia me ajudar?

– Ora, ele pode te dar aquela promoção, afinal. Aquele aumento – sua expressão era de quem aprovava o que via no espelho.

Eu também aprovava.

– Mas ele vai ficar te assediando...

– E o que é que tem? Não vou dar bola para ele mesmo...
– Botou as mãos na cintura, elevou o busto. – Basta eu me fazer de desentendida. Sou campeã nisso. Toda mulher é. Nós nascemos sabendo fazer isso.

A proposta dela me deixou aliviado. De alguma forma, resolvia o problema: não ficava mal com meu chefe, nem com minha mulher; tinha grande chance de conseguir a promoção, e não corria risco de ser corneado. Perfeito! Cheguei a sorrir de satisfação.

Levei as mãos atrás da nuca e relaxei, enquanto Luísa, sem desviar os olhos do espelho, rosnou:

– Tira os pés da cama!

Tirei. Pus-me de pé. Aproximei-me dela. Não havia como não ficar excitado vendo aquela mulher estonteante só de sapatos de salto e calcinha. Abracei-a por trás. Agarrei suas ilhargas. Levei meus lábios ao seu pescoço comprido e comecei a beijá-la. Mas ela se desprendeu de mim, afastou-se dois metros e, antes de sair para o quarto de vestir, ralhou:

– Não é hora para isso. Eles já devem estar chegando.

De fato, minutos depois, meu amigo Maurício Amaral e sua mulher Bárbara Kelly chegavam. Mais um pouco, Clóvis apareceu, com uma garrafa de Tarapacá sob um braço e um buquê de rosas no outro.

– Para a minha linda anfitriã – ronronou, estendendo as flores para Luísa.

Ela fez ó:

– Ó... – e pareceu sinceramente emocionada. Se era encenação, tratava-se de ótima encenação.

O teatro de Luísa continuou convincente durante o jantar. Cumulava Clóvis de atenções. Mesmo sabendo que ela fazia aquilo por minha causa, senti ciúme. Muito ciúme. Ficavam os dois conversando, olhavam-se, sorriam um para o outro, e eu tinha de ouvir Bárbara Kelly falar sobre um programa de rádio FM que ela adorava, um tal de Pebê, ou algo do gênero.

Meu amigo Maurício Amaral balançava a cabeça e a censurava:

– Aqueles caras só dizem besteira, programa bom é o que toca na Itapema a partir das duas da tarde.

– Ah, não – argumentava ela. – O Pebê é tão bom... Tem até o Neto...

– Neto de quem? – perguntei, enquanto observava Luísa e Clóvis com o canto do olho.

– Neto Fagundes! – ela exclamou, como se eu tivesse a obrigação de conhecer o Neto.

– Aquele Neto... – respondi.

Assim prosseguiu nossa conversa, desinteressante, morna, bem diferente da que envolvia Clóvis e Luísa, esses dois, sim, divertindo-se à grande, rindo e rindo e rindo como velhos amigos. Ou mais que amigos. Eles se olhavam com interesse, com cumplicidade. Havia malícia naquele olhar. Eu sabia que havia.

Naquele momento, esqueci minha promoção, esqueci o emprego, esqueci Luísa e me deixei tomar pelo ódio. Um ódio absoluto, um ódio eterno, um ódio advindo da certeza de que ela pretendia me trair e que, se não pretendia, acabaria pretendendo, e que, pretendendo, trairia. Sim, eu sabia que ela ia me trair! Soube disso naquele exato instante!

E foi então que uma idéia antiga, algo que era só um pensamento vago que me ocorria quando contava o dinheiro da firma, uma pura bobagem, uma daquelas especulações que a gente faz só por brincadeira, foi então que aquele pensamento tomou forma, se solidificou e se instalou de vez na minha cabeça.

E o pensamento era o seguinte: vou roubar dinheiro da empresa. Foi o que prometi para mim mesmo. Não sabia como, não sabia quando, mal sabia por que, mas estava decidido: eu ia roubar! Por vingança de algo que nem havia acontecido, tornar-me-ia um ladrão!

3

Dias depois, a idéia do roubo parecia-me alucinada. Botei a culpa na bebida, tentei me convencer de que tudo, a possível traição de Luísa, o assédio do meu chefe, meu ódio repentino, tudo não passava de fantasia minha. Pura ilusão causada pelas brumas do álcool. Aquela noite de dor havia terminado, pronto, não voltaria a se repetir.

Mas, em algum ponto obscuro da alma, sentia certa inquietude. Não sabia por que, mas sentia. No trabalho, Clóvis me tratava melhor, cheio de atenções, chegou a insinuar que eu conseguiria a promoção. Nem isso me satisfez. O olhar dele me deixava cada vez mais desconfiado. Havia um brilho de malícia no fundo de seus olhos. Aquilo que me incomodava.

Às vezes, flagrava-o falando baixinho ao telefone, numa óbvia atitude de quem trocava intimidades. Um dia, resolvi arriscar: enquanto Clóvis sussurrava ao telefone, liguei para a minha casa. Premia as teclas e torcia para que Luísa atendesse, para que não estivesse ocupado.

Estava.

Estava ocupado.

Eu queria morrer.

No dia seguinte, esperei até vê-lo ligar e portar-se daquela mesma forma, todo dengoso, todo sorrisos. No meio da tarde, aconteceu. Lá estava ele, se liquefazendo ao telefone. Liguei para casa.

Ocupado.

Continuei ligando.

Ligando.

Ligando.

Ligava e olhava para Clóvis. Ele falava e sorria; sorria e falava. Vez em quando, olhava para mim. Deviam estar falando de mim! Caçoando de mim! De mim, o corno! Sentia vontade de levantar e ir até a mesa dele e socá-lo e socá-lo e socá-lo até que a cara dele se transformasse numa pasta informe de carne e sangue.

Finalmente ele desligou.

Então, liguei para casa outra vez. E Luísa atendeu. A angústia me deixou mudo.

– Alô? – disse ela.

– ...

– Alô?

– Luísa...

– Rudi?

– Sou eu...

– O que houve?

– Eu... É... O telefone estava ocupado...

– Ah. Eu estava falando com a Bárbara Kelly. Ai, meu Deus, essa mulher só fala dos guris do Pebê. Pebê, Pebê, Pebê.

– Pebê?

– O programa de rádio.

– Ah. Aquele do Neto.

– Aquele. Mas o que você queria?

– Eu? Nada. Só queria ver como você estava.

– Ah... Comigo tudo bem. E com você?

– Tudo... Tudo bem.

– Ah... Mais alguma coisa? Eu tenho de sair. Vou ao shopping.

– Nada, nada.

– Então, tiau.

– Tiau.

Desliguei.

Olhei para o cofre da firma, situado atrás da minha cadeira. Eu tinha a combinação. Eu tinha acesso. Eu tinha esse poder. Mas não era um ladrão. Nunca havia roubado nada na minha vida. E a possibilidade de ser preso, só a possibilidade, me deixava doente.

Ao mesmo tempo... Que tipo de vida eu levava? Quem eu era? Não gostava do meu trabalho, não gostava do meu chefe, e minha mulher, a única coisa de fato boa na minha vida, provavelmente me traía. Se roubasse a empresa num dia em que aquele cofre estivesse cheio, ficaria rico. Nunca mais precisaria trabalhar. Era só sair do país e viver uma vida de nababo.

Por que não? O que tinha a perder, desde que não fosse pego? Nada! Ninguém me prendia àquela cidade ou àquele emprego. Podia começar a viver de verdade. Podia me tornar alguém. Bastava ter sangue-frio.

Passei para a etapa do planejamento. Havia uma oportunidade preciosa nos próximos dias: um feriadão de quatro dias, a contar de sexta-feira. Perfeito, porque o cofre estaria estufado de dinheiro para pagar os funcionários na terça. Um dinheiro que Clóvis não poderia fazer passar pelo banco, porque era dinheiro não-declarável. Dinheiro de fontes escusas.

Melhor ainda: eu seria ladrão, sim, mas que roubaria de ladrão. Rasparia o cofre e sairia do país. Iria para... a Argentina! Sempre quis conhecer Buenos Aires. Lá instalado, decidiria meu futuro: Europa, Bahamas, sei lá.

Maravilha! Era o que ia fazer. Sim, eu me transformaria em um ladrão! A decisão estava tomada. O plano estava feito. Bastava colocá-lo em ação.

4

Ação.

Não existe melhor forma de dominar o nervosismo do que passar à ação.

Comecei a agir.

Previ cada um dos meus passos nos próximos dias. Anotei tudo em um caderno, metodicamente, como metódico deve ser um contador. Depois de muita pesquisa na internet e consulta a agências de viagens, resolvi fazer uma tortuosa rota de fuga, a fim de não ser descoberto por futuras investigações policiais: iria de avião até Buenos Aires; lá, tomaria um barco até Montevidéu, uma hora para cruzar o Rio da Prata; de Montevidéu, viajaria outra hora de ônibus até Punta del Este. Em Punta, ficaria numa pousada cheia de estrelas, luxuosíssima, cercado de champanhes e lenços umedecidos – a vida escorre com facilidade quando há lenços umedecidos por perto.

Passaria alguns dias lá, dourando-me ao sol uruguaio, mimado por garçons, depois decidiria para onde ir em definitivo. Perfeito. Não havia como dar errado: tinha a chave do escritório, tinha a chave do cofre. No final da tarde de quinta-feira, esperaria que todos fossem embora, abriria o cofre, encheria uma mala de dinheiro e... adiós, Porto Alegre; adiós, chefe garanhão; adiós, mulher infiel!

Não estava me sentindo mal com a idéia de me transformar em fora-da-lei. Ao contrário: sentia-me livre, sentia-me vivo. Pela primeira vez, protagonizaria um ato rebelde, um ato realmente rebelde. O comportamento de Luísa naqueles dias só reforçava a minha convicção de que fazia a coisa certa. Estava estranhamente alegre e distante.

Comprava roupas novas, com fendas e decotes, com tecidos diáfanos, com adereços sensuais, como uma sandália de salto alto com tiras trançadas até as canelas, adoro sandálias de salto alto com tiras trançadas até a canela. E o mais grave: cortou e pintou o cabelo. Tornou-se ruiva flamejante.

Uma mulher, quando muda radicalmente o cabelo, é porque sua cabeça mudou radicalmente por dentro. E porque a cabeça do marido também será mudada radicalmente. Ou já foi. Na quinta de manhã, antes de sair de casa, disse para Luísa que à noite iria à festa de despedida de solteiro do meu amigo Luciano Potter.

– Vou chegar tarde – e ressaltei: – bem tarde...

Fiquei observando sua reação.

– Tá – respondeu ela, casualmente, como se eu tivesse dito que iria jogar escova com minha tia.

E continuou avaliando no espelho a lingerie nova que comprara no dia anterior. Aquela mulher estava sempre se olhando no espelho.

Saí para o dia em que me transformaria em um ladrão.

Foi um longo dia. Não conseguia trabalhar direito, não conseguia me concentrar em nada. Só pensava no que teria de fazer no fim da tarde.

E o fim da tarde chegou.

Meus colegas foram saindo um a um. Clóvis falava ao telefone daquele jeito lascivo como vinha falando nos últimos tempos. Fiz o teste outra vez: liguei para casa. Telefone ocupado. Desgraçada. Odiava Luísa. Odiava Clóvis. Mas eles iam ver com quem lidavam. Ah, iam!

À noitinha, restavam apenas eu e Clóvis no escritório. Ele me olhou de trás da sua mesa, como se perguntasse por que eu ainda estava lá numa véspera de feriadão. Sorri meu sorriso mais cínico.

– Tenho que adiantar um serviço – falei. – Vou ficar até mais tarde.

– Bom... – ele se levantou. – Já vou indo, então. Você vai direto daqui para a festa do Potter?

Senti o sangue inundar-me o pescoço e o rosto. Como ele sabia que eu ia à despedida de solteiro do Potter? Eu não havia falado nada no trabalho! Não havia falado nada para ele! Encarei-o por alguns segundos. Uma leve perturbação passou pelo seu rosto. Teria percebido que notei que ele se traiu?

Tentei responder com naturalidade:
– Vou... Vou direto. Vai ser um festão.
– Legal – ele sorriu. – Boa festa, então. Até terça.
– Até.

Saiu, deixando-me só no escritório. Meu coração começou a bater mais forte. Minhas pernas perderam a firmeza. Respirei fundo. Fechei os olhos. Fiz uma oração silenciosa. Fazia muito tempo que não rezava. Me ajuda, pedi. Me ajuda!

Olhei para o cofre. Respirei fundo outra vez. Tirei a mala debaixo da minha mesa.

Fui até o cofre. Me ajuda, me ajuda! Sabia a combinação de cabeça. Os números mágicos. Me ajuda! Levei a mão à maçaneta. Ouvi o clic. A porta se abriu.

Dentro do cofre escuro, o futuro me esperava. Tomei um maço de notas na mão. Respirei fundo. Me ajuda, me ajuda, me ajuda a ter coragem! Coloquei o primeiro maço no fundo da mala. Peguei outro e outro e outro, cada vez mais rápido, mais rápido, respirando pesadamente, mais rápido, me ajuda, me ajuda, ofegava, resfolegava, me ajuda, me ajuda, me ajuda, e então ouvi um barulho na maçaneta da porta do escritório.

5

Enquanto a maçaneta girava, empurrei a porta do cofre, dei um tapa na tampa da mala e me pus de pé, ofegante. Um vulto de quase dois metros de altura surgiu, devagar, bem devagar...

Retesei os músculos das costas, ansioso. Arregalei os olhos. Aí vi quem era.
– Tijolo!

O vigia Tijolo me olhou sem surpresa – não era a primeira vez que eu ficava até mais tarde.
– Tudo bem, seu Rudi? Estou fazendo uma rondinha para ver se está tudo certo.
– Tudo óquei, Tijolo.

Ele olhou para a minha mala no chão.

– O senhor vai viajar no feriadão?

– Er... Vou... Vou passar uns dias na minha casa em Pinhal.

– Pinhal? Minha irmã mora lá. O senhor conhece? Suzi.

– Suzi, Suzi, Suzi... Não... Acho que não conheço.

– Ela se casou com um advogado, um cara mais velho, e foram morar lá... – vi pelas reticências que o Tijolo não gostava do cunhado. Tive pena do cunhado. Prosseguiu, depois do último ponto das reticências: – Que fazer, né, seu Rudi? Essas meninas fazem cada besteira...

– Pois é...

– Enfim... – suspirou. – Vou deixar o senhor trabalhar. Bom feriado.

– Obrigado. Pra você também, Tijolo.

Foi-se, arrastando o corpanzil pelo corredor. Suspirei. Limpei o suor da testa com a palma da mão. E atirei-me novamente para o cofre. Desta vez não vacilei, não tive medo, não rezei, apenas colhi todos os maços de dinheiro que encontrei, espalhei-os pela mala, acomodei-os entre as roupas, enfiei mais um tanto nos bolsos e me preparei para fugir, finalmente.

Fui até minha mesa. Saquei a passagem da gaveta. Conferi mais uma vez o horário. Tudo certo, tudo certo. Dei mais uma olhada no folder da pousada de Punta. Linda pousada. Tudo certo. Tomara que o avião não atrase. Essa maldita crise aérea. Que incompetência do governo! Coloquei a passagem no bolso do casaco. O folder no outro bolso. Suspirei mais uma vez. Ergui e abaixei os ombros em seqüência.

Saí.

Fechei a porta do escritório. Ouvia meu coração pulsando no pescoço e nas frontes. Virei-me para a rua. Comecei a caminhar em direção ao meu carro.

– Ei! – alguém gritou.

Estremeci.

O Tijolo, de novo. Cara chato.

– Se o senhor encontrar a minha irmã, manda um beijo pra ela! – pediu. – Suzi, não vai esquecer.

– Suzi, Suzi, Suzi. Pode deixar, Tijolo.

Abanei para ele. Baita mala. Entrei no carro. Arranquei. Em vinte minutos, encontrava-me no aeroporto, ainda nervoso. Muito nervoso. Lembrei-me do petista pego com dólares na cueca. Será que encontrariam meu dinheiro? Mas que droga, não eram dólares, eram simples reais!

Ao me acercar do raio xis, senti uma gota de suor despencar testa abaixo. Depositei a mala na esteira. Observei os dois agentes que manipulavam o aparelho.

– Quem será que faz o Clô? – perguntou um.
– Acho que é o Fetter.
– Acho que não. O Fetter não gosta do Clô.
– Teatro dele... É ele quem faz o Joãozinho, também.
– Não é possível.
– É, sim...
– E o Dudu?
– Um sarro, o Dudu.

Apanhei minha mala do outro lado. Felizmente, estavam distraídos com aquela conversa esquizofrênica. Fui para a sala de espera sentindo-me mais aliviado. Tudo ia dar certo, sim, tudo ia dar certo. Sentei-me numa das poltroninhas da sala de embarque, a mala entre minhas pernas. Suspirei.

Meti a mão no bolso interno do casaco e de lá tirei o folder da pousada de Punta. A moça da agência de viagens disse que era uma das melhores pousadas do Uruguai. Pelas fotos, realmente, tratava-se de coisa fina.

Então, aconteceu.

Aconteceu.

Naquele momento, o dedo de Deus, ou do Destino, ou do puro acaso, tocou a minha testa. A pessoa que estava sentada ao meu lado folheava um folder exatamente igual ao meu e, assim como eu me surpreendera com o folder que estava na sua mão, ela olhou espantada para o que estava na minha.

E nossos olhares se encontraram, e perdi o fôlego, e minha respiração ficou suspensa. Não acreditei no que vi. Não podia acreditar.

6

— Renata Inês!

— Rudi Orlando!

E ambos em coro, como se fosse ensaiado:

— Que surpreeeesa!!!

Renata Inês tinha sido minha colega de faculdade. Era uma das poucas pessoas que conhecia o meu nome completo. Rudi Orlando. Como tenho ojeriza a esse nome! Ela, claro, chamava-me assim para me provocar. Durante quatro anos Renata Inês me chamou de Rudi Orlando. Durante quatro anos, fui apaixonado por Renata Inês. Durante quatro anos, assediei Renata Inês. Durante quatro anos, Renata Inês me rechaçou com firme delicadeza. Quando lhe dizia, e dizia-lhe sempre:

— Te amo. Te amo, te amo, te amo. Teamoteamoteamoteamoteamoteamoteamo.

Quando dizia isso, ela respondia com a pior frase que um homem pode ouvir de uma mulher nessas circunstâncias:

— Você é meu melhor amigo.

Como odiava ouvir aquilo! E ouvia semanalmente. Eu e Renata Inês estávamos sempre juntos, na faculdade e fora dela. Éramos os melhores companheiros. Uma amizade bonita, mas nada além de amizade... E isso não era o pior. O pior é que Renata Inês era adepta do amor livre e fazia sexo com todo mundo, mas todo mundo mesmo.

Renata Inês repoltreou-se com metade do corpo discente da faculdade e com pelo menos um terço do corpo docente. Até com Josias, um caipira mineiro que nem completou o curso. Repimpou-se com boa parte das mulheres também. E com o dono da cantina, um gordo que usava bigode, onde já se viu transar com um cara de bigode...

Comigo, não.

Comigo Renata Inês tinha tão-somente amizade. Jamais beijei sua boca carnuda, jamais apalpei suas carnes rijas, jamais tive Renata Inês nos braços numa noite no Dr. Jekyll, nós dançando Peter Frampton agarradinhos. Parecia que a cidade inteira conhecia Renata Inês biblicamente.

Menos eu.

Agora, ao contrário do que pode dar a impressão, a aparência de Renata Inês não era a de uma devoradora de homens. Não. Tratava-se de uma meiga Renatinha. Seus olhos doces e verdes transmitiam a paz das hortênsias de Gramado. Caminhava pelo mundo do alto de pernas longas e suavemente torneadas, é verdade, mas jamais a vira expô-las como minha mulher Luísa fazia. Renata Inês nunca havia usado minissaias de quatro dedos de altura, como Luísa, nunca aprofundara os decotes em abismo, como Luísa, nunca se portara como uma pantera.

Mas era.

Era uma pantera.

Eu sabia disso, embora jamais houvesse experimentado uma porção disso.

Naquela noite, olhando para ela na sala de embarque do aeroporto, réstias da antiga paixão aqueceram meu peito. Porque, naquele momento, eu era um homem só. Um fugitivo. E um fugitivo que sabia que sua ausência não despertaria saudade em ninguém. Não tinha família, meus amigos eram raros, minha mulher me traíra.

Não podia nem desabafar com ninguém, não podia nem contar minhas angústias a qualquer ser humano. Mas ali estava uma pessoa que um dia gostara de mim. Que sentia amizade por mim. E que eu um dia amara.

Olhei para seu rostinho de querubim. Ela sorria.

– Você também vai para Punta! – falou, como se aquilo a encantasse.

– Vou!

– Vamos no mesmo vôo, então!

– Não... Na verdade, não. Vou passar em Buenos Aires antes...

Ela piscou:

– Por quê?

– Ah... Tenho que resolver alguns negócios lá. Mas amanhã de manhã estou em Punta. E nós ficaremos na mesma pousada, não é?

– É mesmo! Que coincidência feliz!

Feliz. Ela disse feliz! Aquela palavra me ouriçou todo. Tive vontade de gritar:

– Te amo. Te amo, te amo, te amo. Teamoteamoteamoteamoteamoteamo.

Mas não gritei. Só suspirei baixinho.

– Você está indo sozinho? – perguntou, animada.

Vacilei. Pensei por alguns segundos.

– É... Me separei.

– Daquela loira?! Uma loira bonita...

– Pois é...

– Eu também me separei.

– Não me diz!

– Fui traída, acredita? – contou isso com um sorriso amargo que lhe ensombreou o rostinho perfeito. – Fui trocada por uma mulher mais velha, que até já tem dois filhos.

– Que coisa...

– É. E ela foi trocada por uma mais nova, olha só a ironia. Foi trocada por uma adolescente.

– Capaz!

– É. O marido dela, um advogado, largou a família por causa de uma ninfeta e mudou-se para o litoral. Aí ela deu em cima do meu marido e eu os flagrei.

– Que horror.

– Pois é. Vi os dois na cama. Na minha cama!

– Nossa...

– É... Agora estou aqui, indo para Punta para tentar recomeçar minha vida. Que bom que te encontrei...

Olhando para Renata Inês, para seus olhos infinitamente bondosos, para seus cabelos castanhos que lhe emolduravam o rosto delicado, olhando para seus gestos lentos e graciosos, lembrei da nossa amizade, de como ela era compreensiva e boa comigo, de como a amava no tempo da nossa juventude.

E ouvindo sua história, tão semelhante à minha, senti que éramos iguais, que viéramos do mesmo lugar, que tínhamos algo em comum. E me senti muito próximo de Renata Inês, e quis lhe retribuir a sinceridade, e pensei: aí está uma pessoa em quem confiar.

Para Renata Inês, posso contar tudo. Sim, ela vai me ouvir, vai partilhar dos meus problemas, vai me ajudar. Quem sabe não começamos uma vida nova, eu e Renata Inês? Quem sabe nosso caso enfim não dará certo, depois de tanto tempo, tantas desventuras, tanto sofrimento? Por que não?

Nós dois em Punta, longe de tudo e de todos. Pelo menos eu tinha alguém no mundo. Sim, eu tinha alguém! Renata Inês! Nela podia confiar! Com ela podia desabafar! Para ela podia contar tudo, tudo, tudo!

7

Estava enlevado por Renata Inês, estava mergulhado inteiro no verde aquoso dos olhos de Renata Inês, estava levitando em meio ao hálito de bombom Ouro Branco de Renata Inês e vi que havia ternura entre nós. Será desta vez, Renata Inês? Será desta vez?

Oh, eu era um poeta com Renata Inês por perto. Sorri. Sabia que sorria bobamente, mas ainda assim sorri. Bobamente. Ela sorriu de volta. Lindamente.

– Eu tenho tanto pra te falar – confessei. – Mas com palavras não sei dizer. Como...

– Peraí! – interrompeu ela, levantando-se. – Ó! Estão chamando o meu vôo! Vamos nos encontrar no L'Auberge?

– L'Auberge?

– A nossa pousada! Esqueceu?

– Ah, é... Vamos. Amanhã de manhã? Posso pedir um café pra nós dois...

– Isso. Um amigo meu, o Constantin, disse que lá tem uns waffles deliciosos, com doce de leite Lapataia, conhece?

– Não conheço. Nem o Constantin nem o doce de leite Lapataia.

– Então pelo menos o doce de leite vamos conhecer lá, combinado?

– Combinado.

– Que horas você chega?

– Amanhã de manhã estarei lá com certeza.

– Nos vemos lá, então.

– Certo.

E lá se foi Renata Inês, espalhando sua beleza pelos corredores do Aeroporto Salgado Filho, deixando-me com meus suspiros. Pela primeira vez em semanas, sentia-me feliz. Sentia-me um passarinho. Rudi, o colibri do amor redescoberto!

Horas depois, mastigava o waffle famoso e olhava para o umbigo de Renata Inês. Que, a propósito, também era muito famoso. Todos na faculdade falavam daquele umbigo. Aquela barriga perfeita. E era. Juro. Era. Uma barriga morena, lisa e macia. Como gostaria de beijar aquela barriga, de imiscuir a língua pelos nós daquele umbigo. Ficaria 45 minutos só lambendo aquela barriga, por Deus!

Renata Inês sabia que me provocava com aquele umbigo exposto. Tenho certeza de que por isso o expusera. Ficamos conversando por horas. Horas lânguidas, horas doces, horas sensuais, deliciosamente lentas. Conversávamos comendo waffles e bebericando champanhe. Renata Inês me contou tudo sobre o que fizera nos anos em que não nos vimos. Contei a ela sobre Luísa, sobre minha desconfiança, sobre a saudade que sentira dos nossos anos de faculdade. Mas vacilei em contar-lhe sobre o roubo. Não tinha a certeza de como ela ia receber a informação.

Era noite, já, quando, estimulado pelo álcool, aproximei-me de Renata Inês, estendi a mão e alisei sua barriga pétrea. Renata Inês não protestou. Não retirou minha mão. Tampouco sorriu. Estava séria quando murmurou, apenas:

– Rudi Orlando.

Só isso. Nada mais. E bastou para me deixar arrepiado do calcanhar à nuca. Mergulhei no vale profundo dos olhos verdes dela e disse:

– Renata Inês.

E ela:

– Rudi Orlando.

E eu:

– Renata Inês.

– Rudi Orlando.

– Renata Inês.

– Rudi Orlando.

– Renata Inês. Renata Inês, Renata Inês, Renata Inês, Renata Inês, Renata Inês, Renata Inês.

– Rudi Orlando. Rudi Orlando, Rudi Orlando, Rudi Orlando, Rudi Orlando, Rudi Orlando.

E foi assim, entre Renatas Ineses e Rudis Orlandos, que rolamos pelo chão do bar do hotel e acabamos na cama king size do meu quarto, na mais estonteante noite de amor da minha vida, uma noite pela qual ansiei durante tantos anos e que, ao se realizar, compensou a minha espera.

De manhã, olhei para o corpo nu de Renata Inês e lhe disse o seguinte:

– Renata Inês.

E ela respondeu:

– Rudi Orlando.

E rimos e suspirei e falei:

– Tenho que te contar uma coisa.

Ela sorriu:

– O que é, meu bem?

Adorei que ela me chamou de meu bem. Suspirei de novo. Tomei coragem. Tasquei:

– Eu sou um ladrão.

Renata Inês riu alto. Não havia acreditado.

– Não estou brincando – repeti. – Eu sou um ladrão.

Renata Inês me encarou, agora séria, agora acreditando. Percebi que aquela informação lhe calara fundo na alma. Mas não ia voltar atrás. Ia contar tudo. Tudo. Ela podia me entregar, ela podia me rechaçar, ela podia sair correndo, mas eu não tinha como esconder nada de Renata Inês. Não depois daquela noite. Contaria tudo!!!

8

Contei tudo. Mas tudo.

Só que, ao contrário do que esperava, não me senti aliviado. Senti-me apreensivo. Renata Inês fincou-me um olhar grave, enquanto eu narrava a história, e não me livrei da gravidade daquele olhar nem ao concluir a narrativa. Terminei, e ela ficou em silêncio. Pensando. Deu-me um aperto no peito. Um aperto cada vez mais forte, cada vez mais forte, que chegava a doer.

Renata Inês não me olhava agora. Olhava para o vazio. Para algum ponto vago na parede branca. Estava nua e linda, e eu estava nu e indefeso. Era como me sentia: indefeso. Havia removido minhas defesas, tinha entregado minha alma a Renata Inês e agora dependia dela. Da sua compreensão. Da sua boa vontade.

Renata Inês poderia sair dali naquele momento e me entregar à polícia, poderia chantagear-me, poderia abandonar-me e nunca mais falar comigo. Essas possibilidades me apavoravam. Precisava descobrir o que se passava pela cabeça dela. Precisava saber o que ela pensava de mim. Disse, com medo:

– Renata Inês...

E ela, balançando a cabeça, como em desaprovação, ainda sem me encarar:

– Rudi Orlando...

Eu, agora como se implorasse:

– Renata Inês!

Ela, ainda mais decidida na sua desaprovação:

– Rudi Orlando!

Eu havia estragado tudo. Oh, Deus, por que fui abrir a boca? Por quê? Idiota! Sempre falava demais! Esse era um dos meus maiores defeitos. Podia ter dito que o dinheiro era de uma herança, que não queria mais voltar ao Brasil por causa da minha mulher, que queria viajar com Renata Inês pela Europa, sei lá, poderia ter inventado qualquer história, menos contar a verdade. Fora burro. Como fora burro!

– Renata Inês – repeti, desesperado. – Por favor, diga alguma coisa.

– Vou dizer – ela ainda estava balançando a cabeça negativamente, ainda estava olhando para o nada.

– Diga, então.

– Vou dizer.

– Por favor.

Ela olhou para mim. Havia determinação em seu olhar. Seus olhos tingiram-se de verde-escuro, de uma tonalidade que jamais vira em Renata Inês. Despertou-me certo medo, mas também excitação. Confesso: a mutação de Renata Inês, sua expressão firme, a luz feroz em seus olhos, tudo isso deixou-me emocionado.

Ela suspirou, enfim, e enfim falou:

– Você vai ter que fazer uma coisa.
– O quê? O quê???
– Promete que vai fazer o que eu pedir?
– P-prometo.
– Jura?
– Juro!
– Pela minha morte?
– Pela minha.
– Não. Pela minha.
– Isso não.
– Jura!
– ... – suspirei. – Tá bom. Eu juro.
– Pela minha morte.
– Juro pela sua morte.
– Que vai fazer o que eu pedir.
– Vou fazer o que você pedir.
– Diga!
Vacilei. Mas obedeci:
– Juro pela sua morte que vou fazer o que você pedir.
– Então...
– Então?...
– Então quero que você devolva esse dinheiro.

9

Devolver o dinheiro??? Que idéia escalafobética era aquela de devolver o dinheiro???

– Não posso! – exclamei. – Não posso, Renata Inês! Como é que vou devolver o dinheiro, Renata Inês??? Por favor, Renata Inês!!!

– É a única saída, Rudi Orlando – ela estava realmente muito séria. Séria como uma vegetariana.

– Mas, pensa, Renata Inês. Pensa! Podemos ir para a Europa com esse dinheiro. Para as Ilhas Maldivas! Podemos passar a vida toda viajando e curtindo, comendo camarãozinho frito, bebendo quipe culer, limpando o suor da testa com lenços umedecidos. É muito dinheiro, Renata Inês!

Ela sorriu, enfim.

– Gostei disso – amaciou a voz, e sua frase seguinte saiu como se fosse um afago em meus tímpanos cansados: – Gostei de saber que você tem planos comigo. Mas agora pense: seríamos perseguidos por onde fôssemos. A empresa colocaria até a Interpol atrás de nós. Que vida levaríamos? De fugitivos? De desgarrados? De Bins Ladens? Não... – ela balançou a cabeça. – Não... Não quero levar essa vida. Quero tranqüilidade, Rudi Orlando. Eu quero uma casa no campo, onde eu possa ficar do tamanho da paz. É por isso que você tem que devolver o dinheiro, Rudi Orlando.

– De que jeito??? – comecei a ficar nervoso. Muito mais nervoso do que estava até então. – Se devolver o dinheiro, vou ser preso! Você não pensou nisso??? Eu no Presídio Central, com aqueles presidiários todos loucos por pegar uma carne nova. O que eles iam fazer comigo, Renata Inês?!? Eu ia virar mulherzinha deles, Renata Inês! E eu não quero ser mulherzinha...

– Claro que pensei nisso. Você não vai ser preso, Rudi Orlando.

– Como não??? – estava extremamente nervoso.

– Escuta meu plano: ficamos mais um dia aqui. Depois, voltamos a Porto Alegre. Na terça, bem cedinho, antes da empresa abrir, você vai lá, entra, coloca o dinheiro de volta no cofre e vai embora. Você tem a chave, ora! Não precisa mais trabalhar lá, não precisa nem dar explicação. Precisa apenas devolver o dinheiro. Eu vou junto com você. Depois que você fizer isso, vamos os dois para Pinhal. Direto para Pinhal! Tenho uma casa lá. Podemos viver com simplicidade em Pinhal. Você abre um pequeno escritório de contabilidade, eu vou fazer sanduíche de lombinho para vender na praia durante o verão. Faz o maior sucesso, o meu sanduíche de lombinho.

– Pinhal?... – A descrição que Renata Inês fizera do nosso futuro me seduzira um pouco. – Tenho uma casa em Pinhal...

– Pois é! Podemos vendê-la e usar o dinheiro para comprar um terreno que tem ao lado da minha. Podemos plantar uma horta, e tudo mais. Plantaremos brócolis, chicória... Não seria lindo?

– É... Nunca comi chicória...

– Mas aí você tem que devolver o dinheiro, Rudi Orlando!

– Aiaiai...

– É o certo a fazer, Rudi Orlando. O certo! Olha: essa nossa noite, esse nosso reencontro, toda essa coincidência me despertou muitos sentimentos. Acho que, ao reencontrar você, me reencontrei, Rudi Orlando. Por que não tentar? Vamos tentar! Vamos?

Respirei fundo. Sorri:

– Vamos!

Ela bateu palminhas de felicidade.

– Que maravilha! – festejou. – Iabadabadu!!!

E eu:

– Iabadabadu!!!

E nós dois:

– Iabadabadu!!!!!!

E pulou em cima de mim. Nua. Nua, nua, nua, a mulher mais nua de Punta del Este.

Foram horas de amor como jamais havia experimentado. Ela fez até a famosa "trançada à iugoslava", que loucura uma trançada à iugoslava. Uma sintonia toda especial tinha se estabelecido entre mim e Renata Inês.

Ah, Renata Inês.

Renata Inês, Renata Inês, Renata Inês...

Na terça-feira, bem cedo, nos encontrávamos em frente à empresa onde eu trabalhava. Na minha mão direita, a mala cheia de dinheiro. Na esquerda, a mão macia de Renata Inês.

– Vou ficar aqui na esquina, esperando por você – prometeu ela. E acrescentou, suavemente: – Vai lá. Vai...

Enchi os pulmões de ar. Apertei mais uma vez a mãozinha de Renata Inês. Larguei-a, em seguida. E atravessei a rua. Sentia o peso da mala repleta de dinheiro e pensava: "Que vou fazer? Meu Deus, o que é que vou fazer?"

10

Estaquei em frente à porta da empresa, a mala de dinheiro pesando na mão direita. Respirei fundo. Fechei os olhos e, com os olhos fechados, pensei em todo o dinheiro do qual estava prestes a me desfazer.

Maços de dinheiro amarrados com atilho, dinheiro suficiente para viver bem toda uma vida, para viajar pelo mundo, para comprar os carros mais escandalosamente luxuosos, para seduzir as mulheres de pernas mais longas e cabelos mais louros e seios mais inflados com silicone, mulheres de bocas carnudas e olhos piscantes e cílios de dois dedos de comprimento e pele amaciada por cremes franceses, mulheres com piercing de ouro nos umbigos sem funflas, mulheres que só andam de salto alto, mulheres com hálito de chocolate branco e calcanhares lisos. Suspirei. Abri os olhos. Olhei para trás, por cima do ombro. Renata Inês continuava do outro lado da rua, parada na calçada, expectante. Renata Inês é que era o meu futuro, a partir de agora.

Nós dois em Pinhal, vivendo dias de alguma privação, mas muito amor... Renata Inês lançou-me um olhar incisivo, como se dissesse para eu ir de uma vez rumo ao meu destino.

Em seguida, encolheu os ombros, perguntando o que, afinal, eu estava fazendo. Sorri debilmente. Pensei em nós dois juntos, eu trabalhando de contador da prefeitura, ela plantando chicória na nossa horta...

Mais um suspiro. Tirei a chave do bolso. Abri a porta. Entrei. Caminhei devagar pelo corredor, passando pelas salas vazias. Ainda faltavam alguns minutos para que os primeiros funcionários chegassem.

Minha sala, onde ficava o cofre, situava-se no fundo. Era a última. Nunca levei tanto tempo para caminhar até lá. Abri a porta da sala. Olhei para o cofre. Pensei em Luísa. Estaria preocupada com meu sumiço? Ou aproveitou para se regalar com o maldito Clóvis? Teria ido à polícia, procurado pelo meu corpo no IML, ligado para os hospitais? Ou festejou a minha ausência?

Luísa... Como era linda. Havia poucas loiras como ela no mundo. Na verdade, nunca confiei totalmente nela. Linda demais, jovem demais, viva demais para agüentar tanto tempo de matrimônio fiel com um cara como eu, um comum, um contador, um homem com nome composto. Mas tinha de me trair com meu próprio chefe? Tinha??? Aquele Clóvis...

Bom, era preciso reconhecer: ali estava um conquistador. Um tipo bonitão, cheio de charme. As mulheres enlouqueciam com ele. Suspirei novamente. Nunca havia suspirado tanto na vida. Caminhei até o cofre. Fiz a mala pousar ao lado. Abri o cofre. Abri a mala. E comecei a colocar o dinheiro de volta ao lugar de onde o tirara, dias atrás. Tão poucos dias, e parecia ter se passado um ano inteiro.

Minha vida mudou naquele pequeno naco de tempo. Fechei o cofre. Sentei-me à minha mesa. Cravei os cotovelos no tampo, segurei a cabeça entre as mãos. Lembrei que Renata Inês estava lá fora me esperando. Que esperasse. Por favor, o sacrifício que eu fazia por ela! Todo aquele dinheiro...

Olhei para o cofre. Oh, queria passear os olhos por aquela massa de dinheiro mais uma vez. Renata Inês, desculpe, mas você terá de esperar mais um pouquinho por Pinhal. Abri o cofre novamente. Retirei um maço de dinheiro. Outro. E mais outro. Comecei a empilhar o dinheiro em cima do cofre.

Empilhei tudo, maço sobre maço. Sorri. Que bela visão. As pessoas matavam por aquilo. Recuei para ver melhor a cena. Então, ouvi vozes no corredor. Duas ou três pessoas conversavam – os funcionários chegando. Não tinha percebido que havia se passado tanto tempo. Tinha de pôr o dinheiro no cofre outra vez.

O que iriam pensar, se vissem todo aquele dinheiro ali? Era perigoso, muito perigoso. Dei mais uma olhada no monte de reais. Nesse momento, identifiquei a voz de Clóvis. Mas que droga! Não queria que ele me visse ali. Não queria que ninguém me visse. Queria ir embora sem dar explicações... Se bem que, puxa, eu precisaria do dinheiro da rescisão de contrato para a minha nova vida em Pinhal...

Uma coisa era certa: Clóvis não devia ver aquele dinheiro exposto. De jeito nenhum. Caminhei até o cofre. Peguei um maço de dinheiro. E a porta da sala se abriu. Clóvis entrou e deixou-a aberta. Olhou perplexo para mim, depois para o cofre, em seguida para o dinheiro e finalmente para o maço em minha mão. Ia dizer alguma coisa, quando foi interrompido por uma vozearia que vinha do corredor. Gritos, portas batendo. Clóvis olhou para trás e arregalou os olhos.

Estiquei o pescoço para distinguir o que acontecia. E vi a cena horrenda. Era a polícia que vinha em minha direção. GLUP!!!

11

Puro reflexo: atirei o maço de dinheiro ao chão. Avancei até a minha mesa, assustado. Por mil tropas de elite, como é que esses caras descobriram que eu havia roubado a empresa??? Estava perdido. Perdido!

Enquanto caminhava para frente, Clóvis dava alguns passos para trás, igualmente espantado com a entrada dos policiais. Não por acaso: eles irromperam no escritório com grande estardalhaço, falando alto, caminhando com passadas largas, gritando, dentro de seus coletes:

– Polícia Federal! Polícia Federal!

Eu e Clóvis ficamos ombro a ombro, ambos de olhos esbugalhados, tensos. Um dos policiais veio já com as algemas numa das mão. Enxerguei-me saindo do escritório chutado, algemado, tapado de vergonha.

Renata Inês me veria sendo conduzido ao presídio, decerto sairia correndo aos prantos direto para Pinhal, traumatizada. Mas, também, culpa de Renata Inês. Devolver o dinheiro, francamente, que idéia!

O agente se aproximou de mim. Preparei-me para estender os pulsos – decidi não resistir à prisão. Mas ele se voltou para Clóvis. Rosnou:

– O senhor está preso por corrupção ativa!

E o algemou.

Abri a boca, pasmado. Os outros agentes se espalharam pelo lugar, uns recolhiam as CPUs dos computadores, outros vasculhavam as mesas e as gavetas, um deles foi direto ao cofre e começou a colocar o dinheiro em um saco. O dinheiro... O meu dinheiro!

Todos falavam ao mesmo tempo, tudo acontecia velozmente, e eu ali, parado, de pé, tentando pensar. Aos poucos, compreendi o que estava acontecendo: a Polícia Federal devia estar investigando Clóvis havia algum tempo.

Normal, a Polícia Federal tem investigado muita gente há muito tempo. Com a apreensão dos computadores, as transações ilícitas seriam comprovadas, Clóvis pegaria algum tempo de cadeia. Não muito, decerto, mas ficaria desmoralizado.

E o dinheiro... o dinheiro... o meu dinheiro seria recolhido pela Justiça! Óbvio: tratava-se de dinheiro não declarado, um dinheiro que tinha de ser lavado, um dinheiro pelo qual Clóvis não teria explicação!

Quer dizer: se eu tivesse ficado com o dinheiro... se eu tivesse ficado... se tivesse... ninguém daria pela falta dele!!! Lógico! Clóvis não daria queixa por roubo, porque o dinheiro, em última análise, é roubado. Se ele ficasse quieto a respeito do dinheiro, só tinha a ganhar! Além disso, a Polícia não sabia da existência daquela importância na empresa! Não havia como saber!

Oh, meu Deus, oh, meu Deus, oh, meu Deus! Eu ficaria com todo o dinheiro, não seria acusado de nada, estaria livre para viver até em Porto Alegre se quisesse. Poderia continuar trabalhando na empresa, inclusive!!! Não ia querer, obviamente, mas até isso poderia fazer. Sim, porque nem contador oficial da empresa eu era! Apenas fazia o trabalho informal para o Clóvis. Então... eu ficaria livre e rico! Livre e rico! Tive vontade de gritar:

– WOLFREMBAER!!!

Mas não gritei. Comecei a passar mal. Senti-me tonto. Minha cabeça rodava. Rodava mais que os casais. Apoiei-me na mesa. Respirei fundo. Um agente falava com Clóvis. Interrogava-o, creio. Alguém falava comigo, mas eu não conseguia ouvir direito. Puxei a cadeira. Sentei-me. O que havia feito comigo mesmo? Ah...

Bom, pelo menos fiz por amor. Sim, tudo o que fiz, fiz por amor. Roubei por amor. Ou, antes, por desamor. Por ter sido traído por Luísa. Ao menos acho que fui traído. Bem, se não fui ainda, serei. No caso, seria. Será que seria? Será que fui? Maldita Luísa! E agora devolvi o dinheiro por amor a Renata Inês. Pelo meu futuro com Renata Inês.

Renata Inês. Pensar nela me fez bem. A tontura passou. Renata Inês me esperava lá fora, paradinha na calçada, torcendo as mãozinhas, rezando por mim. Querida! Amo Renata Inês. Sempre amei.

Renata Inês, Renata Inês, Renata Inês. Uma mulher que vale milhões. Literalmente.

Foi nesse momento que Renata Inês apareceu na sala. Ficou parada à porta, piscando. Olhou para mim e começou a dizer:

– Vim ver o que estava acon...

Então olhou para o meu chefe algemado. Ele olhou para ela. Ela arregalou os olhos. Ele levantou uma sobrancelha. Ela gritou, apertando com as mãos o peito arfante:

– Clóvis Rodolfo!!!

E ele, baixinho, um mero sussurro:

– Renata Inês...

Ela, com lágrimas nos olhos:

– Não acredito que é você, Clóvis Rodolfo!!!

Ele apenas suspirou.

– Clóvis Rodolfo! – repetiu ela, desesperada. – Há quanto tempo, Clóvis Rodolfo! Que saudade, Clóvis Rodolfo! O que estão fazendo com você, Clóvis Rodolfo???

Levantei da mesa. Balbuciei:

– Re-Renata Inês...

Ela virou os olhos marejados para mim.

– Você não me disse que seu chefe era o Clóvis Rodolfo!!! – berrou, acusatória.

– Eu... Clóvis Rodolfo?... – eu não sabia o que dizer. Mas não precisei dizer nada, porque ela nem ia ouvir. Já estava concentrada no meu chefe, urrando:

– Clóvis Rodolfo! Clóvis Rodolfo! Clóvis Rodooooolfooooo!!!

Os agentes da Polícia Federal prepararam-se para levar Clóvis embora. Nem sabia que esse cara se chamava Clóvis Rodolfo. Agarraram-no pelos braços. Clóvis se aprumou, as mãos algemadas diante da barriga.

– Nãããããããããã... – gritou Renata Inês, atirando-se aos pés dele. E de novo: – Nããããããããããããããã...

Os agentes não se compadeceram. Arrastaram-no para fora. Antes de sair pela porta, Clóvis virou-se para trás e sentenciou:

– Eu voltarei, Renata Inês!

E se foi.

Renata Inês ficou rojada no chão do escritório, soluçando, tartamudeando sem parar:

– Clóvis Rodolfo, Clóvis Rodolfo, Clóvis Rodolfo...

Suspirei pela última vez naquele dia. Saí dali para não mais voltar. E aprendi minha lição. Espero que vocês tenham aprendido também. Prestem atenção:

A gente nunca deve falar sobre dinheiro roubado para a Renata Inês.

A ninfeta

1

Ela tinha dezesseis anos.

Quando entrou no meu escritório, algo aconteceu no ambiente. Uma eletricidade diferente no ar, uma alteração de clima. A temperatura aumentou, tive vontade de afrouxar a gravata. Mas me contive. Não ficaria bem.

Ela vinha acompanhada da mãe. Sou advogado, a mãe dela queria fazer uma consulta qualquer. Não lembro o que era. Lembro é da menina. Ficou o tempo todo sentada ao lado da mãe, sem falar nada, sem fazer uma única pergunta ou comentário, apenas me olhando. Bastou aquilo para me deixar completamente atrapalhado.

Não sou nenhum tarado, é preciso deixar bem claro. Sou um homem sério, casado, pai de dois filhos que adoro. Também nunca fui chegado a ninfetas. Prefiro as mulheres mais maduras, mulheres com opinião, que sabem o que estão fazendo e não têm vergonha do que fazem. Mas aquela menina...

Um rostinho de propaganda de Nescau e um corpo de propaganda de cerveja. E as nadeguinhas. Precisava ver as nadeguinhas! Hmmm, empinadas, redondas, perfeitas, ai. E os pequenos seios! Coisa linda aqueles pequenos seios. Devo dizer que gosto de pequenos seios. Essa moda americana de peitões, francamente. Neste caso, sou um nacionalista.

Ela ficava me olhando daquele jeito. Aquele olhar não me enganava. Coquete, diria José de Alencar, e eu repito: coquete, era isso que ela era.

Mal ouvia o que a mãe dela dizia. A mulher falava e falava, eu via que os lábios dela se mexiam, distinguia certo ruído de palavras, mas não entendia lhufas.

Ao nos despedirmos, apertei a mão de uma e outra. A menina me enviou um sorriso suave e miou um tiau que me arrepiou todo. Só isso. Foi-se, deixando-me abobado atrás da escrivaninha, pensando que menina, que menina, que menina...

Achei que nunca mais teria notícias dela, mas uma semana depois a voz taquarenta da minha secretária anunciou pela linha interna:

– Suzi ao telefone.

– Suzi?

– Filha da Dona Ângela.

Tive dificuldades em disfarçar a excitação.

– Ah. Suzi.

– Aquela menina... – disse a secretária. Haveria alguma malícia naquelas reticências? Aquela maldita secretária vivia me dando indiretas. Pensei que deveria demiti-la, qualquer dia desses.

– Vou atender – falei, tentando aparentar dignidade.

Esperei que a secretária passasse a ligação. Passou. Aí aquela vozinha de rouxinol adolescente explicou que precisava entrevistar um advogado para um trabalho colegial. Será que eu poderia recebê-la? Não duraria mais de quinze minutos.

Tentei não parecer muito ansioso ao responder que claro que poderia recebê-la, imagina, seria um prazer. Marcamos para o dia seguinte. Desliguei sentindo-me jovem, sentindo-me vivo, mas sentindo, também, algum medo. Não sabia como tinha motivos para sentir medo. Sim, sim, eu tinha motivos para sentir medo...

2

No dia seguinte, lá estava ela bem na minha frente, os cabelos presos em maria-chiquinha, os seios juvenis mal contidos por uma blusa decotada demais para sua idade. E minissaia. Claro.

Ela estava de minissaia.

Começou a fazer perguntas. Anotava as respostas num caderno de espiral com a Sandy e o Júnior na capa. Eu olhava para ela, olhava, olhava bem, enquanto ela escrevia com uma esferográfica com pompom, e aquilo me deixava excitado, por Deus que deixava.

Ela tinha um anel no dedão do pé direito. Dedão... Forma de dizer, dedão. Dedinho. Dedinhozinhoinho. Um dedinho meigo, macio, parecia uma batatinha frita, dava vontade de morder. O pezinho dela todo era delicado, um pão cervejinha. Eu olhava para aquele pezinho que balançava devagar – ela estava de pernas cruzadas. Eu olhava e olhava e respirava pesadamente.

Passei a imaginar coisas com aquela coisinha, aquele nenê, aquela garotinha de colégio cheia de negaças e sorrisos de lado. Aí ela me fez uma pergunta atordoante:

– Você acredita no amoh?

Falou assim: amoh. Com agá. Como se fosse carioca. Abri a boca. Aquilo não podia fazer parte do trabalho escolar. Balbuciei:

– Amor? Se eu acredito no amor?

Ela sorria, superior. Tinha dezesseis anos e já enviava sorrisos de superioridade. Obra do instinto. As mulheres nascem com esse mecanismo de provocação dos homens. Quando chegam à adolescência e o primeiro homem lhes lança o primeiro olhar lúbrico, o instinto é acionado. Como se lhe apertassem um botão.

– Uma dúvida pessoal – justificou ela, levando a caneta aos lábios tenros.

Eu ainda estava perplexo. Que deveria responder? Queria agradar, mas ao mesmo tempo queria dar uma resposta madura, de homem experiente, muito mais sábio do que uma garotinha de dezesseis anos. Sorri. Ri. Balancei a cabeça:

– Ora, o amor...

Então ela fez um gesto de desdém com a mão e voltou a olhar para o caderno.

– Deixa pra lá – disse. – Não importa mesmo.

Fiquei fitando-a, embasbacado. Havia sido espancado intelectualmente por uma pirralha de dezesseis anos. Ela tinha açulado a minha concupiscência, depois tinha me deixado embaraçado, em seguida, quando sentiu que fora fisgado, me deixou no ar, como se não se importasse com a minha resposta, como se eu a tivesse desapontado com meu constrangimento.

Ainda estava pensando em como sair com dignidade daquela situação, quando ela encerrou a entrevista.

– Tenho que ir – miou.

Fiquei piscando, perplexo. Ela se levantou, ajeitou a saia com as mãos e sorriu. Fiquei sem saber o que dizer, frustrado, sentindo-me um fracasso. De pé, prestes a se retirar, ela escreveu algo no canto de uma folha do caderno, rasgou um pedaço da folha e esticou o braço na minha direção:

– Esse é meu celular. Se quiser me ligar...

E se foi, me deixando todo espalhado no carpete do escritório. E agora, Senhor? O que deveria fazer? Olhava para aquele número e tornava a me perguntar: o que fazer, o que fazer, o que fazer?

3

Dezesseis anos! Cara, dezesseis aninhos e ela já demonstrava a malícia de toda mulher. Passei o resto do dia pensando na visita de Suzi. Pensava o seguinte: Suzi, Suzi, Suzi... Era basicamente o que pensava.

Percebi que ela tomara o controle da situação com a velocidade de um ponta de ofício: havia entrado no meu escritório me chamando de senhor, no meio da conversa já era você, quando se despediu o tratamento descambara para o mais reles tu. Ela sabia o que queria. Sabia, a danadinha!

Decidi que ligaria para ela. Mas não no dia seguinte! Ah, não! Nada de mostrar ansiedade. Esperaria uma semana, matreiro, malandro, experiente, deixando cevar nela o desejo, deixando que ela pensasse: "Oh, Deus, aquele homem não ligará para mim? Pudera: ele pode ter a mulher que quiser. Ele não precisa de mim. E eu o quero, oh, Céus, como o quero! Como quero que ele me torne mulher!"

Era assim que eu a deixaria. E faria isso com calma. Com vagar. Com parcimônia. Sorrindo. Paciência: a maior das virtudes, como dizem os japoneses. Paciência, a arma dos sábios. Dos homens maduros, sérios, experientes, dos homens que já viveram tudo, que já viram de tudo, que já tiveram tantas mulheres, mulheres de todas as cores, de todos os tamanhos, de todos os sorrisos. Como eu. O velho Aírton. Velho lobo cheio de cicatrizes. Que não tem mais ilusões. Que não se deixa enganar. Que a fará sofrer um pouco.

Sim, ela provará uma dose do veneno da ansiedade. De não se saber desejada. De chorar olhando para o telefone. Sorri vitorioso ante esse pensamento.

No dia seguinte, às oito da manhã, a primeira coisa que fiz ao chegar ao escritório foi ligar para ela. Não foi uma capitulação, nada disso. Tratou-se apenas de uma mudança de estratégia. Achei que a surpreenderia. Ao ouvir o alozinho dela, fiz um alô grave. Um alô de homem adulto, senhor de si, circunspecto, conhecedor do mundo e das coisas da vida:

– Alooou... – coloquei uma pausa entre o alô e minha apresentação, para fazer um suspense: – ...É o Aírton...

Mas, maldição!, ela não ficou nada surpresa. Cumprimentou-me como se minha ligação fosse a coisa mais natural do seu mundinho adolescente, como se eu fosse um de seus amiguinhos espinhentos e não um profissional ocupado, pleno de responsabilidades, fazendo a suprema concessão de ligar para uma meninota mal saída das meias três-quartos.

– Tudo bem? – perguntou casualmente, como se estivesse lixando as unhas.

Aquela irreverência me irritou.

– Tudo. Bom... você pediu para que eu ligasse.

– Pedi?

Mas o que era aquilo? Uma espécie de cilada? Afinal, ela estava interessada em mim ou não? Por que toda aquela cena? Por que viera ao meu escritório? Por que me dera o telefone? Eu devia era desligar na cara dela, isso era o que eu devia fazer. Mas não fiz. Disse, tão-somente:

– Você me deu seu telefone, lembra?

– Ah, é.

A voz dela continuava acentuada por uma casualidade perturbadora. Eu não sabia mais o que dizer. Até ouvir a voz dela, tinha certeza de que ela queria algo comigo. Agora achava estar sendo vítima de uma brincadeira. De criança, obviamente! Brincadeira de criança!

Foi quando ela me surpreendeu outra vez. Sussurrou:

– Quer me ver?

Senti um arrepio na espinha dorsal. Se dissesse que queria, estaria dando um passo perigoso em direção à infidelidade. Pensei na minha mulher, pensei nos meus filhos, pensei que eu, um quarentão, tendo um caso com uma adolescente de dezesseis anos, seria um escândalo. Seria acusado de tarado.

Pedófilo não, que ela estava longe de ser criança. Tarado, certamente. "Sedução" é o que prevê a lei para esses casos. Eu, um sedutor de menores. Justamente eu, um advogado. Pensei que devia me preservar, que devia fazer o certo, que devia proceder como um homem de verdade. Respondi:

– Quero.

– Imagino que isso não possa acontecer em um local público – finalmente, ela estava facilitando as coisas.

– Seria melhor que não.

– Onde, então?

Onde, onde, onde? Minha vontade era propor de irmos direto para um motel, mas como sugerir isso para uma mulher no primeiro encontro? Ainda mais uma coisinha de dezesseis anos! Uma menina! Não, um motel estava fora de cogitação. Pelo menos agora. Onde, então?

– Que tal a tua casa? – propôs ela.

Ri. Meu Deus, o que essa menina está pensando??? Num momento, parece compreensiva da minha situação de homem casado, pai de família. No outro, vem com essa história de ir para a minha própria casa. Será que endoidou?

– Na minha casa... Não pode...

– Não pode?... Não vai poder... nunca?

– Algum dia, talvez... – não queria descartar nada naquele momento.

– Então só tem uma solução – a voz dela era muito decidida.

– Qual?

– A minha casa.

– A sua??? – estremeci. – E a sua mãe?

– Ela me deixa sozinha o dia inteiro. Só volta depois das dez da noite.

– Mas... Sua casa? Não sei, eu...

– Não quer?

– Eu? Quero. Claro...

– Então amanhã. Às quatro. Anota o endereço.

Meio que sem pensar, anotei. Ela ditou o endereço, despediu-se e desligou. Fiquei com o fone na mão, pasmado, pensando o que mais pensava desde que conhecera aquela menina: o que faço? O que faço? O que faço???

4

Suzi, Suzi, Suzi, só pensava em Suzi.

Ao chegar em casa, olhei bem para a minha mulher. Ela tem comissuras sobre o lábio superior. Pequenas rugas que lhe murcham a boca. E a carne sob os braços está cadente. Por favor! Quando uma mulher chega a essa fase, é o fim. Ou o começo do fim.

Que diferença das carnes rijas e tenras e macias e deliciosas e apetitosas e frescas e rosadas de Suzi. Suzi, Suzi, Suzi. E se Suzi estivesse comigo, aqui, agora, nesse apartamento? Poderia, por que não? Tantos casais se separam...

Pagaria uma boa pensão para a minha mulher, ela cuidaria dos nossos filhos. Até deixaria o apartamento para ela. Iria morar com Suzi na nossa casa em Pinhal. Teria de me afastar um pouco aqui de Porto Alegre, lógico, nosso relacionamento certamente causaria algum escândalo na sociedade, sabe como esta cidade é conservadora.

Imagino-me com Suzi, passeando pela praia, ela com um biquíni minúsculo, eu de bermuda de surfista, sem camisa... Sem camisa... Apalpei a cintura. Decidi que vou retomar meus abdominais diários. Vinte no primeiro dia, depois vou aumentando, cinco por dia, até chegar a... quinhentos, talvez? Quinhentos é tanto...

Mas quê! Estou divagando. Imagina deixar minha boa vida de casado, estabelecido, meus dois filhos, a mulher que já me acompanha há quinze anos, deixar tudo isso por uma pirralha, uma menina que nem conheço direito. Como a gente fantasia, meu Deus...

Se bem que a vida é tão curta. Por que não aproveitar um pequeno e doce pedaço dela? Suzi, Suzi, Suzi. Oh, mais uma vez me pergunto: o que fazer, Cristo??? Levei essas reflexões para a cama. Devo ter dormido umas duas horas, durante as quais sonhei com Suzi.

No dia seguinte, acordei cedérrimo e tomei o banho mais demorado da minha vida. Até passei creme. Li na *Zero Hora* que alguns homens têm passado creme no rosto, então, tasquei creme e saí todo perfumado para o escritório.

O dia inteiro oscilei. Ora decidia que ia ao encontro, ora resolvia que nunca mais a veria. Perto das três horas, finquei pé: não iria. Pronto. Era muito perigoso. Muito arriscado. E tudo por quê? Por uma aventura sem significado? Não, não valeria a pena.

Então, meu celular apitou. Uma mensagem acabara de entrar. Conferi: era ela. Suzi.

Uma única frase. Uma pergunta: "Você vem?"

Respondi, apressado: "Estou indo!"

Apanhei meu paletó, disse à secretária que não voltaria mais, que tinha uma reunião importante, nem dei bola quando ela ciciou "reunião, é?", pensei que tinha de demiti-la qualquer dia desses, e saí, zunindo.

Encontrar-me-ia com Suzi.

Sim! Suzi, Suzi, Suzi!

5

Às quinze para as quatro, rodava com meu Palio fúcsia por uma rua sombria do bairro Sarandi. Ah, essas meninas do subúrbio... São as mais espertinhas, todo mundo sabe.

Parei diante de um prédio encardido. Conferi o número. Aquele mesmo. Desci do carro, caminhei até a porta do prédio, apertei no botão do porteiro eletrônico. Esperei por dez segundos, vinte segundos, não atenderam. Seria o endereço certo? Conferi mais uma vez. Talvez estivesse chegando cedo demais...

Premi o botão novamente. Agora, sim, ouvi uma voz feminina dizendo alô. Não tinha a certeza de que era ela, mas mesmo assim falei no aparelho:

– É o Aírton!

Como resposta, ouvi o som da fechadura eletrônica se abrindo. Empurrei a porta. Entrei. Ela morava no segundo andar. Não havia elevador. Subi pelas escadas, de dois em dois degraus. Dois, quatro, seis, oito, dez, doze, quatorze, dezesseis.

Parei diante da porta do apartamento. Respirei fundo. Levantei o dedo para premer a campainha. Antes que a tocasse, a porta se abriu. Lentamente. Lentamente. Era ela. Suzi.

Suzi, Suzi, Suzi.

Vestia uma camiseta branca, básica, e só. A camiseta servia-lhe de vestido, descia-lhe até o começo das coxas lisas. Estava de pés descalços e tinha o cabelo molhado. Recém saíra do banho, cheirava a água quente e a sabonete.

Era como se eu estivesse diante da própria primavera. Fiquei com lágrimas nos olhos. Contive-me a custo para não me atirar a seus pés ali mesmo, no corredor, e beijar seus tornozelos perfeitos. Sério: eram os tornozelos mais perfeitos que já vira.

– Entra – ordenou ela, com um sorriso de covinhas.

Entrei, o coração palpitando. Uma sala de estar típica da classe média. Um sofá surrado, uma poltrona mais surrada ainda, um tapete ralo e a indefectível TV. Sobre a mesinha de centro, flores de plástico; sobre a estante, livro nenhum, exceto um pocket do Anonymus Gourmet e a Bíblia.

Aquela singeleza me emocionou. Havia um clima de austeridade naquele lugar. Suzi acomodou-se no sofá, puxando para cima os dois pequenos pés número 35. A camiseta subiu mais um pouco, revelando-lhe mais meio palmo de pernas rosadas. Lindo aquilo.

– Senta – disse ela.

Sentei-me. Fiquei olhando para ela, olhando bem dentro de seus olhos. Ela sustentou o olhar. Enrubesceu, afinal. Em um segundo, transformou-se numa menininha. Na menininha que era. Baixou a cabeça, sorriu sem jeito.

– Tô com vergonha – miou.

Senti-me enternecido. E ao mesmo tempo excitado. Meu coração batia com força, minhas virilhas formigavam de prazer.

Aproximei-me dela. Ela não se moveu.

Aproximei-me mais. Ela continuou quietinha, encolhida no canto do sofá, uma menininha, uma coisinha.

Abracei-a. Senti seu corpo quente de encontro ao meu. Ela se aninhou no meu peito. Seus braços delicados me envolveram, e eu a envolvi com os meus. O cheiro quente e doce de seu hálito bafejava meu rosto, e era inebriante.

Fitei seus lábios polpudos. Ela respirava com força. Ofegava. Eu ofegava também.

Então a beijei. Eu a beijei. Eu a beijei.

E foi uma das emoções mais plenas que senti na vida, sua língua macia enrodilhando-se na minha, seus dentes brancos se chocando com os meus.

Foi tão bom. Tão bom. Foi aí que ouvi aquele ruído horrendo.

O pior ruído que poderia ouvir num momento como aquele.

6

Alguém estava mexendo na fechadura! Cristo, alguém estava tentando entrar! Quem, Senhor? Quem???

Como se eu tivesse feito a pergunta em voz alta, Suzi respondeu:

– É o Tijolo! – e acrescentou, aparentemente em pânico: – Meu Deus, meu Deus!

Saltei do sofá:

– Tijolo? Que Tijolo???

– Meu irmão mais velho! Meu Deus, meu Deus!

Olhei para a porta. O Tijolo continuava forçando a fechadura. Não estava conseguindo entrar.

– Teu irmão?

– Meu Deus, meu Deus!

– Você não me disse que tinha irmão!

O Tijolo continuava girando a chave do lado de fora, em vão.

– Você precisa fugir! Meu Deus, meu Deus!

– Eu? Fugir? Do seu irmãozinho? De jeito nenhum! Sou um adulto, um homem feito, não tenho medo. Não, garota, medo é uma palavra que não consta no meu dicionário. Vamos enfrentar essa situação com maturidade, com hombridade, com...

– Está louco??? – Suzi saltou do sofá. – Meu irmão é uma fera!

– Teu irmãozinho? – sorri. – Por favor...

– Irmãozinho??? Ele tem 25 anos, um metro e noventa, mais de cem quilos. E luta jiu-jítsu!

– Meu Deus, meu Deus!

– Suzi!!! – o Tijolo berrou do lado de fora, e sua voz parecia ser a de um homem forte fisicamente. – Suzi!!! Você deixou a chave na fechadura, Suzi!!! Abre a porta, Suzi!!!

– Pula a janela! – sugeriu Suzi.

Corri para a janela. Olhei para baixo. Dois andares que pareciam vinte.

– Vou me quebrar todo se me jogar daqui!

– Meu Deus, meu Deus!

– Suzi!!! Tem alguém aí contigo, Suzi???

– Meu Deus, meu Deus! – repetiu Suzi.

– Meu Deus, meu Deus! – concordei.

– Suuuuziiii!!! Abre essa porta, Suzi! Vou derrubar a porta, Suzi!!!

Nós dois:

– Meu Deus, meu Deus!!!

– Vou derrubar essa porta, Suzi!!!

– Vem pro quarto! – ela pegou na minha mão.

Corremos para o quarto.

– Debaixo da cama! – ela disse.

A solução clássica. Humilhante. Mas era o que tínhamos para o momento. Agachei-me, olhei e estremeci: a cama era baixa demais.

– Não entro aqui!

– Meu Deus, meu Deeeuuusss!!!

– Suzi! Quem é que está aí contigo??? Quem está aí, Suzi???

Nós corríamos para um lado e para outro, sacudíamos os braços, não sabíamos o que fazer.

– Vou contar até dez, Suzi! Se essa porta não se abrir até o dez, eu vou arrombar, Suzi!

– Meu Deus!

– UM!

– Meu Deus!
– DOIS!
– Quem sabe o banheiro? – especulei.
– TRÊS!
– Ele vai te achar no banheiro!
– QUATRO!
– E o armário?
– CINCO!
– Muito pequeno!
– SEIS!
– Onde, então?
– SEEEETE!
– Meu Deus!
– Na cortina! Atrás da cortina!
– OITO!!!

Acomodei-me atrás da cortina.

– Fica quieto – ordenou Suzi. – Não fala nada! Ai, meu Deus.

– NOVE!!!

– Estou indo – gritou ela. – Estou indo!!! Meudeusmeudeusmeudeus!

– DEZ!!!!!!!!!!!!!!!

7

Lá estava eu. Escondido atrás de uma cortina de um quarto de menina, tremendo de medo de um irmão brabo que lutava jiu-jítsu e que tinha um metro e noventa de altura e que pesava mais de cem quilos e que, se me descobrisse, ia me transformar num estrogonofe.

Cena mais clichê impossível. Logo eu, advogado bem constituído, homem sério, com mulher, filhos, uma carreira, um Palio fúcsia, com mais de dez mil na caderneta de poupança. E por quê? Por causa de uma pirralha de dezesseis anos. Por causa da luxúria.

Ouvi a voz dela na sala:

– Pra que todo esse escândalo, Tijolo?

E o vozeirão dele:

— Quem taí, Suzi? Quem taí?
— Ninguém... Ficou maluco?
— Ouvi voz de homem, Suzi!
— Era a televisão.
— A televisão está desligada.
— Eu desliguei agora, ué.
— Ah, é? Deixa eu ver...

Supus que o Tijolo ia pôr a mão na TV a fim de constatar se estava quente. Acertei. Um segundo depois, ele exclamou:
— Está fria! Onde está ele?
— Não tem ninguém aqui, Tijolo! Ficou louco?
— Onde está esse safado?
— Pára, Tijolo!
— Eu vou achar! Eu vou achar!

Comecei a suar. E a rezar. Tremer, já estava tremendo. Seria uma humilhação. Seria uma vergonha. Minha mulher, meus filhos, meus amigos, meus colegas, todos iam se decepcionar comigo. E eu ainda ia levar o maior pau daquele brutamontes que bufava e berrava pela casa.

Podia ouvir o som da respiração pesada dele, dos seus passos de mastodonte, de móveis sendo arrastados, de portas de armários sendo abertas, dele urrando:
— Cadê o desgraçado??? Cadê??? Vou matar! Vou matar esse tarado!!!

Era o que eu era. Um tarado. Um quarentão patético que queria se refocilar nas carnes lisas de uma menina de dezesseis anos. Oh, Deus, talvez eu merecesse aquele fim: ser torturado até a morte por um monstro lutador de jiu-jítsu, ser sovado por manoplas do tamanho de raquetes de tênis, ter minha cara convertida num xis galinha.

Prometi a Jesus, Maria e José ali mesmo que, se saísse daquela, nunca mais me meteria em aventura semelhante. Nunca mais! Transformar-me-ia em modelo de virtude conjugal. Aírton, o marido perfeito.

No instante mesmo que terminara de fazer minha promessa aos céus, percebi alguma movimentação perto de mim. Então, o horror!, a cortina se abriu!

8

SUZI!!!

Foi Suzi.

Foi ela quem abriu a cortina, graças ao Cavalo Celeste! Mas, naquele átimo de segundo em que o tecido foi afastado, confesso: quase que minha bexiga afrouxou. Foi por uma contração que não me urinei todo. Ia ser um fiasco.

– Vem! – sussurrou ela, num tom evidentemente urgente. – Ele está na área de serviço. Aproveita para fugir. Vem! Vem!

Não contestei, não falei nada, não argumentei. Saí correndo dali, deixando Suzi para trás, sem nem olhar para ela, sem dizer tiau, pensando: meu Deus, meu Deus!

Quando cheguei ao limiar da porta, ouvi o berro:

– QUEM É ESTE VAGABUNDO???

Olhei para trás e vi o Tijolo, que assomava à sala, esbaforido. Cristo! Sabe aquela cena em que o David Banner se transforma em Hulk? Era essa a pose do cara. E o tamanho também. E a cor: ele estava verde de raiva. Gritei:

– Meu Deus!

E deitei o cabelo, passei sebo nas canelas, saí em desabalada corrida, fugi covardemente, enfim, com ele atrás de mim, urrando:

– EU MATO! EU MATO!!!

Não tenho vergonha de dizer que sentia vontade de chorar enquanto corria como uma gazela pelo corredor, despencava escada abaixo e gania de pavor. Ao alcançar a porta do edifício, olhei mais uma vez para trás e vi. VI!

Jesusmariajosé!!! O Tijolo vinha que era uma locomotiva, bufando e resfolgando, vermelho e faiscante. Aquela cena terrível me deu ainda mais forças para correr. Joguei-me para dentro do meu Palio fúcsia, demorei o que me pareceram vinte minutos para acertar a ignição e arranquei, enquanto o Tijolo chutava e socava meu carro, gritando que ia me matar.

A tremedeira não passou antes de quinze minutos. Nem voltei ao escritório. Avisei minha secretária que estava me sentindo mal e que ia para casa. Ela respondeu com alguma ironiazinha que me irritou e me fez pensar que deveria demiti-la qualquer dia desses.

Minha mulher ficou muito surpresa ao me ver chegando em casa numa hora daquelas. Disse-lhe que havia decidido tirar o resto do dia para ficar com a família. Ela piscou, desconfiada, e mais desconfiada ficou quando a convidei para comer bolinho de batata no Schulas.

Não consegui relaxar naquela noite. Nem dormir direito dormi. Pela manhã, cheguei ao escritório decidido: infidelidade, nunca mais. O advogado Aírton, aqui, acabava de se tornar o maior monógamo do mundo!

Tomei várias resoluções: gastaria mais tempo com minha mulher e meus filhos. Faríamos uma viagem. Cancun. Todos nós. Juntinhos. Ia ser legal. E não dormiria mais tanto nas tardes de domingo. Permaneceria horas e horas e horas com eles. Com minha família. Transformar-me-ia em um pai e em um marido perfeito.

Aírton, o bom marido.

Pensava em tudo isso, quando minha secretária anunciou pela linha interna:

– Dona Ângela está aqui.

– Quem?

– Dona Ângela.

– Não sei quem é.

– Sabe... – percebi a malícia nas reticências da secretária, a desgranida. – É a mãe da Suzi. A menininha – abri a boca quando a maldita secretária acrescentou, cheia de sarcasmo: – E ela está furiosa.

A tremedeira que senti no dia anterior voltou com força. Engoli em seco. Perguntei:

– O Tijolo está junto?

– Tijolo?

– É... O Tijolo...

– Tijolo?... Ei... Peraí, minha senhora! A senhora não pode...

Era óbvio que a mãe da Suzi estava forçando a entrada. Decerto estava com o Tijolo! Que que eu ia fazer? Não havia para onde correr! Saltei da cadeira. A porta se abriu. A mãe de Suzi entrou. Fincou as mãos na cintura. E rosnou:

– SEU TARADO!!! VOCÊ VAI PAGAR PELO QUE FEZ!!!

9

– Vou chamar a polícia! – avisou minha secretária, postada atrás da mãe de Suzi.

Ela queria, obviamente, assustar a mulher. Mas a última coisa de que eu precisava naquele momento era da intervenção da polícia. Tentei acalmá-la. Tentei acalmar as duas.

– Não! – gritei. – Não é necessário. Eu resolvo isso.

A mãe de Suzi me olhava com um sorriso debochado, as mãos à cintura.

– Por favor – disse para ela. – Por favor – fiz um gesto com as duas mãos espalmadas. – Sente-se. Vamos esclarecer isso tudo. Vamos conversar...

A secretária continuava parada na soleira da porta. Agora não parecia mais espantada. Parecia tão debochada quanto a mãe de Suzi. Irritei-me com o olhar sardônico da maldita secretária. Por que ainda não a demiti? Isso é algo que alguém tem que me explicar.

– Feche a porta, por favor – disse para a secretária.

A mãe de Suzi já se acomodara diante de mim, sentada de pernas cruzadas, a bolsa preta no colo, o mesmo sorriso irônico nos lábios.

– O senhor teve um caso com a minha filha. Uma menina de dezesseis anos – ciciou ela, entre dentes, numa voz sussurrada, acusatória, raivosa.

– Não! Não tive! Juro!
– O senhor a agarrou!
– Nããão! Juro que não!
– O senhor bolinou minha menina!
– Não! Não!
– O senhor a apalpou, a acariciou, a sovou!
– Não! Não! Não!
– O senhor despiu minha filha de dezessseis anos!
– Por Deus! Não! Nããão!

– O senhor a deixou nua! Nua em pêlo! Nua como ela nasceu! Ela que é tão criança...

– Não, não, nãããããããã...

– O senhor a penetrou!!!

– Aaaaaah, nãããão!!!!!!!

Aquilo era uma tortura. Eu suava. Estava prestes a sair correndo dali. Juntei as mãos. Jurei:

– Pelos meus dois filhos: eu não mantive relações com a sua filha! Não mantive!

– Não?

– Não!

– Então o que o senhor estava fazendo no meu apartamento, sozinho com ela?

Pisquei. Senti-me tonto. Tomei ar. Tentei argumentar:

– Eu... Ah... Eu sei que é difícil de explicar...

– O senhor é casado.

– Eu... Sou...

– A sua mulher sabe que o senhor estava no meu apartamento, de tarde, sozinho com minha filha de dezesseis anos?

– Não! – falei um pouco alto demais aquele não. – Não – repeti, mais calmo. Suspirei. As coisas não estavam bem paradas. Ela tinha o domínio da situação. Precisava inverter o jogo. Precisava levar a discussão para um caminho mais desimpedido para mim. – Olha... O que a senhora pretende?

– O que eu pretendo... – ela começou a mexer na bolsa. Estremeci. O que ela tiraria daquela bolsa? Puxaria uma arma?

– O que eu pretendo... – continuava olhando para o interior da bolsa. Senti medo, naquele momento. Muito medo.

Comecei a falar rapidamente, tentando ganhar tempo:

– Olha, a senhora precisa acreditar. Não houve nada entre mim e a sua filha. Nada. Por Deus. Juro. É verdade que fui lá. Admito isso. Mas não fizemos nada. Nada, nada, nada. Nem toquei nela. Nunca encostei um dedinho na sua filha. Garanto que...

Ela puxou algo da bolsa. Algo de metal. Preto. Brilhante. Meu Deus, uma arma??? Aquele meio segundo foi uma eternidade para mim. Mas não era uma arma. Era um celular. Fiquei um pouco mais calmo. Ela manteve o celular na mão fechada. Fitava-me calmamente.

— Vou dizer o que eu pretendo – falou, afinal.

— O quê? – estava ansioso por terminar aquilo de uma vez.

— O que a senhora quer?

Ela levantou uma sobrancelha.

— Simples. Quero o que todo mundo quer.

— O que todo mundo quer? – não estava entendendo muito bem. Seria sexo? É sexo o que todo mundo quer? Ela ficou subitamente séria.

— Quero dinheiro.

Arregalei os olhos. Não era possível. Aquilo não estava acontecendo comigo. Estava sendo chantageado! Conhecia histórias assim. O chantagista, depois que arranca a primeira importância da vítima, não pára mais. Até arruiná-la. Até liquidá-la. Até sugar todo o sangue dela.

E era exatamente o que estava se sucedendo ali, no meu escritório. Senti-me infeliz. Senti-me um otário. E compreendi: era uma armação. Tinha caído numa cilada. Suzi, desgranida, decerto era a décima vez que fazia aquilo! Oh, Deus, o que ia fazer?

10

Era chegada a hora de colocar minha cabeça treinada de advogado para funcionar. Tinha um problema diante de mim e precisava resolvê-lo por meio da minha especialidade: a lógica. Sim, nós advogados somos dotados de uma lógica fria, metálica, cortante, invencível.

Nos escassos segundos de que dispunha, pus-me a raciocinar. Todo o poder de minha massa cinzenta foi mobilizado naqueles breves segundos. Em primeiro lugar: o que ela tinha contra mim?

Muito pouco.

Não precisava temer qualquer punição legal. Poderia ser acusado de sedução, mas que juiz condenaria um homem por ter se envolvido com uma moça de dezesseis anos numa cidade grande? Fosse uma ingenuazinha do interior, talvez, mas uma ladina como aquela Suzi? Por favor! Não, legalmente eu não tinha nada a temer.

Mas e o escândalo? É, o escândalo não seria positivo para mim. Além disso, havia a minha mulher, os meus filhos. Só que, neste caso, eu simplesmente negaria. Diria que nunca tinha havido nada entre nós, eu e Suzi. Quem poderia provar o contrário? Havia só o testemunho do Tijolo, mas eu diria que ele está mentindo a fim de me extorquir. Isso! Essa era a saída! Negar, negar e negar.

Suspirei, um pouco mais aliviado.

Nada como a lógica indúctil dos advogados.

– Minha senhora – estava bem mais tranqüilo ao dirigir-me à megera.

– Pense bem no que a senhora está fazendo – sorri um sorriso superior.

– O que a senhora tem contra mim? Nada. É a minha palavra contra a sua. Só. Não existe nada, nada, nada. Sou eu, um advogado conhecido na praça, contra a senhora, que está tentando me chantagear. Portanto, sugiro que...

– E isso? – ela mostrou o celular que tinha na mão.

Abri a boca. Não estava entendendo. Foi o que disse.

– Não estou entendendo...

– Esse é o celular da minha filha.

– Da sua filha?

– É. Da minha filha. Suzi. Aquela que o senhor seduziu.

– E o que é que tem este celular? – eu realmente não estava entendendo.

– O que é que tem? Vou lhe dizer o que é que tem esse celular: tem registrada uma troca de torpedos entre um quarentão e uma menina de dezesseis anos. O que o senhor acha disso?

Um segundo. Em um único segundo, meu sangue gelou, ferveu, congelou, ferveu de novo. Meu coração ficou petrificado e meu cérebro treinado de advogado virou patê. Ela tinha provas. Eu estava perdido.

Mais uma vez, senti vontade de chorar. Aquilo estava se tornando um hábito. Olhei para a harpia à minha frente. Se tivesse um revólver na gaveta, por Deus, a fuzilaria ali mesmo. Naquele instante, decidi participar da campanha contra o desarmamento.

– Vamos negociar? – sugeriu ela, sorrindo maliciosamente.

– Vamos... – suspirei, derrotado. – Quanto?

Ela abriu ainda mais o sorriso. Achei que ia esfregar as mãos. Tornou a guardar o maldito celular na bolsa.

– Vinte mil – sentenciou a maldita.

Saltei da cadeira:

– Vinte mil?!?

– É pouco. A paz vale mais do que vinte mil.

– Não tenho vinte mil!

– Sente-se.

Eu estava de pé. Continuei de pé.

– A senhora está louca! Eu não tenho vinte mil!

– Sente-se! – desta vez ela elevou a voz.

Obedeci. Sentei-me.

– Não tenho vinte mil... – repeti, quase num sussurro.

– Quanto o senhor tem?

Engoli em seco.

– No máximo, dez mil. É tudo que tenho. É a minha poupança de toda a vida.

– Muito bem – ela se levantou. – Dez mil. Amanhã. Às quatro horas. Volto aqui às quatro horas de amanhã. Passar bem.

E se foi, deixando-me a pensar que aquela família adorava esse horário das quatro horas.

Eles iam me arruinar, era isso que eles iam fazer comigo. Estava à mercê deles. Um patinho. Um otário. Não iam libertar-me jamais, minha vida se transformaria em um inferno, eu estava acabado. Tinha de fazer alguma coisa. Algo radical. Algo definitivo para me livrar daquela prisão. Para liquidar aquela gente. Mas o quê? O quê???

11

Minha poupança! Meus dez mil! As economias de toda uma vida! Tudo perdido, tudo pelo ralo!

Oh, Senhor! Onde estás, que não respondes? Em que estrela tu te escondes?

Permaneci uns quinze minutos, talvez mais, talvez meia hora, com a testa colada ao tampo da mesa de trabalho, desesperado, rezando, xingando o Cavalo Celeste, rezando outra vez, pensando em me matar, em esgoelar a desgranida da Suzi, em suicidar a mãe dela, em dar um tiro no olho do Tijolo, pensando na minha mulher, nos meus filhos, Cristo!, o que eu faria?

– Probleminhas? – era a voz irônica da secretária, que estava à porta, me olhando com aquela sua cara de deboche.

Olhei para ela. Não tinha forças nem para me irritar.

– Probleminhas? – repetiu.

– Não – respondi, com dificuldade. – Por favor, feche... a porta...

Ela obedeceu, não sem antes lançar-me um outro olhar sardônico. Por Deus, vou demitir essa bruxa. Ah, vou!

Aí me irritei de verdade. Todas as minhas energias se concentraram na secretária odienta. Comecei a planejar a demissão dela. Faria isso agora mesmo. Chamaria-a ao meu gabinete e diria, brutal e singelamente:

– Arrume suas coisas e suma daqui! A senhora tem três minutos para desaparecer da minha vista!

Sim, era o que eu faria. Era exatamente o que eu faria! Olhei para o telefone, pronto para chamá-la, e o telefone, como se soubesse o que eu iria fazer, tocou. A linha interna.

A secretária.

Com aquela sua vozinha irritante:

– Ligação para o senhor...

– Quem é? – gritei, pouco disposto a aturar qualquer insinuação da bruxa.

Ela esperou alguns segundos até falar. Enfim falou:
– Suzi.

Entesei na cadeira. Suzi? Seria mesmo Suzi?
– É a Suzi?

– Suzi... – aquela vozinha outra vez.

Minha cabeça rodava, rodava mais que os casais.

O que devia fazer? Devia dizer que nunca mais falaria com aquela trapaceira? Sim, era o que eu faria. Daria uma lição na espertinha. Sim! Eu não sou um qualquer! Sou o advogado Aírton! Um homem adulto, maduro, responsável!

Sim!!! Mas... Mas o que ela poderia querer comigo? A curiosidade me acicatava. O que ela poderia querer? Extorquir-me ainda mais do que fez sua mãezinha? Família de pelintras! Ia xingá-la, isso sim! Ia espinafrá-la! Decidi atender.

– Alô.
– Oi... Tudo bem?

Falou como se nada tivesse acontecido, a cínica!

– Tudo – mantive-me duro, frio, impassível. Como o detetive Philip Marlowe.
– Tenho uma coisa importante para falar para você.
– O que poderia ser? – agora eu estava sendo tão debochado quanto a minha secretária.
– Ai, estou tão chateada com o que aconteceu lá em casa...
– Imagino – minha fina ironia escorria pelo fio do telefone. Podia congestionar as linhas, minha fina ironia!
– Tenho que pedir desculpas pelo Tijolo. Ele é um bobão. Já conversei com ele. Ele está mais calmo, não vai incomodar.
– Não? – ironia, ironia, a mais fina ironia, a nata da ironia, a ironia das ironias!
– Não... E eu também tinha uma coisa pra te pedir – ela falava como se tudo estivesse normal, uma atriz consumada, aquela menina.
– Pra mim? O quê? – imaginei que agora é que viria a mordida.
– Não liga para o meu celular, tá bem? Minha mãe me tirou o aparelho. O Tijolo contou para ela e ela me tirou o celular. Por enquanto estou sem, mas vou arranjar outro já, já. Prometo. Tenho uma amiga que vai me emprestar o dela amanhã, ela tem dois, aí eu...
– Peraí! – interrompi. – Como é que é isso?

Agora, sim, é que minha cabeça rodava.

– Isso o quê?
– Você não sabia da sua mãe?
– Sabia do quê?

173

– Que ela esteve aqui?
– Minha mãe? Esteve aí???
– Esteve! E pediu dinheiro!
– Minha mãe??? Dinheiro? Pra quê?
– Tua mãe fez chantagem comigo! Disse que se eu não lhe der dinheiro ela conta tudo para a minha mulher, para a polícia, para a imprensa, para o FBI, para todo mundo!
– Meu Deus!
– É!
– Meu Deus!
– Pois é!
– Minha mãe... Ai... Olha, tenho que desligar.
– Não! Espera!
– Tenho que desligar. Te ligo de novo mais tarde. Não sai daí, certo?
– Espera, eu... – desligou.
O que ela iria fazer? Será que havia esperança para mim? Oh, Deus, o que vai acontecer? O quê? O quê???

12

Um minuto é muita coisa. Todos aqueles segundos. Sessenta, mais precisamente, o que significa que são um mais dois mais três mais quatro mais cinco mais seis mais sete...

Você sabe: um tempão.

Eu, no escritório, esperando pelo telefonema de Suzi, contava cada segundo, contava os minutos, e, por mais que contasse, nunca enchia uma hora. Olhava para o telefone e suspirava. Havia um paralelepípedo de angústia no meio da minha garganta e areia nos meus olhos e agulhas espetando meu pequeno cérebro.

No fim da tarde, aconteceu. O telefone tocou.

Tocou, finalmente!

Atendi ao primeiro trim, ansioso.

A voz da secretária:

– Seu Aírton?

– É a Suzi??? – perguntei, apressado.

— A Suzi? – ela riu baixinho. – Não, não é a Suzi... – riu de novo.

Que raiva. Odeio essa secretária! Odeio!
— O que a senhora quer?
— Só queria saber se o senhor deseja... mais alguma coisa. Estou saindo...
— Ah. Nada. Tudo bem.
— Então até amanhã.
— Até amanhã.

Desligou, a pústula. Não tem mãe, essa secretária!
Ficamos eu e o telefone no escritório.
A tarde se foi. A noite chegou. Suzi não ligou.
Oito horas.
E o telefone tocou. Pulei sobre o gancho. Gritei:
— Alô?
— Opa. Que grito é esse? – era a minha mulher.
— Ah... Desculpa... É que estou esperando o telefonema de um cliente...
— Ah... Você vai demorar muito? Vai jantar em casa?
— Mais uma ou duas horas no máximo.
— Tudo isso?
— Muito trabalho.
— Hum. Está bem. Então, tiau. Até mais.
— Até.

E mais uma hora se foi, e outra ainda, e Suzi não ligou. Às dez horas, voltei para casa arrasado, destruído, aniquilado, rebaixado à segunda divisão. No dia seguinte, teria de ir ao banco e raspar minha poupança. Meus dez mil.

Os dez mil da minha mulher e dos meus filhos. Os dez mil com os quais ia fazer uma viagem para Ciudad del Este, ah, como queria conhecer Ciudad del Este e comprar uns aparelhos de DVD... Como sofro, Deus!!!

Naquela noite, só fui dormir às seis da manhã. Às sete, levantei. Às sete e meia, estava saindo de casa. Caminhava como se tivesse bebido uma garrafa inteira de Velho Barreiro, sem vontade, sem sentir nada. Cheguei ao escritório antes das faxineiras. Consultei o saldo da minha poupança pela internet: R$ 10.356,00. Que iriam para aquela bruxa. Quanta tristeza. Quanta dor.

Resolvi que só retiraria o dinheiro uma hora antes do meu encontro com a maldita mãe de Suzi. Alguma coisa poderia acontecer até lá. Quem sabe?...

Mas não aconteceu. É duro contar: não aconteceu.

Às três da tarde, saquei dez mil reais da minha poupança e voltei para o escritório. Ao passar pela secretária, ela comentou, com o velho tom de deboche:

– Probleminhas?

Minha resposta foi um suspiro. Pensei vagamente que deveria demitir aquela secretária. Entrei no gabinete. Sentei-me. Tirei os dez mil de uma sacola que trouxera do banco. Comecei a contar o dinheiro. Contei e recontei e contei de novo e contei mais uma vez e tornei a contar. Dez mil, dez mil, dez mil. Por que tudo é tão triste? Será que a felicidade ainda existe?

Às quatro em ponto, ocorreu o que eu esperava: o telefone tocou e a voz roufenha da secretária anunciou:

– Visita para o senhor.

Suspirei:

– Manda entrar.

Recostei-me na cadeira. Suspirei mais uma vez. A porta se abriu. E ela entrou.

Ela...

Ela...

Suzi.

De minissaia. De miniblusa. Linda, sedutora, fresca, tenra, primaveril como eu a vira pela primeira vez. Arregalei os olhos. Senti uma dor no peito. Senti o desejo a me formigar nas virilhas. E pensei: "Suzi". E pensei ainda mais: "Suzi, Suzi, Suzi!"

13

– Ó.

Foi o que ela disse: ó.

Tão lindo. Ó. Nunca tinha ouvido ó assim. Pisou com seu pequenino pé o carpete que serve de morada para os ácaros do meu escritório, fez um biquinho, seus lábios rosados se enrugaram docemente, piscou duas vezes e falou, enfim:

– Ó.

E eu fiquei nervoso.

O fato é que desejava aquela menina. Tenho de reconhecer: desejava-a, e muito. Ainda que fosse uma vigarista, ainda que pretendesse me arruinar, roubar meus dez mil, meu Palio fúcsia, minha reputação, ainda que quisesse me tirar tudo, sentia uma atração invencível por ela. Suzi. Oh, Suzi.

Suzi, Suzi, Suzi.

Aproximou-se da minha mesa. Vestia minissaia e miniblusa. E nem estava tão quente. Primavera em Porto Alegre, sabe como é. Ah, mas ela é que era a primavera.

– Posso sentar? – perguntou, com aquela sua vozinha de bombom Love me.

– Por favor... – tentei dar à minha voz um tom adulto, maduro, sereno, mas meu coração de advogado batia forte, e não é fácil um coração causídico bater forte assim. Não. Um coração acostumado a data vênias não é qualquer coração.

Sentou-se, Suzi.

Cruzou as pernas lisas, deixando exposta a curva suave das coxas, uma curva mais perigosa que a da pista de Tarumã.

Puxou a cadeira um pouco mais para perto da mesa. Levou a mão à pequena bolsa que havia deitado no colo. Fiquei apreensivo. O que ela tiraria da bolsa? Lembrei do temor que senti quando sua mãe mexeu na bolsa, no dia anterior, sobre aquele mesmo carpete, naquela mesma cadeira.

Suzi puxou um envelope pardo. Depositou-o em minha mesa. Foi com alívio que vi aquele envelope inofensivo. Pelo menos achava que era inofensivo.

– Preciso te contar o que aconteceu – disse ela, debruçando-se em direção à mesa. Com o movimento, o vale de seus seios juvenis surgiu em meio à blusa, e meu coração ficou do tamanho de uma ervilha.

– E o que foi que aconteceu? – tartamudeei, cada vez mais excitado com a visão daquela panterinha.

– Isso com a minha mãe – ela suspirou. – Isso que aconteceu. Confesso que não foi a primeira vez que ela fez algo parecido. Ai, Aírton... – passou a mão nos cabelos e jogou a cabeça para trás. – Minha mãe é um problema, sabe? Ela gosta demais de dinheiro... Dinheiro, dinheiro, dinheiro. Ela faz coisas horríveis... Então, aquele dia, lá em casa... bom... o Tijolo nos pegou, você sabe...

– Sei...

– O Tijolo viu quando você saiu correndo lá de casa.

– Sei, sei.

– E ele ficou furioso.

– Como sei...

– Foi difícil controlar o Tijolo. Só consegui acalmá-lo no dia seguinte, mas, naquela noite, quando a mãe chegou, ele contou tudo pra ela. Aí ela pegou meu celular, disse que ia me castigar por aquilo me tirando o celular. Só que, ai, Aírton, só que eu acho que ela desconfiava que nós tínhamos trocado torpedos. É claro que ela já pensava em algo assim, é claro que pretendia pegar o celular como prova.

– É claro... – não conseguia parar de olhar para o decote dela.

– Pois é. Daí ela tentou fazer aquilo contigo. Te tirar dinheiro...

– É verdade... – como ela era fresca, como ela era tenra. Naquele momento, nem me importava mais com o meu dinheiro.

– Mas, Aírton, eu não sabia de nada.

– Não sabia? – franzi a testa. Não sabia se podia acreditar naquilo.

– Não. Juro! E posso provar.

– Como?

– Com isso aqui – ela apontou para o envelope pardo sobre a mesa. Até já havia esquecido do envelope.

– O que é que tem aí?

– Meu celular.

– Teu celular!

– Aquele celular.

– Aquele!

– Tirei da minha mãe. Sem que ela visse, claro. A essa hora deve estar louca, procurando pelo aparelho, revirando a casa toda – Suzi desenhou um sorrisinho safadinho naquela sua carinha safadinha. – É claro que ela sabe que, sem o celular, ela não tem nada – prosseguiu. – Mas ela nunca vai saber onde o celular está. Até já consegui outro – mexeu na bolsa de novo e de lá tirou um pequeno aparelho prateado. Ficou com o aparelho na mão. – É claro, também, que ela ainda vai tentar pedir o seu dinheiro. Aí você vai ter que dizer que duvida que ela tenha provas, vai ter que lidar com ela. Sem falar dessa minha visita, claro.

– Claro, claro!

Estava encantado. Estava emocionado. E o melhor: estava salvo! Suzi me salvara, me arrancara das garras furiosas de sua própria mãe! E eu, que havia duvidado dela! Oh, que menina maravilhosa! Que docinho! Que coisinha! Que anjo! E como era linda, meu Deus...

Ela se levantou. Ajeitou a saia com as mãos. Sorriu, e a sala se iluminou.

– Como você vê, eu não sabia de nada. Nunca menti. Agora vou embora – miou.

– Não! – pulei da cadeira.

– Não? – ela levantou uma sobrancelha.

– Não... – contive-me. – É que... Suzi... Eu queria saber: por que você me ligou aquele dia? Por que quis se encontrar comigo?

Ela abriu ainda mais o sorriso.

– Eu te escolhi – ciciou e encolheu uma perna, como se estivesse envergonhada. Parecia realmente envergonhada.

– Me escolheu?

– É. Eu queria que meu primeiro homem fosse um homem maduro. Um homem que soubesse o que fazer com uma mulher.

Arregalei os olhos. Enrubesci como uma bandeirante adolescente. Comecei a tossir. Enquanto tossia, desnorteado, pensava: ela é virgem! Meu Deus, ela é virgem! Achava que fosse uma safadinha, uma malandra, uma garota que já tivesse passado por meia dúzia de namorados, e ela é virgem!!!

– Você... – balbuciei, depois de me recuperar. – Você é... é... é...

– Sou – interrompeu ela. – Sou virgem.

Virgem! Intocada! Nenhum homem jamais se cevou naquele corpo rijo e macio. Nenhum! E ela me queria! Ela se ofereceu a mim! Meu Deus! Meu Deus, meu Deus, meu Deus!

Quando limpei o suor da testa, Suzi já estava à porta.

– Tiau – disse ela, lançando-me um último sorriso. – O envelope é teu.

E se foi, rápida como um fantasma.

Ainda pensei em sair correndo atrás dela, mas lembrei da minha secretária. Ela decerto tiraria uma conclusão maliciosa, se eu me jogasse atrás de Suzi, decerto iria contar aquilo para alguém, não duvido que contasse até para a minha mulher. Maldita! Ainda demito aquela secretária.

Comecei a andar pelo escritório, tonto. Cristo, que oportunidade perdida! Que aventura louca! Que vida!!! Bom, mas pelo menos eu havia me saído razoavelmente bem daquela loucura toda...

Apesar de sentir-me aliviado, certa apreensão oprimia-me o peito. Nunca mais veria Suzi, isso era certo. E nem poderia procurá-la, de jeito nenhum. Ela disse que havia sido difícil acalmar o Tijolo. E aquela mãe dela era uma ameaça permanente, ah, era. Uma louca trapaceira, era isso que ela era. Não podia me arriscar. Já havia me arriscado o suficiente.

Mesmo assim, estava triste com o desfecho da história. Estava frustrado. Essa a palavra certa: frustrado.

Caminhei até a mesa. Olhei para o envelope. Sopesei-o e o abri. Saquei o celular de dentro e, junto com o celular, um papel. Um bilhete de Suzi. Uma despedida, pensei.

Não era um bilhete. Era um número. Oito números, na verdade. Refleti. O que será que... O novo celular dela! Meu coração pulou na garganta. Li e reli aquele número, li e reli, li e reli.

Pensei que seria arriscado, muito arriscado, que não valia a pena tentar, que poderia passar por todo aquele inferno de novo, que já havia me livrado de toda a confusão e que não precisava daquilo para mim, ah, não, eu era um homem feito, um adulto, um advogado bem constituído, com mulher, dois filhos, dez mil na poupança, um Palio fúcsia, era isso o que eu era.

Por que arriscar tudo isso? Por quê??? Mas aquele número reluzia diante de mim, piscava como um anúncio de néon, e perguntei para mim mesmo: por que não? Afinal, ela é Suzi. Ah, Suzi.

Suzi, Suzi, Suzi.

A devoradora de homens

1

Milena sofria de furor uterino. Terrível mal. Muitas mulheres foram atormentadas por essa moléstia de difícil diagnóstico. Afinal, até onde pode ir o apetite carnal? O que é a libido saudável e o que é a loucura do desejo?

Uma das vítimas dessa triste doença foi a imperatriz Messalina, loira esposa de Claudius, quarto César romano. Messalina era sequiosa de sexo e fazia-o com sofreguidão, em qualquer parte, com qualquer romano, fosse ele gladiador, centurião ou escravo, até que suas partes pudendas ficassem em carne viva, doloridas e ainda insaciadas. Prostituía-se na Suburra, o bairro do pecado da Cidade Eterna, mas não pelo dinheiro, e sim pelo prazer.

Messalina era viciada no prazer.

Quanto à Milena, podia ser considerada a Messalina do Moinhos de Vento, bairro que, se não é uma Suburra, pelo menos é onde fervilha o mais elegante, o mais sensual da noite porto-alegrense. Os ataques de furor de Milena podiam se dar em qualquer lugar, a qualquer hora. Porém, ocorriam com maior assiduidade e violência se estivesse na praia, sob os ardores do verão. Aí Milena necessitava de sexo como se fosse uma dependente química. E o exercia com denodo, extinguindo as energias dos parceiros sem jamais extinguir-se ela própria. Nunca houve um homem que realmente a satisfez.

Milena. Deslizava pelo mundo debaixo de brilhantes cabelos negros que lhe roçavam os ombros. Sua tez clara dourava rapidamente aos primeiros raios do sol de janeiro. Falsa magra, tinha curvas onde devia ter curvas, era farta de carnes onde devia ser farta de carnes. Pernas longas de gazelinha, nádegas arrebitadas que ondulavam a cada passo, seios arrogantes que se eriçavam ao menor estímulo e uma cinturinha de garrafa de Coca que poderia ser completamente cingida por duas mãos fortes de homem. Tudo nela era longilíneo e elegante, tudo nela recendia a desejo. Milena fora feita para dar prazer aos homens. Caminhava com um molejo preguiçoso que os perturbava. Sua voz rouca, seu olhar blasé, seus gestos langorosos, cada pequeno naco de sua pele macia clamava por sexo, sexo, sexo.

E digo mais: sexo.

Durante os meses frios do ano, Milena até que conseguia se dominar. Contentava-se com alguns poucos namorados mensais. A primavera, no entanto, acabava chegando, como sempre chega, se tudo der certo. E, com ela, o pólen. Sim, o pólen das flores enchia o ar primaveril da cidade, bulindo com os nervos de todos, e, sobretudo, com os de Milena.

A suave brisa de setembro e outubro acariciava as pernas e o pescoço da doce morena, espalhando por todo o seu ser uma sensação quente e pulsante de quereres. Os seios de Milena ficavam mais sensíveis, sua boca se intumescia, suas faces queimavam. Ela ansiava, então, pela orla. Milena queria respirar o ar que vinha do Atlântico, queria sentir o calor da areia fofa sob os pés, queria, mais do que tudo, ondular pela praia em roupas minúsculas, mal coberta por seus biquínis sumários, suas minissaias leves como uma carícia. Queria sentir a própria nudez.

No litoral, Milena tornava-se uma mulher perigosa. Mas, num dia de dezembro, ela exagerou.

Foi longe demais.

Aconteceu em Atlântida.

E foi terrível.

2

Milena, Milena. Às franjas do oceano, não havia homem capaz de batê-la nos torneios interlençóis. Em primeiro lugar, seduzia-os. Nada difícil. Encantados com a beleza sensual da morena, eles pensavam que haviam feito a conquista de suas vidas. Errado. Eles eram as presas; Milena, a caçadora. Rapidamente, arrastava-os para o leito, onde acabavam exigidos até a mais desesperadora exaustão. Houve um, o Professor Juninho, que, quando Milena disse pela terceira vez "mais", começou a chorar convulsivamente.

Nenhum homem conseguia suprir as necessidades de Milena. Era mulher demais para eles. Assim, inferiorizados, se apaixonavam. Desabavam diante de Milena como as Torres Gêmeas abalroadas por Bin Laden. Rastejavam aos pés dela, lambiam-lhe os tornozelos macios e a sola de seus escarpins. Imploravam por seu amor, por seus favores, por suas carícias tenras e rápidas. Por onde quer que andasse, Milena pisava sobre corações. Escravizar os homens era seu esporte.

Mas aquela vez, em Atlântida... Ninguém podia esperar o que se deu. Ninguém.

Ondulando seminua pela areia da praia, Milena chamou a atenção de Fabiano, um sujeito de metro e noventa de altura, ombros de remador e braços de halterofilista. Fabiano era grande, chegava a assustar, mas, dentro do peito de aço, tinha um coração de patê. Qualquer mulher faria o que bem quisesse de Fabiano. Uma Milena poderia destruí-lo.

Foi isso, essa fragilidade de Fabiano, que açulou o instinto predador de Milena. Valendo-se de suas negaças, da sua malícia, do seu feitiço, Milena subjugou Fabiano em apenas um fim de semana. Encontraram-se pela primeira vez no sábado. O domingo nem bem havia terminado e ele já babava por ela.

Fabiano era dela. Era seu escravo. Seu brinquedo. No fim de semana seguinte, ela foi apresentada à família: o pai, tão grande quanto Fabiano, a mãe, ainda bela, e o irmão mais velho, um rapaz centrado, advogado recém-formado, muito sisudo atrás de seus óculos, decidido a deixar que lhe crescesse um bigodinho para lhe envelhecer um pouco a face jovem demais.

Esse irmão, ao beijar Milena no rosto pela primeira vez, e inalar-lhe o cheiro suave e fresco, e sentir-lhe na pele áspera de homem a pele macia da mulher feita para o pecado, esse irmão, nesse momento, estremeceu de desejo. E ela percebeu. E não foi bom.

3

Milena, Milena, Milena. Aí estava uma mulher que sabia quando um homem a queria. Era o que mais a excitava. O desejo dos homens. Gostava de sentir o poder que tinha sobre eles. Gostava de saber que podia obrigar um homem a fazer o que ela bem entendesse, só para que ele pudesse tocá-la. Saber que despertava tamanha febre preenchia sua vida.

Esse Lúcio, irmão de Fabiano, esse Lúcio ardia por ela. Viam-se todos os dias, na praia, e Milena cansara de flagrá-lo admirando-a disfarçadamente, boquiaberto, hipnotizado, babante de desejo. Quando ela chegava perto, quase que podia ouvir o coração dele bater mais alto. Quando ela falava com ele, ele enrubescia como um adolescente espinhento.

Duas semanas depois de terem se conhecido, durante um churrasco da família, Milena e Lúcio foram comprar mais cerveja, que havia acabado. Era uma noite quente. Ela vestia apenas uma saída de banho. Sua pele ainda estava salgada da água do mar. No caminho, Lúcio, já alterado pela bebida, propôs que dessem uma olhada nas ondas. Disse que gostava de ver as ondas quebrando na praia à noite. Milena topou. Pararam o carro na areia. Os dois lado a lado, respirando o mesmo ar, observando a mesma paisagem. Ele olhou para ela. Balbuciou:

– V-você é a mulher mais linda que já vi...

Milena torceu uma mecha de cabelos.

– Brigada...

– V...

Lágrimas inundaram-lhe os olhos. Milena sorriu. Como era bonito ver um homem desejá-la a ponto de chorar.

– Eu... – ele tentou prosseguir.

Milena estendeu o braço. Acariciou-lhe o rosto.

– Tadinho...

Ele pulou sobre ela, e ela deixou-se possuir rápida e quase violentamente no carro. Voltaram para a festa depois de 25 minutos, ela com o maior ar de freira que uma mulher poderia ostentar no rosto liso, ele com o coração transformado em mocotó. Não era mais o mesmo homem. Nunca mais seria.

E aquele era só o começo.

4

Milena, Milena, Milena, Milena. Ela havia transformado o irmão do próprio namorado em uma geleca sentimental. Não conseguia esquecer as coisas que ela fizera naquele carro, na praia. Nunca nenhuma mulher tinha feito... enfim, aquelas... coisas... com ele. Era algo além da sua imaginação. Como ela conseguia?... Ele não entendia, jamais conseguiria entender.

Agora, ele passava os dias em volta dela, arfando como um cachorro. E era assim que se sentia, um cachorro. E era assim que ela o tratava, como um cachorro. E era tudo o que ele queria ser: o cachorrinho dela, Milena, Milena, Milena, Milena.

Às vezes ela até lhe permitia algumas liberdades. Ela ia buscar a salada de batata na cozinha, ele ia atrás, dizendo que estava faltando Minuano Limão na mesa. Na cozinha, atrás da porta aberta da geladeira, ele aproveitava para tentar agarrá-la. Ela concedia uma bolinada rápida, uma passadinha de mão, mas depois empurrava-o para longe.

– Estão nos esperando – alegava e ia-se, rebolando, sobranceira, sua dona, sua proprietária, sua rainha.

Lúcio tinha vontade de uivar para a lua naqueles momentos.

Milena agora veraneava na casa da família de Fabiano. Dormia no quarto do namorado, que ficava entre o dos pais e o do irmão dele. E todas as noites, enquanto Fabiano e Milena se repoltreavam na cama, os sons do amor enchiam a casa e não permitiam que ninguém dormisse. Lúcio soluçava, no quarto da direita. No quarto da esquerda, o pai de Fabiano estremecia de excitação e a mãe de Fabiano arregalava os olhos de preocupação. Milena ouriçava toda a família.

Até que, numa segunda-feira de manhã, algo aconteceu.

5

Milena, Milena, Milena, Milena, Milena. Já houve mulher como ela? Só Milena tinha aquela desenvoltura, aquela naturalidade para a sacanagem. Foi desta forma, com desenvoltura e naturalidade, que ela chegou saltitante para o café-da-manhã da família de Fabiano na cozinha da casa da praia. Viu que seu Jairo, o pai, estava prestes a sair de casa. Ia voltar para Porto Alegre, como fazia todas as segundas. Seu Jairo trabalhava na capital de segunda a sexta e passava os fins de semana com a família em Atlântida. Milena segurou-o pelo braço.

– Sogrão, me dá uma carona até Porto Alegre?

Fabiano estranhou. Ela explicou que precisava resolver uns probleminhas com sua matrícula na faculdade de psicologia e à noite já estaria de volta à orla. Tudo bem, tudo bom, foram-se, ela e o sogrão.

No caminho, ainda na Estrada do Mar, Milena perguntou, inocentemente:

– Sogrão, nós temos feito muito barulho à noite?

Seu Jairo limpou a garganta.

– Er... Um pouco...

– É que o Fabiano... Ele gosta de alguma violência, sabe? Me machuca às vezes. Olha só esse roxo aqui.

E foi erguendo bem devagar a sainha minúscula que vestia.

Aquele carro não chegou a Porto Alegre antes do anoitecer. No caminho, eles pararam em um motel e ficaram espadanando no pecado o dia inteiro.

Em um mês, Milena seduzira todos os homens da família. Eles gravitavam em torno dela, faziam-lhe as vontades, ganiam por Milena, sofriam por Milena, choravam por Milena. Uns cachorros. Era isso que eram, uns cachorros.

Dona Alice, a mãe, compreendeu que havia algo errado com sua família. Seu instinto de fêmea protetora titilava. Ela entendeu que aquela menina sensual era uma ameaça. Resolveu tomar uma atitude. Não ia deixar que as coisas ficassem como estavam.

No meio do veraneio, antes do Carnaval, dona Alice aproveitou um dia em que todos os homens haviam saído de casa e convocou Milena para uma conversa. Queria esclarecer certas questões.

Milena tinha acabado de sair do banho, estava envolta na toalha, de cabelos molhados. Sentaram-se as duas no sofá. A mãe de Fabiano começou a falar:

– Eu... Eu estou achando que... sei lá... bom... estão acontecendo coisas estranhas nessa casa...

Nesse momento, Milena abriu a toalha e, com ela, passou a secar os cabelos. A mãe de Fabiano ficou olhando para aquele corpo nu, dourado, perfeito, liso, macio, suave, tenro e ao mesmo tempo rijo, sólido, teso. Um corpo de Vênus, um corpo de estátua de bronze, um corpo que só Milena possuía. Desatou a chorar.

Sim.

Sim. Sim, sim, sim, sim.

Naquele dia, a mãe de Fabiano também se transformou em escrava de Milena.

A família toda rastejava em volta dela e beijava-lhe a olorosa sola dos pés. E assim prosseguiram até o final do verão. Até que março chegou.

E tudo mudou.

6

Milena, Milena, Milena. Milena, Milena, Milena. Ah... O verão havia terminado e, com o verão, o interesse de Milena por Fabiano e toda a sua família. Não os suportava mais, pegajosos, insistentes, opressivos. Eles a sufocavam com todas aquelas malditas atenções. Uma tarde, antes de voltar para Porto Alegre, reuniu-os na sala e comunicou:

– Estou terminando meu namoro com Fabiano.

Fabiano arregalou os olhos:

– Quê???

– Desculpa, não dá mais. Não é você. Sou eu.

Os outros três, a mãe, o pai, o irmão, ficaram em silêncio, decerto calculando que agora a teriam só para eles. Fabiano ficou se humilhando, pedindo não, por favor não, plisnou, plisnou!

Milena se foi, deixando-o rojado no carpete.

No dia seguinte, a família inteira ligou para ela. Ela dispensou a todos. Informou que não queria mais vê-los. Um a um, eles foram desabando. Ainda insistiram por alguns dias. Ligavam, procuravam-na na faculdade. Em vão. Milena não os recebia mais. Não queria mais falar com eles. Não queria mais vê-los, sequer. Quando perceberam que a decisão de Milena era séria, que ela não tinha intenção de voltar atrás e, pior, que já estava saindo com famoso artista de rádio chamado Porã, eles desabaram. Não se recuperaram do golpe.

Com o passar das semanas, enquanto fazia, bem, tudo com Porã, mas tudo mesmo, Milena foi descobrindo aos poucos o destino daquela família. Os pais se separaram. A mãe virou alcoólatra, o pai mudou-se para Tocantins. Lúcio largou o Direito, hoje vende churrasquinho de gato na Protásio Alves. E Fabiano entrou para uma igreja evangélica. Está estudando para ser pastor.

Milena pode ser má, quando quer.

Mas aí é que está o busílis: ao ver a desgraça da família do ex-namorado, Milena constatou que sua vida estava errada. Que aquilo não levava a nada além de destruição e dor. Que estava afastando todas as pessoas boas dela. Que seu futuro, depois que a beleza a abandonasse, seria de solidão.

Resolveu mudar.

Milena, enfim, resolveu transformar-se em outra mulher.

7

Milena, Milena, Milena. Milena, Milena, Milena.
Milena.

Agora, finalmente, ela tinha uma consciência.

– Acho que amadureci – disse ela um dia para o namorado Porã.

Porã não compreendeu que ela sofria. Suas façanhas sexuais não eram motivo de orgulho para ela. Ao contrário, tratava-se de uma aflição. Milena não queria ser má. Não queria ser um vulcão sexual. Não queria fazer de escravos os homens.

Não.

Milena queria ser normal, queria ser como todas as mulheres que conhecia, que pensavam em casar e ter filhos e cuidar de um marido que tivesse um bom emprego e talvez ter uma casa na praia e no inverno viajar para Gramado e nas férias talvez ir para Aruba. Milena queria emocionar-se com a novela todas as noites, queria aborrecer-se com a boemia dos homens, queria poder fazer sexo só uma vez por semana e achar muito bom.

Milena sofria, sofria, sofria.

Precisava mudar. Tinha de mudar!

Como todas as mulheres que mudam de dentro para fora, acelerou o processo mudando de fora para dentro. Pintou o cabelo. Tornou-se ruiva. E terminou com Porã.

– Antes que te faça mal – alegou. – Antes que tudo se torne mais grave, é melhor que tudo acabe.

Quem ficou acabado foi Porã. Passou a se embebedar todas as noites, a dormir até o meio-dia, a engordar. Virou um gordo, Porã. Milena não atendia mais a seus telefonemas. Resolveu que ia cuidar dela própria. Consultou médicos. Psicoterapeutas. Tentou inúmeros tipos de tratamento: banhos frios, copos de água de melissa, elixires variados, dieta à base de alface e grão-de-bico. Nada funcionou. Na última esquina da alma, ela sabia que só se veria livre daquele Mal no dia em que conhecesse um certo homem. O homem certo.

Milena sonhava com o homem perfeito. O Homem com agá maiúsculo, que soubesse que ela já não era pura, que seu passado era tão forte e podia até machucar, mas ainda assim ansiasse por deitá-la no solo e fazer dela mulher.

O homem, enfim, que a dominasse. De quem ela fosse seu iaiá. E, por que não?, seu ioiô.

Esse homem, ele existia. Ele estava na orla.

Ele era Potter.

8

Potter. Ao primeiro olhar, Potter não tinha nada de diferente. Não era alto. Nem baixo. Não era magro. Tampouco gordo. Para belo não servia. Mas ninguém diria tratar-se de um homem feio. Potter parecia em tudo normal. As mulheres, entretanto, o adoravam. Verdade que tratava a todas como se fossem a princesa de Mônaco. Estava sempre a lhes abrir portas e a puxar cadeiras. Verdade também que o guiavam critérios um tanto frouxos. Assediava mulheres de todas as idades, alturas e larguras. Mas não era só isso. Havia algo mais. Alguma fórmula desconhecida, algo que ele fazia com elas, e só ele fazia. Pois, passado o primeiro encontro, elas se apaixonavam.

Potter ainda as usava por algum tempo. Depois, se cansava. Como Milena, Potter vivia em insatisfação permanente.

Bem.

Era uma manhã amarela e azul de sol de um desses verões.

Potter estava diante de um quiosque na praia, quando Milena passou. Passou, não: desfilou. Milena trotava pela areia feito uma potra adolescente. Não havia homem que não sentisse calafrios ao vê-la. Ali estava a fêmea em toda a sua essência de coxas musculosas e seios arfantes e dentes que reluzem. Potter abriu a boca num u de espanto:

– Nossa Senhora da Carupítia!

Seu amigo Maurício Amaral, sentado ao lado, na areia, advertiu:

– Cuidado com essa mulher. Ela é fogo. Não há homem que possa com ela.

Potter sorriu, superior.

– Vou lá.

Foi. Levantou-se de um salto e arrastou, decidido, as havaianas até o local onde Milena estendera a canga, cinqüenta metros a barlavento. Estacou na frente dela, mãos à cintura. Sorriu. Sentou-se ao seu lado. E foi assim que tudo começou.

9

Potter, Potter. Ali estava um autêntico malandro. Um homem que sabia o que dizer a uma mulher. E, ao lado dele, a mulher mais perigosa do Atlântico Norte. Milena. Que união explosiva, que perigos comportava aquele encontro!

Começaram a conversar. Potter falava. Milena ouvia. Logo, ela passou a falar também. Sorria. Às vezes, emitia uma breve e graciosa gargalhada.

Milena ria. Um homem, quando consegue fazer uma mulher rir, é porque ele atingiu um ponto delicado no coração dessa mulher. Com Potter, Milena sorria, ria e até gargalhava.

Aquela conversa estendeu-se por horas, consumiu caipirinhas, pratos de tainhotas fritas e inveja de homens e mulheres em toda a praia.

Ao entardecer, o amigo Maurício viu Potter e Milena erguendo-se da areia. Potter, gentil, dobrou a canga dela, insistiu para carregar sua bolsa. Saíram da praia os dois, falando e rindo como velhos amigos de boteco. Maurício ainda ouviu a voz de Potter a murmulhar como o vento que roçava as palmeiras da praia:

– Você é luz. É raio. É estrela. É luar.

Dessa forma, iniciou-se o romance. Durante os 31 dias de janeiro, Potter e Milena ficaram juntos. De segunda a quinta, eram vistos abraçadinhos nas escadas rolantes dos shoppings da capital. Nos finais de semana, passeavam de mãozinha na areia da praia.

Pela primeira vez em sua vida, Milena passava o verão com um único homem.

E, o mais surpreendente, não pretendia trocar. Por meio de algum sortilégio, algum truque de gênio, Potter fizera dela uma nova mulher. Milena agora usava roupas discretas, falava sussurrado, não levantava os olhos para nenhum outro homem. Vivia numa circunspeção de monja. Seu problema com o sexo fora resolvido. Por ironia, durante o verão.

– Estou curada – exultava a nova Milena. – Meu Potter me curou. Potter é meu sim, e nunca meu não.

Mas chegou o Carnaval, como diria o Benito de Paula. Foi no Carnaval que a súbita mudança aconteceu.

10

Potter, Potter, Potter. Ali estava um homem que sabia o que as mulheres queriam. Ali estava o conquistador de Milena. Porém, o Carnaval havia chegado e, no Carnaval, Potter se transformava. Tornava-se outro homem.

No sábado daquele Carnaval, por volta do meio-dia, Potter levou Milena à praça central da cidadezinha praiana em que estavam. Tinha algo importante a lhe falar. Ela perguntava o que era, ele não respondia. Só diria algo quanto chegassem à pracinha. Lá, sentado num dos banquinhos de pedra, foi breve e duro: terminou o namoro. Usou a mais amarfanhada das justificativas:

– Preciso de um tempo para mim.

Milena ficou perplexa. Muda. Não acreditava no que ouvia. Sem maiores justificativas, sem clemência, Potter a dispensou, despediu-se e foi embora.

Milena continuou sentada, sem entender nada. Não conseguiu se recuperar naquele Carnaval. Nem nos meses seguintes. O tempo passava e ela seguia pensando em Potter e apenas em Potter. Livre da febre sexual, era outra mulher, sim, muito mais calma, muito mais discreta. Muito mais triste.

Mais um ano se passou e Milena nem sequer ouvia falar o nome de Potter. Secava a cada dia, enquanto Potter continuava sua vida dissoluta. E com mulheres que não poderiam sequer amarrar o escarpim esquerdo de Milena. Seus amigos não entendiam. Por que ele abandonara aquela mulher tão linda e finalmente submissa? Conseguira conquistá-la, conseguira domá-la, conseguira o que ninguém havia conseguido e agora a desprezava. Potter não fazia comentários.

Até que chegou o Carnaval do ano seguinte.

O fim do namoro já ia longe e ninguém se conformava. Quem lembrou que tudo havia terminado em um Carnaval foi o amigo Maurício, de novo na praia, bebendo em um quiosque à beira-mar.

– Você vai ter que me contar – insistia. – Vai ter que me dizer por quê!

Potter só bebericava sua caipirinha. E o Maurício:

– Por quê? Ela é outra mulher! É uma monja! Me diz por quê???

O Potter num suspiro:

– Uma monja...

– Então! Uma monja! Você consertou a mulher! Ela era uma tarada, sofria de furor uterino e, depois de você, virou santa. Uma monja! E aí você a desprezou. Uma mulher daquelas. Toda sua. Por que, meu Deus? Por quê?

E o Potter, definitivo:

– Quem quer uma mulher que é monja?

A mulher que trai

1

Quando a primeira rolha foi ejetada do primeiro champanhe do réveillon, Dani prometeu:

– Este ano, vou trair meu marido.

Disse-o para si mesma, disse-o sussurrando, mirando a estrela mais coruscante do firmamento, ao som do marulhar das ondas da praia de Copacabana. Mas o disse com o coração do tamanho de uma ervilha: não era uma infiel.

– Não sou uma infiel – suspirou. – Não sou uma vadia.

Não era, de fato. Orgulhava-se de ser uma esposa dedicada, de esperá-lo com seu prato favorito (massa com sardinha) fumegando na mesa iluminada por velas, de massageá-lo três vezes por semana com o melhor creme que a farmácia da esquina oferecia, de tratar bem até a sogra, aquela metida. Os chifres em Dorval serviriam tão-somente como vendeta. Tomou a decisão devido ao comportamento do desgranido durante o ano todo. Tinha sido um péssimo marido.

Negligente. Desatencioso. Dorval estava sempre fora, no trabalho; ou saindo com os amigos; aquele Cleto, que nem profissão tinha, o sócio Roberto, com quem andava sempre; e o irmão de Roberto, Nico, um tipo que definitivamente era má companhia. Ou então Dorval estava viajando. De quinze em quinze dias, uma viagem, ela bem o sabia. Para ela nunca havia tempo, ah, não. Mas o mais grave aconteceu no dia em que o celular de Dorval tocou e ela atendeu – ele saíra à cata de cigarro. Dani pressionou o *send* e ficou em silêncio. Do outro lado da linha, um mio de mulher:

– Dô?

Dani estremeceu. Dô? Dô??? Sua voz saiu esganiçada:

– Hein? Quem fala?

A outra emudeceu por uma dúzia de segundos tensos e em seguida a linha foi cortada. Dani ligou para o número indicado no celular. Ninguém atendeu. Formou a convicção: Dorval a traía. Todas aquelas viagens dele. De quinze em quinze dias, uma missão fora da cidade. Às vezes nos finais de semana, que absurdo. A convicção foi reforçada por inúmeros sinais captados nas semanas seguintes, até se transformar em certeza absoluta ao viajarem para o Rio, no réveillon. Depois de registrados no hotel, Dani foi tomar banho. Ligou o chuveiro e, antes de entrar embaixo d'água, quando estava com as calcinhas penduradas entre o indicador e o polegar, entreouviu uma conversa – Dorval falava com alguém ao telefone. Abriu a porta num repelão. Dorval quase engoliu o aparelho.

– Com quem você está falando? – gritou ela, nua, com as mãos na cintura, a fúria das fêmeas ameaçadas explodindo nas vogais.

Dorval ficou gaguejando, o fone suspenso na mão. Ela avançou, ia tomar o aparelho, mas ele desligou. As horas seguintes foram de crise amarga, soluços e imprecações. Ele, jurando que falava com a mãe, ela, certa da traição. Dorval chegou a ligar para dona Mirtes, a mãe dele. Pediu:

– Mãe, diz aqui pra Dani que era com a senhora com quem eu falava agora há pouco. Diz!

Passou o telefone para Dani. Do outro lado da linha, em Porto Alegre, dona Mirtes não conseguia disfarçar nem o constrangimento, nem a alegria que sentia por testemunhar uma briga entre eles:

– Vocês estão com problemas, minha filha?

Dani ficou ainda mais furiosa. Não daria aquela satisfação à velha jararaca. Disfarçou:

– Não é nada, dona Mirtes. Está tudo bem.

Depois, garantiu a Dorval que ia esquecer o assunto, mas, passada uma hora, ela desceu ao saguão do hotel, deslizou sorrindo até a portaria e pediu, com toda a delicadeza:

– Por favor, eu gostaria de conferir a conta de telefone do nosso quarto, para fazer um controle...

O funcionário do hotel lhe enviou um sorriso protocolar:

– Pois não.

E tirou do computador um papel com o registro das ligações. Entre elas, lá estava o número maldito: nove, nove, oito, nove, meia, quatro, quatro... Era ela! A outra! Cachorro!!! Não falou nada para Dorval, mas, à meia-noite, enfim, olhou para aquela estrela faiscante e fez a promessa:

– Este ano, vou trair meu marido – em seguida acrescentou, enrubescendo. – Mas só uma vez. Não sou uma infiel. Não sou uma vadia. Só uma vez!

No entanto, estava decidida como nunca na sua vida. Trairia seu marido.

E a traição começaria em menos de 24 horas.

2

No dia seguinte, Dani despertou com o plano traçado no cérebro: a idéia era preparar-se criteriosamente para o pecado. Felizmente, seu corpo moreno estava bronzeado pelo sol de Copacabana. Ah, o sol do Rio, o sol do pecado... Mas precisava caprichar ainda mais. Entraria em um regime severo e, ao chegar a Porto Alegre, correria para a academia.

Foi o que fez. Sabia-se uma mulher desejável. Tinha trinta anos, mas parecia 25. Suas pernas eram longas e, na adolescência, a curva de suas nádegas arrancava uivos dos homens em Atlântida e na piscina do Juvenil. Uma tarde, ela ondulava pela beirada da piscina, mal coberta por um biquíni minúsculo, e aquele Professor Juninho se lançou a seus pés, implorando:

– Deixa eu beijar teus tornozelos! É só o que peço: deixa eu beijar teus tornozelos!

Ela chegou a pensar em deixar, mas viu que todo o clube ria e o afastou, com um safanão bem-humorado:

– Sai, louco.

Depois de casada, Dani se tornou mais recatada. O tecido de seus biquínis, antes sumário – nunca maior do que meia fatia de pizza, uma fatia de pizza onde não caberia um corte de tomate inteiro –, depois de casada o tecido do biquíni triplicou de tamanho, as barras das suas saias baixaram, suas calças já não eram mais tão justas.

Mas aquilo ia mudar. Ah, ia.

Todos os dias, Dani olhava-se no espelho grande do quarto e ciciava para si mesma:

— Tenho que ficar apetecível para minha única noite de luxúria.

Comprou roupas novas. Roupas ousadas. Uma minissaia que não teria coragem de usar nem na glória de seus dezessete anos. Uma blusa que lhe desvelava quase que até o sopé do entremorro dos seios. Coisinhas assim. Teve vergonha ao experimentar aquelas peças mínimas de roupa, mas seguiu em frente: estava decidida a se vingar. Sabia inclusive como fazer: dentro de um mês, Dorval faria uma viagem mais longa. A trabalho, jurava ele. Passaria uma semana fora. Ela então se regalaria. Freqüentaria as baladas mais febris da cidade. E pecaria. Uma única e solitária vez. Mas irremediável. Mas feérica. Mas louca. A vingança, acima de tudo. Nos dias seguintes, Dani se transformou. Dorval olhava para ela e ganía:

— Você está linda, meu bem.

Ela, irônica:

— É por tua causa.

Dorval parecia sentir a ameaça pendente sobre sua cabeça, como a Espada de Dâmocles.

Virou outro homem. Outro marido. Trazia-lhe presentinhos. Um ursinho de pelúcia que cantava ilariê, um Sonho de Valsa, um anelzinho. Queria romance todas as noites. Dani aceitava as carícias e os mimos. Porém, estava resoluta: seria infiel por uma noite. Uma única noite, mas uma noite de luxúria.

Na véspera da viagem, Dorval nem queria mais ir. Dizia estar arrependido de ter marcado aquele compromisso, como se sentisse os cornos que começavam a lhe crescer nas têmporas. Na despedida, não cansava de beijar Dani, a repetir:

— Estou louco para te reencontrar, meu amor. Essa viagem será muito longa pra mim. Muito longa.

Ela, sorrindo:

— Pra mim também...

Dorval se foi.

Na primeira noite, Dani decidiu não sair. Era terça-feira.

Terça-feira não é dia para o pecado. Preferiu passar o dia se preparando e desfrutar de uma noite inteira de sono reparador. Nada melhor para a beleza da mulher do que o sono. Não é por acaso que a Xuxa dorme treze horas por dia. Treze horas!

E sem calcinha, para não deixar marcas nas ilhargas. Dani a imitou. Dormiu treze horas. Sem calcinha.

Na quarta, telefonou para uma amiga solteira. Na verdade, descasada. Ex-mulher do tal Nico, aquele que era má companhia.

– O que tem para fazer hoje, Letícia?

Letícia queria ir ao cinema. Dani respondeu que não; ansiava por algo mais... forte.

– Então quinta – propôs a amiga. – Quinta é a noite pesada da cidade.

Dani refletiu. Deveria esperar? Estava ansiosa... Mas, se era para ser apenas uma noite, que fosse a melhor noite. Quinta-feira. Sua solitária noite de lascívia seria quinta-feira!

Na manhã de quinta, Dani acordou sobressaltada. E decidida: a noite não terminaria sem que, antes, ela chafurdasse no suor de outro homem. Lembrava-se de Dorval, e a lembrança lhe vinha em ondas de raiva e de ternura. Às vezes, Dorval era o seu homem, o seu marido. Outras era Dorval, o adúltero. Por coincidência, Dorval ligou, ao cair da tarde:

– Vou voltar mais cedo, meu amor: amanhã chego em casa. Não suporto mais de saudades...

Uma noite.

Dani tinha apenas uma noite.

Horas depois, montada em seus escarpins, via o mundo doze centímetros mais baixo. As pernas compridas, mal cobertas por palmo e meio de minissaia, cintilavam à penumbra da boate. Os seios, estourando na blusa entreaberta, convidavam os olhares dos homens para entrar, e eles entravam e eram bem-vindos. Dani era a atração do lugar. Os homens logo passaram a assediá-la. Ela tremia, desacostumada que estava à esgrima verbal da madrugada. Correu para o banheiro. "Não vou conseguir", pensou, suando, olhando seus olhos de corça refletidos no espelho. "Não sou uma infiel, não sou uma vadia." No entanto, passado um segundo, lembrou-se da traição de Dorval. Da outra chamando-o de "Dô". Ele vai ver! Resolveu: "Será o primeiro que eu achar atraente. O primeiro!"

Saiu do banheiro apressada. Marchou para o balcão do bar.

– Quero uma tequila. Dupla!

– Gostas de duplas?

Olhou para o lado de onde viera a voz. Dois homens. Irmãos, não havia dúvida. Muito parecidos. Um mais forte, outro mais alto e magro. Sorriam para ela, ambos. Dani os encarou. Apanhou o copo de tequila que o garçom depositara no balcão. Bebeu tudo de um gole. A bebida lhe queimou por dentro, lhe incendiou o rosto, lhe rascou a garganta, formigou-lhe no cérebro. Ela estalou a língua. Fechou os olhos. Ao abri-los, fitou novamente os irmãos. Ainda sorriam.

– Gosto – disse ela, enfim. – Adoro duplas.

Eles se entreolharam e sorriram. Ela sentia a boca seca de excitação.

– Quer beber mais alguma coisa? – perguntou o mais forte.

– Não quero beber nada. Quero sair com vocês daqui, agora – respondeu Dani, com uma voz que ela nem reconhecia como sendo sua.

Em cinco minutos, ela estava se acomodando no banco do carona do Audi prata do irmão mais alto.

A noite estava apenas começando.

3

Pela manhã, Dani chegou em casa indormida, porém acesa. Ou talvez... Talvez saciada, é, eis um termo mais adequado para descrever como Dani se sentia naquela manhã de sol em Porto Alegre.

Jamais havia passado uma noite igual. Aqueles dois irmãos... Aqueles irmãos loucos...

Eles tinham feito tudo com ela.

Tudo.

Tudo.

E ela tudo permitiu, a tudo se entregou e queria mais e mais e mais.

Olhou-se no espelho. Descabelada, descomposta, mas enigmaticamente bela. Sentia-se diferente. Sentia-se... uma loba, uma tigresa, plena de poderes, capaz de virar a cabeça dos homens, de transformá-los em escravos do prazer.

Lembrou-se de uma cena da noite: enquanto era possuída pelos dois irmãos ao mesmo tempo, um deles gania feito um cachorro e o outro uivava feito um lobo:

— Que mulher! Que mulher!

E era isso mesmo. Ela estava se sentindo mais mulher do que nunca, ela estava sentindo a extensão do seu poder. Sussurrou para si mesma, escandindo bem as sílabas:

— Uma mulher... Uma mulher...

Foi tomar um banho.

Ao sair do banheiro, pensou em Dorval. Pobre coitado. Chegaria dali a pouco, decerto rastejante de saudades. Se bem que... É, se bem que ela também não sabia o que ele tinha feito durante a viagem. Cafajeste. Mereceu a punição. Mas agora deu. Chega. Basta de loucuras. Ela não era uma vadia. E repetiu, baixinho:

— Não sou uma vadia, uma vadia, uma vadia, vadia, vadia...

Dorval chegou até antes do previsto. E, como ela presumira, chegou rastejante. Trouxe-lhe uma jóia de presente, uma gargantilha de ouro. Dani colocou-a em volta do pescoço. Com a gargantilha, e só com a gargantilha, ela foi para a cama com o marido. Dorval foi carinhoso como há muito tempo não era. Foram bons momentos, mas, enquanto fazia amor com ele, as cenas da noite anterior, passada com os dois irmãos, voltavam-lhe à cabeça. Foi lembrando daquela que tinha sido a mais louca noite da sua vida que ela chegou ao clímax com o marido traído. Enquanto ele acariciava seus cabelos, ela chorou. Dorval a cobria de beijinhos e afagos e perguntava:

— O que foi, meu amor? O que foi?

Dani cobria o rosto com o travesseiro e respondia, com voz abafada:

— Nada... Não foi nada...

Dorval não deixou assim. Continuou perguntando o que havia ocorrido, insistiu, insistiu, até que ela disse:

— É que foi tão bom. Fazer amor contigo é tão bom...

Ele sorriu, radiante do orgulho do macho. Ela, ao olhar para aquele sorriso, ao pensar naquela voz melíflua dele, desprezou-o como nunca o havia desprezado na vida. As horas seguintes foram únicas em seu casamento, até então. Ele a cumulava de atenções, ela pouco ligava. Seu desprezo por ele aumentava a cada minuto. Recordava os momentos da noite anterior, em que se refocilara como uma cadela com os dois irmãos, olhava para o marido e pensava: "Corno! Como você pode ser tão corno? Como pode permitir? Como pode levar um chifre deste tamanho e continuar sorrindo? Corno, corno, corno!"

Dani olhava para Dorval, lembrava como o havia traído exemplarmente e sentia raiva dele por isso. Dorval era menos homem para ela agora. Dorval era um verme. Dorval era o culpado por aqueles chifres que ora ostentava em sua testa oleosa. Durante o jantar, enquanto fisgava um brócolis do prato, ela perguntou, num tom que lhe pareceu casual:

– Dorval, quando é que você vai viajar de novo?

Ele olhou para ela. Pensou por alguns segundos e, nestes breves segundos, Dani viu uma sombra de suspeição passar diante dos olhos dele. Mas Dorval logo afastou a idéia, ela notou, porque em seguida ele estalou os lábios e lamentou:

– Daqui a quatro dias. Uma droga esse meu trabalho, mas tenho que viajar toda semana.

Ela mastigou o brócolis em silêncio, olhando para o vazio. Imaginou que em quatro dias estaria livre outra vez, que em quatro dias poderia vestir aquelas roupas sumárias novamente, que poderia sair pela noite feito uma pantera, pronta para abater machos incautos, e então soube, então descobriu que algo mudara dentro dela, tinha certeza de que tudo agora era novo, de que tudo se transformara, porque ela, definitivamente, era uma vadia, uma vadia, uma vadia, uma vadia...

4

Péricles não estava preparado para ver a ex-mulher de minissaia. Para começar, é preciso deixar claro que essa é a chamada "baita sacanagem". Ex-mulheres não deviam ficar gostosas. A ex-mulher ideal é a que se transforma em uma gorda escroncha, um bagulho pálido, desbotado, disforme e sem vida para o qual o homem olha e sorri e diz para si mesmo, num suspiro de satisfação: "Rapazzz, fiz a coisa certa!"

Mas Letícia não. Letícia apareceu com aquela minissaia. E com as pernas bronzeadas e definidas, será que ela andava malhando? Durante a gestão de Péricles, ela não malhava. No máximo, no máximo, umas caminhadinhas. Péricles olhou bem para as pernas da ex e sentiu uma angústia na base da garganta, um bolo que se formava na faringe, ou laringe, sabe-se lá, e lhe dificultava a respiração e dava vontade de chorar. Não lembrava que as pernas dela eram tão bonitas. E lá embaixo, bem ao sul, no calcanhar liso, havia um curativo. Gaze e esparadrapo. Perguntou com a voz trêmula, temendo a resposta:

– Q-que é isso?

Ela, virando a cabeça de lado, fazendo os cabelos loiros voejarem sobre os ombros como se estivesse numa propaganda de xampu, agitando o ar em torno dela, fazendo Péricles sentir um cheiro doce de jasmim, ou rosas, ou qualquer flor dessas:

– Uma tatuagem.

Uma tatuagem. Uma tatuagem! UMA TATUAGEM!!! Ela dizia aquilo como se aquilo não fosse nada, como se fosse normal, como se todos os dias as ex-mulheres saíssem por aí, fazendo tatuagens. Péricles sentiu-se revoltado. Enquanto eles estavam casados, ela nunca tinha sequer aventado a hipótese de fazer uma tatuagem. Até, se ele lembrava bem, achava vulgar essas mulheres todas tatuadas, como presidiários. Um dia ela até pingou um piercing no umbigo, verdade, mas um piercing discreto, que combinou à perfeição com o umbiguinho dela, aquele umbiguinho de nada, pequeninho, um olhinho de japonesa. Péricles precisava admitir que Letícia tinha um umbigo atraente. Mas tatuagem?!? Pô!!!

Foi com grande esforço, com imenso autocontrole, que Péricles encontrou forças para perguntar:

– Ah... Tatuagem? Do quê? O que está tatuado... – dizia olhando com imensa dor para aquele lindo calcanhar, o calcanhar mais perfeito que jamais vira – ...aí?

Letícia, rindo, o deboche escorrendo pela comissura dos lábios vermelhos, chicoteou:

– "Péricles, volta pra mim".

A gargalhada estourou no bar; eles estavam no bar. Tinham se encontrado por acaso no Lilliput. Péricles chegara em companhia do irmão Roberto e do amigo Cleto, e encontrara Letícia sentada com Milena, uma figura conhecidíssima na cidade por suas aventuras sexuais. Diziam que Milena era a Messalina de Porto Alegre, o que só excitava a imaginação de Péricles. Um dia, prometeu-se, ia conferir se a fama era verdadeira. Mas isso não queria dizer que Milena devia sair com sua ex-mulher. Ao contrário! Péricles sentia-se muito incomodado ante a visão das duas juntas. O que Letícia estava fazendo com aquela vagabunda? Milena não era companhia para uma mulher decente. Mas elas estavam lá, ambas com as pernas nuas cruzadas, bebericando champanhe, rindo, rindo, rindo para o mundo, para todos os homens, e eles rondavam a mesa delas feito lobos babosos, farejando a possibilidade de obter sexo casual. Só que o pior era Letícia, linda daquele jeito, de um jeito como Péricles nunca vira, ou achava que nunca vira, cometendo aquele tipo de brincadeirinha com ele, e de minissaia! Maldita! Não se fazia aquilo com um homem, ah, não! Sentaram-se todos à mesma mesa. A convite de Milena, claro, porque Letícia continuava com um sorrisinho superior, tratando Péricles com certo desprezo bem-humorado, como se conversar com ele fosse algo que ela aceitasse da mesma forma que alguém aceita as contingências do clima, as vicissitudes da vida, esses aborrecimentos comezinhos. A conversa seguiu em frente. Letícia lá em cima. Péricles cá embaixo. Ela sorrindo, ele aflito. Ela jocosa, ele ansioso. Por alguns momentos, Péricles permitiu a humilhação sem reagir. Porque, nas suas várias separações, aprendera uma lição vital: é preciso deixar a ex-mulher sentir-se superior. O homem tem que dar a impressão de que a separação lhe rendeu traumas horríveis, mesmo que tenha partido dele. Isso é uma arte, evidentemente. Não é qualquer um que consegue rebaixar-se com classe diante de uma mulher. Péricles conseguia. E, no começo da noite, foi o que fez. Permitiu que Letícia pisasse nele, que fincasse o salto fino do seu escarpim na artéria mais profunda do seu coração. Letícia parecia se divertir com a situação. Porque era muito simples o que acontecia naquele momento, muito básico: Péricles a desejava. Queria possuí-la como a possuiu no início do namoro, fazer com ela as coisas que faziam em seu apartamento na 24 de Outubro, queria levá-la à loucura, ouvi-la ganir:

– Meu tarado! Meu taradinho!

Sim. Era isso que Péricles queria. O desejo tomava conta dele. Se Letícia pedisse, atirava-se ao chão do bar naquele mesmo instante e rastejaria e se agarraria aos seus tornozelos macios como a casca da maçã e lamberia aquela tatuagem como se fosse picolé de groselha. Péricles, agora, sentia a necessidade quase física de se declarar para ela. De dizer que ainda a amava. Que nada havia mudado. Que, para ele, ela ainda era sua Lelê, o amor da sua vida. Decidiu que era isso mesmo que faria. Que abriria seu coração. Mostraria o seu amor.

Com muita habilidade, com muita cautela, Péricles aproveitou uma ida de Cleto ao banheiro e fez uma pequena alteração na posição das cadeiras do bar. Um único movimento, seco, preciso, mas suficiente para colocá-lo ao lado de Letícia. Péricles congratulou-se em silêncio: era um gênio da geopolítica.

Sentado ao lado dela, fez os cotovelos aterrissarem suavemente na mesa, encostou seu ombro no ombro dela e começou a sussurrar em seu ouvido:

– Você está parecendo uma menininha...

Letícia sorriu. Passou a mão nos cabelos. Não respondeu.

– Tão linda que chega a doer – continuou Péricles.

– Brigada.

– Lelê... – Péricles arriscou tratá-la pelo antigo apelido. A reação foi boa: ela não protestou nem fez qualquer ironia. Péricles encorajou-se: – Lelê, preciso te perguntar uma coisa...

Ela se virou para ele, curiosa. Ponto para Péricles: conseguira despertar a curiosidade dela.

– Que é?

– Uma coisa... – ele decidiu fazer suspense. Não ia saciá-la assim tão facilmente. – Uma coisa em que tenho pensado muito... Penso nisso todos os dias, desde que nos separamos...

– Que coisa? – agora ela havia se virado completamente para ele, olhava-o, absorta. Dois pontos para Péricles.

– Nem tenho dormido nos últimos dias, de tanto que penso nessa coisa...

– Que é, Pê?

Pê! Ela o chamou de Pê! Só aquilo valia uns três pontos!!! Cinco a zero para Péricles. Ele baixou a cabeça, fitando a espuma do chope. Esticou a mão para brincar com uma batatinha frita que despontava no alto da porção que o garçom recém depositara na mesa. A batatinha estava quente, queimou a ponta de seus dedos, ele largou-a na mesa. Chegou a pensar em levar os dedos à boca e umedecê-los com saliva, mas isso distrairia Letícia e talvez ela achasse nojento. Agüentou a dor estoicamente, como um soldado espartano. O que não fazia por aquela mulher?

– Sabe que que é... – continuou. Ela virou a cabeça de lado, prestando atenção. Prestava muita atenção, via-se. – É que eu queria saber... Se... – ela abriu a boca, ansiosa. – Se você me odeia!

Letícia jogou a cabeleira para trás, rindo. Gargalhando até. Péricles ficou olhando para ela, perplexo. Os outros, que estavam distraídos numa conversa sobre a discussão que a Tânia Carvalho e o Tatata Pimentel tiveram num programa de TV, pararam de falar. Olharam para Letícia também.

Letícia riu, riu, aprumou-se. Fitou-o muito ereta. E tascou:

– Talvez eu te odeie um pouquinho.

A resposta fez Péricles piscar. Aquilo era bom ou ruim? Bom ou ruim? Bom ou ruim? Não conseguia se decidir. Esperou que os outros parassem de observá-los. Letícia sorveu um gole de champanhe, segurando a taça entre o polegar e o indicador. Péricles voltou à carga, cheio de valentia.

Tentou uma investida dramática:

– A verdade é que ainda te amo, Letícia.

Ela parou de beber. Depositou a taça na mesa. Olhou para ele de novo, grave.

– Não acredito em você, Péricles.

Péricles sentiu a onda quente da paixão lhe inundar o peito. Era verdade. Era verdade! Por Deus que era. Naquele momento, sentia por Letícia exatamente o mesmo que sentira quando a conheceu. A mesma ternura, o mesmo desejo, a mesma admiração por seus olhos verde-azulados, por sua pele macia, por suas pernas longas, por seus cabelos loiros, por sua perspicácia quase masculina, por sua inteligência cheia de vivacidade, por sua alegria, seu gosto pela vida, seu sorriso tão branco, tão sonoro, sempre tão presente, ah, Letícia, Letícia, Letícia, Lelê, sua Lelê...

Péricles tomou a mãozinha branca dela entre as suas. Ela permitiu. Ele repetiu, baixinho, só para ela:

– Te amo, te amo, te amo, te amo, te amo...

E era verdade. Por Deus que, naquele momento, não havia amor maior do que o de Péricles por Letícia. Repetia:

– Te amo, te amo, te amo, te amo...

Só isso, nada mais, baixinho, bem baixinho, e era o suficiente e era eloqüente como um discurso do Brizola e era poderoso porque aquelas palavras, aquelas duas únicas palavras, entraram pelos ouvidos dela, espalharam-se por seu cérebro e lhe amolentaram os ossos, transformaram-nos em maionese; e ela, sentindo-se quente e recompensada e até excitada, viu nos olhos dele que era verdade. Ela o conhecia. Sabia quando ele estava sendo autêntico. Convenceu-se. Disse:

– Acredito. Eu acredito.

Em meia hora, estavam se repoltreando no apartamento de Péricles, na 24.

Amaram-se na sala, continuaram pelo corredor, terminaram na cama, na antiga cama de casal onde haviam começado o casamento, anos antes. Em meio à lida do amor, ela repetia:

– Maravilhoso... maravilhoso...

E ele, sem parar:

– Te amo! Te amo!

Era amor verdadeiro, Péricles sabia que era, mas, curiosamente, o amor se extinguiu um segundo depois do gozo. O próprio Péricles se espantou com a mudança do seu estado de espírito. Do momento em que a encontrara no Lilliput até o clímax sexual, ele estava apaixonado pela ex-mulher, mas agora, extinto o desejo, a razão voltava a dominar sua mente. Ele era de novo um homem racional, senhor das próprias faculdades. De novo, ele a enxergava como ela era e percebia que não queria reatar, não queria que ela voltasse para aquele apartamento, não queria ser casado outra vez. Para falar a verdade, nem queria que ela estivesse ali, ao seu lado. Mas ela agora estava olhando-o daquele jeito de fêmea abatida, toda lânguida, toda manhosa. Letícia estava se liquefazendo de paixão ali mesmo, ao seu lado, aninhava-se nele, queria beijo na boca, queria carinho, mas que coisa! Será que as mulheres não têm sensibilidade?!? Será que um homem não podia satisfazer seus desejos carnais e depois virar-se para o lado e dormir descansado? Afinal, ele já cumpriu sua obrigação! Já a satisfez! Já lhe deu sexo, sexo, sexo! O que mais ela queria? Beijinho numa hora dessas? Por favor! Bem que seu amigo Cleto dizia: "A mulher perfeita é aquela que transa de todas as formas com a gente até as duas da madrugada e depois se transforma numa pizza com Coca-Cola". O que ele daria por uma pizza com Coca-Cola naquele momento... Light. Tinha de se cuidar, estava ficando com pneuzinhos.

Prometeu-se que, no dia seguinte, voltaria a correr. Ou, quem sabe, na semana seguinte. Segunda. Isso. A partir de segunda, voltaria a correr. Estava distraído nessas considerações, quando Letícia, enfim, disse algo diferente daquele nhenhenhém romântico e lhe despertou o interesse:

– Ah, se a Dani soubesse que essas coisas podem ser tão boas com o marido da gente...

Péricles ergueu as sobrancelhas:

– Dani? A Dani do Dorval?

– É... Meu marido, meu maridinho – e veio com aquela boca fazendo "hmmmm".

Péricles a afastou com o braço. Sentou-se na cama:

– Por que você disse isso da Dani?

– Nada, não – e fez biquinho.

– Peraí – Péricles a empurrou. – O que você quis dizer com aquilo? Eu te conheço, Letícia. O que é? Agora você vai me contar!

– Ai, que coisa – Letícia sentou-se também. Ajeitou o travesseiro atrás das costas. – Depois dizem que mulher é que é fofoqueira. Tudo bem, eu conto. Mas você vai prometer que não vai contar pra ninguém.

– Eu prometo.

– Jura?

– Juro!

– Olha, Pê, se você contar para alguém a Dani me mata! Nunca mais te conto nada.

– Não confia em mim, Lelê?!? Puxa vida, tantos anos...

– Tá bem, vou contar. Mas olha lá, hein! É que a Dani caiu na noite.

– Como assim, "caiu na noite"? – Péricles ficou agitado. Lembrou-se da Dani, a mulher do seu amigo Dorval. Uma morena sensacional, como dizia aquele samba, digna de um crime passional. Na noite? – Como assim, "na noite"? – repetiu.

Letícia riu.

– No começo do ano, ela decidiu que ia trair o Dorval. Por culpa dele! Ele traía ela. Ela quis se vingar. Um dia, saímos juntas. Ela ficou uns dez minutos no bar e foi embora com dois irmãos, uns tipos bem interessantes, eu diria. Ficaram a noite inteira na casa deles, o Dorval estava viajando. Depois disso, ela gostou. Sai todas as semanas. Aproveita as viagens do Dorval e sai caçando pela noite, aquela maluca. Já disse pra ela parar com isso, isso não se faz. Já disse pra ela se separar do Dorval, mas ela não quer de jeito nenhum. Louca. Eu que não saio mais com ela, não vou me meter nessas vagabundagens...

Péricles estava embasbacado com a notícia. Bem que dizem que na cama não tem segredo. Que informação estrondosa! Informação é poder, como sempre diz seu irmão Roberto. Roberto, que, aliás, era sócio do corno Dorval. Pobre Dorval... Era um bom sujeito, bom amigo, divertido. Ah, cadela! Não dá pra confiar nas mulheres mesmo. É nessa hora que a solidariedade masculina tem que entrar em campo. Os homens precisam se proteger, afinal. A Dani, quem diria? Que vaca, vagabunda, vadia, sem-vergonha, china! Mas ela ia ver, ah, ia! Falaria com Roberto. Ele conhecia Dorval intimamente, saberia como tratar o caso. No dia seguinte, ele... Mas Letícia continuava falando, falava sem parar. Saco. Precisava resolver aquele problema ali, naquele instante, precisava tirar aquela matraca da sua casa, senão ela ia enlouquecê-lo. Olhou para ela. Segurou em seu pulso, para que ela parasse de falar. Propôs:

– Que tal sairmos para traçar uma pizza com Coca-Cola?

5

Dani parou de respirar quando recebeu o telefonema. Não conseguia respirar, nem pensar, nem se mexer, nem nada. Apenas ouvia as batidas do seu coração, cada vez mais retumbantes, ecoando por seus ouvidos, como se ricocheteasse de uma orelha a outra, sem cessar. Estava tudo perdido. Seu casamento, sua casa, sua vida tão bem assentada, sua reputação, tudo estava prestes a desabar como as Torres Gêmeas atacadas. Do outro lado da linha, Roberto, o sócio do seu marido Dorval, esperava que ela falasse algo. Mas ela não conseguia. A notícia a havia paralisado. Roberto fora seco. Mal ela atendera ao telefone, tascou:

– Eu sei de tudo, Dani.

Dani entendeu na hora. Sabia muito bem do que ele falava. Das suas noites quando Dorval viajava a trabalho. De todas as vezes que traíra o marido. Das suas loucuras de mulher vadia. Sim, porque, admitia, era uma vadia. Uma vadia, uma vadia, uma vadia... Mesmo assim, arriscou:

– Não entendi, Roberto.

Ele foi duro:

– Entendeu, sim. Você trai o Dorval. O meu amigão Dorval. Meu sócio. Meu irmão.

Foi nesse momento que Dani sentiu o ar lhe faltar. Ficou em silêncio por alguns segundos, não soube quantos, talvez um minuto, talvez dez, até que a voz de Roberto a despertou de seu transe de pavor:

– Dani? Alô?

Ela, piscando, sentindo a boca seca:

– S-sim... Estou aqui... Roberto...

– Que é? – a voz dele continuava inflexível. – Que aconteceu aí?

Dani estava em pânico. Não queria perder a vida que levava, não queria perder Dorval. Amava Dorval, apesar de tudo. Apesar de ter certeza de que ele já a traíra. Talvez não a traísse mais, talvez aquelas viagens de negócio, agora, fossem todas de negócio mesmo. No entanto, isso só aconteceu depois que ela, Dani, passou a traí-lo. Agora, ele a tratava com dedicação e carinho, tratava-a como uma mulher devia ser tratada.

Não, ela não queria perdê-lo. Não queria perder sua vida. Além disso, se a descobrissem seria a vergonha da família. Ela vinha de uma família tradicional de Porto Alegre, seu pai, o general, era um homem cheio de pruridos morais e religiosos, jamais compreenderia essa história de a sua filhinha sair pela noite a se refestelar com outros homens fora do casamento. O general não ia suportar. Ia se matar. Seria uma tragédia.

Mas... Ela era forçada a reconhecer: havia um outro motivo para não suportar a idéia de ser descoberta. E esse motivo era a própria traição. Dani queria trair. Necessitava daquilo. O maior prazer era menos o sexo e mais a traição. Ela adorava sentir-se uma cadela, uma loba faminta, devoradora de homens, que chafurda com eles durante uma noite e depois os descarta. Eles enlouqueciam, eles queriam seu telefone, eles queriam mais, e ela nunca lhes dava mais. Era uma noite apenas. Só. Às vezes, quando reencontrava um homem com quem havia espadanado por uma noite inteira, com quem fizera tudo, mas tudo!, tratava-o com desprezo, mostrava a ele que ele era insignificante, que só o que importava era o prazer dela, que ela era a dona da situação.

Uma delícia sentir-se assim. Uma delícia, todo aquele poder. E havia mais. Muito mais. No momento do sexo, enquanto estava se entregando aos homens sedentos do seu corpo, ela pensava em Dorval, imaginava-o todo solícito, todo amoroso, todo apaixonado, e chegava a falar nele, chegava a urrar:

– Meu marido é um corno! Meu marido é um corno!

Seus gritos perturbavam e excitavam os homens. Pobres ingênuos, eles não compreendiam o que acontecia ali, naquele instante único de êxtase, o instante em que uma mulher experimenta a extensão completa da sua feminilidade, o instante em que ela se transforma inteira em mulher, em fêmea absoluta, e aí é que era o gozo, aí é que era o ápice do prazer.

Ela era mais mulher, agora. Ela era uma pessoa melhor. Sim, ela sabia, ela tinha consciência: amava trair. Era uma traidora. Uma sem-vergonha. Uma vadia. Vadia, vadia, vadia... Não podia perder sua nova vida, a vida que dera sentido à sua existência. Precisava fazer alguma coisa. Qualquer coisa!

– Roberto... – ela repetiu, ainda sem saber bem o que fazer.

Precisava ganhar tempo. Seu cérebro começou a trabalhar freneticamente, ela quase que podia ouvir o som das engrenagens em movimento, o raciocínio sendo processado, o mecanismo da sobrevivência posto em ação.

Roberto ainda não contara para Dorval, claro que não. Caso contrário, não teria ligado para ela. Por que ele não havia contado? Porque queria ouvir a versão dela, óbvio. Estava, de alguma forma, conferindo-lhe o benefício da dúvida. Roberto gostava dela, claro que gostava, eles volta e meia saíam juntos, os dois casais, Roberto e a mulher dele, a Betina, mais Dani e Dorval. Iam a restaurantes, bares, passavam fins de semana na serra ou na praia. Roberto gostava dela! Ela tinha uma chance. Pequena, mas tinha. Tentou:

— Preciso falar com você pessoalmente.

Roberto suspirou, mas disse, enfim:

— Tudo bem, Dani.

Marcaram um encontro na casa do irmão dele, aquele Péricles de quem Dani não gostava.

Ela estremeceu:

— O Péricles vai estar junto?

E Roberto:

— Vai. Ele também sabe de tudo. Foi ele quem me contou.

Dani teve vontade de chorar. Os dois irmãos sabiam tudo sobre o que ela cometia nas noites de liberdade em Porto Alegre. Aquilo complicava a situação. Acabava com suas chances. Mesmo assim, ela topou o encontro com os dois. Não tinha alternativa senão topar, nem que fosse só para ganhar tempo, para adiar a tragédia. Ou será que deveria contar tudo para Dorval? Não! O simples pensamento de confessar sua vida secreta ao marido a horrorizou. Dani sentiu um arrepio percorrer a espinha. Iria ao encontro com os dois irmãos. Ouviria o que eles tinham a dizer. Tentaria ganhar tempo. Marcou a reunião para dali uma hora. Foi para o closet vestir-se. Abriu o armário onde guardava as roupas de noite. Suas minissaias, as blusas decotadas, as botas, as calças justíssimas. Fechou os olhos. Era o fim de tudo aquilo. O fim. O fim.

6

— Acho que eu sou corno.

A frase atingiu Roberto em cheio, como se ele tivesse levado uma tijolada na testa. Nunca ouvira um homem dizer algo parecido, algo tão... chocante. E agora quem dizia era seu sócio, seu amigo, tão amigo que era como se fosse irmão, seu velho companheiro Dorval. E disse-o sem a menor preparação e fora de contexto; foi mesmo uma tijolada aquela frase. Os dois estavam trabalhando normalmente no escritório que dividiam, ambos de cabeça baixa, cada qual concentrado nos papéis sobre suas mesas, quando Dorval aprumou o corpo e sentenciou, dramático:

— Acho que eu sou corno.

Roberto levou um susto. Ergueu a cabeça. As mesas dos dois ficavam frente a frente. Olhou para seu sócio, seu amigo, seu irmão, camarada. Para o corno. Sim, porque Dorval era de fato um corno. Talvez o maior corno da cidade. Roberto bem o sabia, porque ele próprio o cornificara. Não só ele, claro. Dezenas de homens haviam se refocilado com Dani e, até onde Roberto tinha conhecimento, estavam agradecidos por isso.

Verdade que ele, Roberto, não queria ter feito o que fez com Dani. O que ele queria, realmente, era que ela parasse de trair o seu sócio, seu amigo, seu irmão, camarada. Foi por isso que ligou ao descobrir o que Dani fazia nos dias em que Dorval viajava. Sua intenção era conversar com Dani, ressaltar o quanto Dorval a amava e convencê-la a interromper de vez a seqüência miserável de traições.

Marcou um encontro com Dani no apartamento do irmão dele, Péricles, que, afinal, foi quem lhe contou sobre ela, aquela maldita adúltera. Quando Dani apareceu no apartamento da 24, Roberto estremeceu: estava mais linda do que nunca. Seus longos cabelos castanhos cascateavam-lhe pelas costas morenas. O olhar de bichinho assustado lhe emprestava um ar de inocência que contrastava maravilhosamente com os lábios polpudos, entreabertos como se ela estivesse excitada, como se pedisse: "Possua-me!"

Usava um vestido leve, curto, que poderia ser erguido com um sopro de apagar velinhas de aniversário.

Dani deve ter reparado no olhar de cobiça que os dois irmãos derramavam sobre seu corpo moreno, porque, nem bem a conversa se iniciou, ela miou:

– Onde é o banheiro?
– Primeira porta à esquerda – informou Péricles, mal contendo a gana de berrar: "Gostosa! Gostosa!"

Assim que ela fechou a porta do banheiro, foi isso mesmo que ele disse para Roberto:

– Mas que gostosa! Que gostosa!
– Contenha-se! Estamos aqui para salvar o casamento do nosso amigo Dorval. Nosso velho companheiro. Nosso camarada. Solidariedade masculina, lembre-se!
– Tudo bem, solidariedade masculina. Mas é uma gostosa. Só estou dizendo isso: que baita gostosa.
– É... – Roberto tinha de admitir. – É mesmo uma gostosa.

Naquele momento, Dani saiu do banheiro. Veio ondulando pelo corredor, chegou à sala com um sorriso malicioso a lhe luzir no rosto perfeito e, ao sentar, puxou suavemente a barra do vestidinho para cima das coxas lisas. Então, os dois irmãos tiveram uma visão do paraíso terrestre: ela estava sem calcinha! A danada decerto anteviu possibilidades concretas de seduzir os dois e tirou a calcinha no banheiro! Péricles balbuciou:

– Santo Cristo!

Roberto começou a suar. Dani ciciou:

– Venham. Os dois.

E eles foram. E tudo aconteceu. Tudo. Tudo. Tudo.

Agora, Roberto sofria ao ouvir seu sócio, seu amigo, seu irmão, camarada, seu velho companheiro, sofria ao ouvi-lo pronunciar a terrível frase: "Acho que eu sou corno". Sofria, sim! Roberto não queria cornificá-lo, embora admitisse ter sido muito bom. Ah, aquela louca, aquela vadia.

Vadia, vadia, vadia... As coisas que Dani fazia... Mas, enfim, pobre do seu sócio, seu amigo, seu irmão, camarada. Um corno. O maior corno da cidade. Roberto quase podia ver os chifres em sua testa, uma galharia formidável, como se ele fosse um alce humano. Dorval, o Alceman. Roberto chegou a sorrir ante a idéia: alceman. Muito boa. Imaginou o corníssimo amigo como um super-herói, defensor dos maridos traídos, o uniforme, uma malha...

– Por que você está sorrindo? – a indignação de Dorval fez com que ele despertasse do devaneio.

– Hein? Sorrindo? Eu?

– É. Você está debochando da minha desgraça?

– Eu? Debochando? Não estava sorrindo, ô Dorval! Faz favor! Não estava sorrindo.

– Estava, sim.

– Não estava. Além do mais, de que desgraça você está falando?

– Você não ouviu o que eu disse?

– Eu?... Não... Estava distraído. O que você disse?

– Que acho que eu sou corno.

– Ah! – Roberto jogou o corpo para trás. – Você deve estar de brincadeira.

– Não... – Dorval alisou a própria testa, como se quisesse impedir o crescimento dos chifres. – Não... Acho mesmo, Roberto. Eu acho. Eu sou um corno.

Roberto olhou para ele. Será que sabia de alguma coisa? Analisou-o. Havia alguma coisa no olhar dele. Um brilho estranho. Será que aquilo era um jogo? Será que era uma cilada? Roberto estremeceu e lembrou-se de uma frase que seu irmão Péricles vivia a repetir:

– Não existe nada mais perigoso do que um corno brabo.

7

A fúria de Dorval foi crescendo paulatinamente. Não aconteceu de uma hora para outra. Primeiro, ele ponderou acerca da própria cornice. Arrolou os motivos que o faziam crer-se traído: o comportamento da mulher mudara, ela estava alegre demais, distraída demais, leve demais. Havia também a questão das roupas: ela jamais se vestira tão bem e de forma tão sensual.

E o principal: não sentia mais ciúmes dele. Dorval podia fazer o que bem entendesse, ela não se importava. Nada mais perigoso do que uma mulher que não sente ciúmes, porque todas as mulheres, se realmente estão amando, sentem ciúmes.

A listagem desses motivos demorou em torno de quinze minutos. Roberto ouviu em silêncio. Até porque Dorval não permitia interrupções. Quando Roberto pensava em apartear, Dorval levantava a mão:

– Deixa eu terminar, deixa eu terminar!

Roberto, então, ficou quieto. Mas as queixas de Dorval não se encerraram com o fim da sua lista de argumentos. Não. Aí é que a indignação começou a surgir. De cabeça baixa, a testa quase tocando os papéis sobre sua mesa de trabalho, Dorval disse, baixinho:

– Sou um corno.

Roberto levantou-se da cadeira, saiu de trás da sua mesa, tentou consolá-lo:

– Que é isso?

Mas Dorval não ouviu. Repetiu, apenas:

– Um corno, um corno, um corno, um corno, um corno...

Roberto veio de lá. Postou-se ao lado do amigo. Tocou em seu ombro. Ele repetia, cada vez mais alto:

– Um corno, um corno, um corno! Corno! Corno! CORNOOOOOOO!!!

Roberto se assustou. Tirou a mão como se temesse que o corno fosse mordê-la. Recuou um passo. Tentou outra vez:

– Que é isso...

Mas Dorval não parava:

– Um corno! Um corno!

E ergueu-se de um salto, assustando Roberto.

– Agora vou te dizer – rosnou, entre dentes, os olhos injetados de ódio, o indicador balançando diante do nariz de Roberto. – Vou te dizer: vou me vingar!

Vingança! Vingança! Vingança aos santos clamar!

– Que você vai fazer? – Roberto colocou-se a uma distância segura.

– Um detetive. Vou contratar um detetive pra investigar minha mulher e vou descobrir tudo. Vingança! Vingança!

Dorval ria, agora, uma risada macabra de Boris Karlof que fez Roberto estremecer. E agora? Roberto deveria avisar a infiel Dani? Ou deveria calar? Se o detetive descobrisse tudo e Dorval a pressionasse, não era possível que ela confessasse ter pecado também com ele, Roberto? Mas, se ele tentasse avisar, o detetive não poderia flagrá-lo, gravar seu telefone, algo assim? Oh, dor. Enquanto via Dorval sair voando do escritório, certamente para procurar o tal detetive, Roberto sentiu um arrepio de medo. Algo terrível estava prestes a acontecer.

8

O detetive Gilmar estava impressionado. Poucas vezes, em vinte anos de carreira, deparara com uma mulher que se comprazia tanto em trair. Aquela Dani realmente apreciava a atividade sexual. O que só facilitava o seu trabalho. Em menos de um mês, reunira provas que a fariam sentar na cadeira elétrica se o adultério fosse crime. Eram gravações e fotos tão contundentes quanto deliciosas. Aliás, ela era deliciosa. Que morena, Jesus amado! Gilmar chegou a pensar em se aproveitar das informações para negociar uma noite de prazeres com ela. Ela certamente toparia, e talvez até com gosto, mas ele precisava de dinheiro, e o corno estava pagando bem.

Enfim, suspirou, enquanto colocava o envelope com o relatório, as fotos e as fitas sob o braço, enfim... missão cumprida. Agora era a hora mais difícil: a hora de o corno descobrir a verdade.

O detetive Gilmar entrou no carro e sentou-se atrás do volante. Pôs o envelope sobre o banco do carona. Olhou sua imagem refletida no espelho. Cofiou o bigode. Tinha de tirar aquele bigode. Detetive particular que se preza não usa bigode. Questão de segurança. O detetive particular precisa ser discreto e nada mais fácil de identificar do que um bigode ou uma calva. Então, nada de bigode. Mas ele gostava tanto do seu bigode... São imensos os sacrifícios que a profissão exige.

Arrancou. Rodou devagar pelas ruas da cidade. Havia marcado um encontro com o advogado traído num café da Padre Chagas. Era uma tarde bonita em Porto Alegre. Uma tarde de sol, céu azul, mas não muito calor. Que dia para um homem descobrir que se transformara em um dos maiores cornos do município.

O Fiesta cinza do detetive Gilmar deslizou pelo trânsito em frente ao Parcão, avançou até a Fernando Gomes e entrou à direita. Mais uma quadra, a quarenta por hora, e ele virou novamente à direita, na Padre Chagas. Passou em frente ao café onde Dorval o esperava. Através das janelas do carro escurecidas pelo insulfilm, viu que ele já estava lá, sentado sozinho, os olhos ansiosos procurando pelo detetive. Gilmar preferia fazer essas reuniões no recôndito do seu gabinete, mas o cliente insistira em receber o relatório no café, quase que em público... Então, que seja feita a vossa vontade... Estacionou o carro. Foi até o parquímetro, depositou algumas moedas. Retirou o comprovante, voltou até o carro e jogou o recibo sobre o painel. Pegou o envelope do banco do carona. Fechou a porta do carro. Suspirou. Essa era uma hora difícil, realmente.

O detetive Gilmar caminhava sem pressa pela simpática Padre Chagas. Olhava as meninas que passavam dentro de suas saias minúsculas. Pensava: a vida pode ser boa, sim, senhor. Lembrou-se de um caso que investigara havia pouco: a mulher suspeitava que estava sendo traída e contratou-o para seguir o marido. Gilmar seguiu-o por dois meses. Não descobriu nada que comprometesse o sujeito. Ele apenas saía com os amigos, tomava chopes, tudo muito trivial. Pelo menos duas vezes por semana, freqüentava a casa de um certo amigo na Zona Sul. Passavam horas lá dentro, decerto vendo jogo na TV e bebendo cerveja. Gilmar já ia fazer o relatório para ela e dizer-lhe que não se preocupasse, que o marido era fiel como um escoteiro, até que, no último dia de vigilância, o marido apanhou o tal amigo na Zona Sul e foi com ele até um prédio no centro da cidade. Ficaram lá por algumas horas e depois saíram juntos, sorridentes. Gilmar desconfiou. Foi até o prédio: era uma boate gay. O marido era homossexual! Quando contou à cliente, ela quase o agrediu. Não queria acreditar. Foi um drama. E agora, de novo. Ossos do ofício... Olhou para Dorval, que se levantara para recebê-lo. Sentiu pena do coitado. Sorriu para ele.

– Novidades? – perguntou Dorval, mal contendo a angústia, estendendo a mão para o cumprimento e esticando o olhar para o envelope que Gilmar carregava na mão esquerda.

– Novidades – informou Gilmar. – Vamos sentar.

Sentaram-se.

– Quero que o senhor veja isso – disse Gilmar, passando o envelope para Dorval.

Dorval apanhou o volume com as duas mãos. Fitou Gilmar com olhos marejados.

– Ai, meu Deus! – exclamou.

Não vai ser nada fácil, pensou Gilmar. Nada fácil.

9

Dorval estava obcecado pelas fotos. Dani, a sua Dani, sua legítima esposa, fazendo todas aquelas coisas. Sozinho em casa, sentado no sofá da sala, ele não conseguia parar de olhar. Era como se ela fosse outra pessoa. Tinha de admitir: estava bela como jamais a vira. Parecia uma gata, uma tigresa, alguma coisa felina, animalesca. O desejo dos homens por ela saltava das fotos, atingia Dorval em cheio, ele sentia o peito oprimido, ao mesmo tempo em que, de alguma forma, admitia: era excitante. Sua mulher, tão recatada, tão só sua, tão exclusiva, desejada daquela maneira por todos aqueles homens. Era como se a antiga Dani, que conhecera há muitos anos, retornasse intocada do passado. Lembrou-se daquele tempo: todos os homens a queriam, ela era uma espécie de objeto de desejo da sua turma. Suas roupas eram comentadas, suas pernas, sua pele, suas nádegas redondas, seus peitos firmes. Mas havia sido ele, Dorval, quem a conquistara. Como ficara orgulhoso! Era bom saber que os homens ainda cobiçavam sua mulher, só que agora... agora ela era a sua mulher! Dorval não poderia suportar tamanha humilhação.

Levantou-se, ainda com as fotos na mão. Caminhou decidido até o quarto do casal. Esticou-se para alcançar o alto do armário. De lá, tirou uma caixa de sapatos. Dentro da caixa, dormia o velho revólver do pai. Dorval levou a caixa até a cama. Sentou-se no colchão. Alisou a arma. Nunca a tinha usado na vida. Mas sabia como fazê-lo. Ah, sabia... Dorval olhou de novo para as fotos, espalhadas pelo colchão. Tomou uma com a mão direita. Com a esquerda, segurava o revólver. Ficou admirando a cena mais uma vez. Dani, tão linda, se contorcendo nas mãos de outro homem. Ela estava sentindo prazer naquele momento. Dorval conseguia ver a excitação dela. Que loucura, Deus! Que loucura.

Dorval olhava para a foto e para a arma, para a foto e para a arma. Disse para si mesmo, baixinho:

– Chega um momento em que um homem tem que dizer chega!

Repetiu, com mais convicção:

– Chega um momento em que um homem tem que dizer chega!

Foi quando ouviu um ruído. Uma chave fora introduzida na fechadura da porta da frente. O coração de Dorval saltou na garganta. Dani voltava para casa. Dani, sua esposa, uma cadela, uma vadia. Vadia, vadia, vadia...

10

Dorval ouviu o ruído que faziam as dobradiças da porta sendo aberta. Em seguida, o som da lingüeta da fechadura estalando no momento em que a porta foi fechada. Ouviu os passos que ecoavam pela sala. Por um momento, a dúvida o sobressaltou: seriam mesmo de Dani? Apurou o ouvido. Toc, toc, toc. O barulho só poderia ser produzido pelo salto fino do escarpim dela se chocando contra o parquê. Era Dani, sim, claro que era. Ou seria outra mulher? Não, não... Afastou rapidamente a idéia. Era Dani, sim. Era Dani.

Dorval apertou o revólver com as duas mãos. O contato com o aço frio deu-lhe uma sensação de poder. Naquele momento, ele era o senhor do destino, ele decidiria o que ia acontecer, o futuro deles, tudo.

Era chegada a hora!

Os ruídos dos passos diminuíram de intensidade. Ela decerto havia entrado na cozinha. Dorval esticou o pescoço. Silêncio. Passados alguns segundos, os passos voltaram a ecoar. A pessoa que acabara de entrar vinha na direção do quarto. Toc, toc, toc, toc. Dorval pensou se deveria levantar-se para receber a cachorra. Sim, deveria. Levantado, pareceria muito mais digno. Com a mão esquerda, tomou as fotos que havia deixado de lado por um momento. Com a direita, empunhou o revólver pelo cabo. Apoiou-se no colchão com os nós dos dedos. Pôs-se de pé. Ficou assim parado, olhando para a porta, na expectativa, ouvindo o coração pulsar no pescoço.

Os passos reboavam pelo corredor. Toc. Toc. Toc. Toc. A respiração de Dorval tornou-se mais pesada. Seu coração batia sem compasso, ele sentia o ritmo enlouquecido da pulsação nos ouvidos. A pessoa estava cada vez mais perto. Cada vez mais perto. Toc. Toc.

Toc.

Toc.

No último passo, ela parou junto à porta, como se adivinhasse o que a aguardava. Dorval apontou o cano da arma para frente. Ela entrou. Os olhos de Dani e Dorval se encontraram. No dele havia raiva, tensão, aflição, dor. No dela, primeiro a surpresa: não esperava deparar com Dorval em casa, naquele momento. Em seguida, o olhar dela baixou para o cano da arma apontada para ela. Então, compreendeu: estava tudo acabado.

Tudo acabado.

11

– Um corno! – gritou Dorval. – Você me transformou em um corno!

Na sua mão direita, a arma estava firme. Na esquerda, as fotos da infidelidade de Dani tremulavam como uma bandeira. Ela olhava da arma para as fotos e das fotos para a arma, da arma para as fotos e das fotos para a arma. Naquele momento, estranhamente, a curiosidade se misturou ao medo. Não esqueceu da arma, mas tinha vontade de ver as fotos. Tinha vontade de se ver pecando.

– Um corno! – repetiu Dorval, a palavra "corno" explodindo nas bochechas.

E foi o que a inspirou. Começou a desabotoar a blusa. Um botão. Outro. E mais outro. Não desabotoou mais, porque mais botões não havia. Com um gesto de ombros, deixou a blusa cair pelas costas, até o chão. Seus seios firmes encheram o quarto. Dorval olhou para eles.

– Q-que é isso? – gaguejou o corno.

Dani não respondeu. Levou as mãos até as costas, até o fecho da saia. Com mais um movimento ágil, abriu-a. A saia também deslizou até o chão e uniu-se à blusa. Dani levantou um pé, depois outro. Saltou as peças de roupa. Avançou um passo em direção a Dorval. Em direção à arma. Dorval olhou para ela, aflito. Nunca a vira tão bela. As pernas longas equilibravam-se com firmeza sobre saltos de, talvez, uns quinze centímetros. Ela parecia alta, muito alta, quem sabe até mais alta do que ele. A única peça de roupa que restara era uma calcinha minúscula, branca, que contrastava com sua morenice. Dera para usar calcinhas pequenas, pensou Dorval, sentindo um paralelepípedo a lhe pesar no peito. Nos braços, Dani usava pulseiras douradas; nas orelhas, pingentes; no pescoço, uma gargantilha. E só.

Dorval experimentava uma confusão de sentimentos. A angústia de vê-la tão linda, de desejá-la e odiá-la ao mesmo tempo. O peito lhe apertava, a garganta estava fechada, os olhos marejados. Dani se aproximou. O bico de seu seio esquerdo encostou no cano do revólver. Dorval tremia.

– Eu sou sua – ela sussurrou.

Dorval abriu a boca. Não conseguia falar. Era hora de puxar o gatilho, pensou. Mostrou a mão que segurava as fotos.

– Os outros homens... – foi o máximo que articulou. – Os outros homens...

– Eles não são importantes – miou Dani. – Sabe em quem eu pensava, quando estava com eles?

Dorval a encarou com olhar suplicante.

– No meu marido – ela continuou. – Em você. Sabe o que eu queria?

Dorval sentiu que uma lágrima lhe brotava do olho esquerdo. Tinha que atirar. Precisava atirar. O bico do seio esquerdo dela agora estava dentro do cano do revólver. O bico duro, o cano duro.

– Queria que você visse – ela prosseguiu. – Você queria ver? Queria?

Dorval arfava. Sua visão estava embaçada.

– Queria? – ela repetiu. – Queria? – e se aproximou um pouco mais. Dorval sentiu o cheiro doce que vinha dela. Sentiu o toque de sua pele macia. As fotos caíram no chão do quarto. Na mão direita, ele ainda empunhava o revólver. – Queria? – perguntou ela, outra vez.

E então Dorval não resistiu. Tomou-a com paixão, mordeu-lhe os lábios, enfiou a língua entre seus dentes, enquanto gania:

– Queria!
– Queria?
– Queria! Queria! Eu queria!

E a acariciava, e suas carícias eram sôfregas como nunca foram antes e Dani ondulava como uma serpente lânguida em seus braços e eles começaram a se amar ali mesmo, no chão do quarto, ele com o revólver na mão direita, ela de escarpins e gargantilha e pulseiras e brincos e mais nada, e eles experimentaram um prazer que jamais haviam experimentado, e ela dizia:

– Você vai ver! Só você vai ver! Porque eu sou sua, só sua! A sua vadia!

E ele gemia:
– Vadia!
E ela gemia:
– Vadia!
– Vadia!
– Vadia! Vadia! Vadia!
– Minha vadia! – ele enlouquecia de desejo.
– Tua! – prometia ela.
– Minha vadia! – repetia ele.
– Meu corno! – disse ela, e foi como uma revelação.

Dorval rilhou os dentes, retesou os músculos. Puxou o gatilho.

PAM!

O som do tiro como que estremeceu o quarto e a casa inteira. Mas Dani não se importou. Continuou gemendo e ondulando no parquê. Dorval ainda olhou para o buraco que o tiro abriu no teto de gesso, sem que aquilo desviasse sua atenção.

Prosseguiu amando-a, agora com uma nova luz iluminando sua alma.

– Sou teu corno – baliu para ela, enfim. E possuindo-a brutalmente, gritou, com alegria, a plenos pulmões, um grito de homem que finalmente descobriu a verdade da sua alma:
– Sou um corno! Sou um corno! Sou um corno!

Coleção **L&PM** POCKET (LANÇAMENTOS MAIS RECENTES)

624. **Factótum** – Charles Bukowski
625. **Guerra e Paz: volume 1** – Tolstói
626. **Guerra e Paz: volume 2** – Tolstói
627. **Guerra e Paz: volume 3** – Tolstói
628. **Guerra e Paz: volume 4** – Tolstói
629. (9).**Shakespeare** – Claude Mourthé
630. **Bem está o que bem acaba** – Shakespeare
631. **O contrato social** – Rousseau
632. **Geração Beat** – Jack Kerouac
633. **Snoopy: É Natal! (4)** – Charles Schulz
634. (8).**Testemunha da acusação** – Agatha Christie
635. **Um elefante no caos** – Millôr Fernandes
636. **Guia de leitura (100 autores que você precisa ler)** – Organização de Léa Masina
637. **Pistoleiros também mandam flores** – David Coimbra
638. **O prazer das palavras – vol. 1** – Cláudio Moreno
639. **O prazer das palavras – vol. 2** – Cláudio Moreno
640. **Novíssimo testamento: com Deus e o diabo, a dupla da criação** – Iotti
641. **Literatura Brasileira: modos de usar** – Luís Augusto Fischer
642. **Dicionário de Porto-Alegrês** – Luís A. Fischer
643. **Clô Dias & Noites** – Sérgio Jockymann
644. **Memorial de Isla Negra** – Pablo Neruda
645. **Um homem extraordinário e outras histórias** – Tchekhov
646. **Ana sem terra** – Alcy Cheuiche
647. **Adultérios** – Woody Allen
648. **Para sempre ou nunca mais** – R. Chandler
649. **Nosso homem em Havana** – Graham Greene
650. **Dicionário Caldas Aulete de Bolso**
651. **Snoopy: Posso fazer uma pergunta, professora? (5)** – Charles Schulz
652. (10).**Luís XVI** – Bernard Vincent
653. **O mercador de Veneza** – Shakespeare
654. **Cancioneiro** – Fernando Pessoa
655. **Non-Stop** – Martha Medeiros
656. **Carpinteiros, levantem bem alto a cumeeira & Seymour, uma apresentação** – J.D.Salinger
657. **Ensaios céticos** – Bertrand Russell
658. **O melhor de Hagar 5** – Dik Browne
659. **Primeiro amor** – Ivan Turguêniev
660. **A trégua** – Mario Benedetti
661. **Um parque de diversões da cabeça** – Lawrence Ferlinghetti
662. **Aprendendo a viver** – Sêneca
663. **Garfield, um gato em apuros (9)** – Jim Davis
664. **Dilbert 1** – Scott Adams
665. **Dicionário de dificuldades** – Domingos Paschoal Cegalla
666. **A imaginação** – Jean-Paul Sartre
667. **O ladrão e os cães** – Naguib Mahfuz
668. **Gramática do português contemporâneo** – Celso Cunha
669. **A volta do parafuso** seguido de **Daisy Miller** – Henry James
670. **Notas do subsolo** – Dostoiévski
671. **Abobrinhas da Brasilônia** – Glauco
672. **Geraldão (3)** – Glauco
673. **Piadas para sempre (3)** – Visconde da Casa Verde
674. **Duas viagens ao Brasil** – Hans Staden
675. **Bandeira de bolso** – Manuel Bandeira
676. **A arte da guerra** – Maquiavel
677. **Além do bem e do mal** – Nietzsche
678. **O coronel Chabert** seguido de **A mulher abandonada** – Balzac
679. **O sorriso de marfim** – Ross Macdonald
680. **100 receitas de pescados** – Sílvio Lancellotti
681. **O juiz e o seu carrasco** – Friedrich Dürrenmatt
682. **Noites brancas** – Dostoiévski
683. **Quadras ao gosto popular** – Fernando Pessoa
684. **Romanceiro da Inconfidência** – Cecília Meireles
685. **Kaos** – Millôr Fernandes
686. **A pele de onagro** – Balzac
687. **As ligações perigosas** – Choderlos de Laclos
688. **Dicionário de matemática** – Luiz Fernandes Cardoso
689. **Os Lusíadas** – Luís Vaz de Camões
690. (11).**Átila** – Éric Deschodt
691. **Um jeito tranquilo de matar** – Chester Himes
692. **A felicidade conjugal** seguido de **O diabo** – Tolstói
693. **Viagem de um naturalista ao redor do mundo – vol. 1** – Charles Darwin
694. **Viagem de um naturalista ao redor do mundo – vol. 2** – Charles Darwin
695. **Memórias da casa dos mortos** – Dostoiévski
696. **A Celestina** – Fernando de Rojas
697. **Snoopy (6)** – Charles Schulz
698. **Dez (quase) amores** – Claudia Tajes
699. **Poirot sempre espera** – Agatha Christie
700. **Cecília de bolso** – Cecília Meireles
701. **Apologia de Sócrates** precedido de **Êutifron e** seguido de **Críton** – Platão
702. **Wood & Stock** – Angeli
703. **Striptiras** – Laerte
704. **Discurso sobre a origem e os fundamentos da desigualdade entre os homens** – Rousseau
705. **Os duelistas** – Joseph Conrad
706. **Dilbert (2)** – Scott Adams
707. **Viver e escrever (vol.1)** – Edla van Steen
708. **Viver e escrever (vol.2)** – Edla van Steen
709. **Viver e escrever (vol.3)** – Edla van Steen
710. **A teia da aranha** – Agatha Christie
711. **O banquete** – Platão
712. **Os belos e malditos** – F. Scott Fitzgerald
713. **Libelo contra a arte moderna** – Salvador Dalí
714. **Akropolis** – Valerio Massimo Manfredi
715. **Devoradores de mortos** – Michael Crichton
716. **Sob o sol da Toscana** – Frances Mayes
717. **Batom na cueca** – Nani
718. **Vida dura** – Claudia Tajes
719. **Carne trêmula** – Ruth Rendell
720. **Cris, a fera** – David Coimbra
721. **O anticristo** – Nietzsche
722. **Como um romance** – Daniel Pennac
723. **Emboscada no Forte Bragg** – Tom Wolfe
724. **Assédio sexual** – Michael Crichton
725. **O espírito do Zen** – Alan W.Watts
726. **Um bonde chamado desejo** – Tennessee Williams
727. **Como gostais** – Shakespeare
728. **Tratado sobre a tolerância** – Voltaire